GOLDMANN

99 ... Abends, wenn ich abgespannt bin, greife ich instinktiv nach einem ‚Wallace', bin im Nu in der Handlung, vergesse den ganzen Jammer des Alltags, bin froh und mutig. ADENAUER IN RHÖNDORF **99**

Edgar Wallace. Das Original.

Alle
Edgar Wallace Kriminalromane:

EDGAR WALLACE

Das geheimnisvolle Haus

THE SECRET HOUSE

Kriminalroman

GOLDMANN VERLAG

Aus dem Englischen übertragen von
Ravi Ravendro

Der Goldmann Verlag
ist ein Unternehmen der Verlagsgruppe Bertelsmann

Jubiläumsausgabe

Made in Germany · 1/90 · 20. Auflage
© der deutschsprachigen Ausgabe by Wilhelm Goldmann Verlag, München
Satz: Mohndruck Graphische Betriebe GmbH, Gütersloh
Druck: Elsnerdruck, Berlin
Krimi 0113
Ge · Herstellung: Klaus Voigt
ISBN 3-442-00113-7

1

Unentschlossen stand ein Mann vor dem achtunggebietenden Portal von Cainbury House. In diesem großen Geschäftsgebäude befanden sich zahlreiche kleine Büros, die sich auf etwa dreißig verschiedene Gewerbe verteilten, wie man auf der Tafel lesen konnte. Die abgetragene Kleidung des Besuchers und seine abgetretenen Schuhe verrieten, daß er nicht sehr reich war. Er schien Ausländer zu sein; sein glattrasiertes, scharfgeschnittenes Gesicht sah etwas melancholisch aus, und über seine dunklen Augen zogen sich schwarze gerade Brauen.

Er stieg die wenigen Stufen zu der Eingangshalle empor und stand nun nachdenklich vor der Firmentafel. Aber es dauerte nicht lange, bis er gefunden hatte, was er suchte. Oben auf der Liste der vielen Büros des fünften Stocks war deutlich zu lesen:

Der schlechte Ruf.

Er nahm einen Zeitungsausschnitt aus seiner Westentasche und verglich ihn mit dem Schild, dann trat er kurz entschlossen und fast vergnügt in die Halle, als ob all seine Zweifel geschwunden wären, und wartete auf den Fahrstuhl. Er hatte seinen Mantel bis oben zugeknöpft; sein Kragen war etwas abgenützt, sein Hemd trug er schon fast eine Woche lang, sein steifer Filzhut war ausgebessert, und bei näherer Betrachtung hätte man herausgefunden, daß er zwar Handschuhe in der Hand hielt, daß er sie aber nur zum Schein trug, da es zwei linke waren.

Als er den Lift betrat, sagte er mit leicht fremdartigem Akzent:

»Fünfter Stock!«

Bald war der Fahrstuhl oben, die Tür öffnete sich, und der etwas verbissen dreinschauende Liftboy zeigte ihm das gesuchte Büro. Wieder zögerte er und betrachtete die Tür sorgfältig. Die obere Hälfte war mit Milchglasscheiben versehen und trug nur die einfache Aufschrift:

Der schlechte Ruf. Redaktion.

Anklopfen.

Er klopfte, und die Tür öffnete sich, als ob sie von unsichtbarer Hand aufgetan würde. Er staunte, obwohl im Grunde nichts

Absonderliches an einer Bürotür war, die sich automatisch öffnen und schließen ließ.

Als er eintrat, befand er sich in einem nur spärlich möblierten Raum. Er sah einen Tisch, auf dem ein paar Zeitungen lagen, und einen Stuhl. Eine alte Schulkarte von England und eine Radierung von Landseer hingen an der Wand. Er lenkte seine Schritte zu der Tür am anderen Ende des Zimmers, und nach einem nochmaligen kurzen Zaudern klopfte er wieder.

»Herein«, sagte jemand.

Vorsichtig öffnete der Fremde und trat ein.

Der Raum war größer als der erste und luxuriös ausgestattet. Er bemerkte Stehlampen mit schönen Schirmen zu beiden Seiten eines breiten, reichgeschnitzten eichenen Schreibtisches. An der einen Wand stand ein großer Bücherschrank. Aus der Unordnung, die auf dem Schreibtisch herrschte, war zu entnehmen, daß sich in diesem Zimmer das eigentliche Hauptbüro der Redaktion befand.

Aber das Bemerkenswerteste an dem ganzen Raum war der Mann, der an dem Schreibtisch saß. Er war stark und kräftig gebaut, und nach seiner Stimme zu urteilen, mußte er in den besten Jahren stehen. Der Fremde konnte sein Gesicht nicht sehen, denn es war hinter einem Schleier von feinen, seidenen Spitzen verborgen, die wie ein Beutel über den Kopf gezogen und unter dem Kinn durch eine Schnur zusammengehalten waren.

Der Mann lachte leise, als er das Erstaunen des Besuchers sah.

»Nehmen Sie Platz«, sagte er auf französisch, »und erschrekken Sie nicht.«

»Mein Herr, seien Sie versichert, daß ich nicht im mindesten erschrocken bin. Mich hat noch nichts in der Welt aus der Fassung gebracht als meine eigene Armut und die Aussicht, einmal arm sterben zu müssen.«

Der verschleierte Mann schwieg eine Weile.

»Sie sind auf meine Annonce hin gekommen?« fragte er dann nach einer langen Pause.

Der Fremde verneigte sich leicht.

»Sie brauchen einen Assistenten, der verschwiegen ist, Kenntnisse in fremden Sprachen besitzt und außerdem kein Geld hat.

Ich erfülle alle diese Bedingungen. Hätten Sie noch hinzugefügt, daß der Betreffende ein abenteuerliches Leben hinter sich haben müsse und keine Skrupel kennen dürfe, so würde auch das auf mich gepaßt haben.«

Der Fremde fühlte, daß der Mann am Schreibtisch ihn genau beobachtete, obwohl er seine Augen nicht sehen konnte. Es war eine lange und sorgfältige Prüfung.

»Ich denke, Sie werden meinen Anforderungen genügen.«

»Sicher«, entgegnete der Besucher kühl und gleichmütig. »Und nun ist es an Ihnen, mein Herr, mir Ihre näheren Bedingungen zu sagen, damit ich weiß, ob mir der Posten zusagt. Als Geschäftsmann müssen Sie wissen, daß zum Abschluß eines Geschäftes zwei Parteien gehören. Vor allem sagen Sie mir, welche Pflichten ich zu übernehmen habe.«

Der Mann am Schreibtisch lehnte sich zurück und steckte die Hände in die Taschen.

»Ich bin der Herausgeber einer kleinen Zeitung, die ausschließlich unter den Dienstboten der besseren Leute zirkuliert. Von Zeit zu Zeit erhalte ich interessante Mitteilungen über die Aristokratie und den Landadel, die von hysterischen französischen Zofen oder rachsüchtigen italienischen Kammerdienern eingesandt werden. Ich bin in diesen Sprachen gerade nicht sehr bewandert, glaube aber, daß in den Briefen viel enthalten ist, was mir infolge meiner Unkenntnis der Sprachen entgeht, was ich jedoch unter allen Umständen wissen möchte. Ich brauche deshalb jemanden, der verschwiegen ist, meine Auslandskorrespondenz erledigt, sie ins Englische übersetzt und mir außerdem kurze Inhaltsangaben der Briefe liefert, die von diesen guten Leuten kommen. Sie wissen, daß die Männer nicht vollkommen sind, noch weniger die Frauen, und am wenigsten diejenigen, die sich Dienstboten leisten können. Gewöhnlich haben diese Angestellten irgendwelche Geschichten zu erzählen, die ihrer Herrschaft nicht sehr zum Vorteil gereichen. Verstehen Sie, lieber Freund? Wie heißen Sie übrigens?«

Der Fremde zögerte einen Augenblick.

»Poltavo«, sagte er dann.

»Italiener oder Pole?«

»Pole.«

»Nun, ich sagte schon, daß die Redaktion der Zeitung bemüht ist, Nachrichten über alles zu sammeln, was in der Gesellschaft vorgeht. Besonders interessiert uns das, was sich hinter den Kulissen abspielt. Wenn man die Geschichten drucken kann, so drucken wir sie. Wenn sie dagegen nicht zur Veröffentlichung geeignet sind«, er machte eine längere Pause, »dann drucken wir sie eben nicht. Aber«, er hob warnend seinen Finger, »lassen Sie sich nicht dazu verleiten, solche Nachrichten in den Papierkorb zu werfen, weil sie Details enthalten, die man nicht veröffentlichen kann. Wir nehmen solche Dinge zu den Akten und bewahren sie zu unserem eigenen Vergnügen auf.« Er sagte dies leichthin, aber Poltavo ließ sich nicht täuschen.

Es trat wieder ein längeres Schweigen ein. Der Mann mit dem verschleierten Gesicht schien nachzudenken.

»Wo wohnen Sie?« fragte er schließlich.

»Im vierten Stock eines kleinen Hauses in Bloomsbury.«

»Wann sind Sie nach England gekommen?«

»Vor sechs Monaten.«

»Warum kamen Sie hierher?«

Poltavo zuckte die Schultern.

»Warum kamen Sie hierher?« wiederholte der Herausgeber der Zeitung mit Nachdruck.

»Es gab eine kleine Meinungsverschiedenheit zwischen mir und dem verehrungswürdigen Polizeichef von San Sebastian«, sagte Poltavo ebenso gleichgültig wie vorhin der andere.

»Hätten Sie mir etwas anderes erzählt, so wären Sie nicht engagiert worden.«

»Warum?« fragte Poltavo erstaunt.

»Weil ich weiß, daß Sie die Wahrheit sprechen. Ihr kleines Zerwürfnis mit der Polizei in San Sebastian hatte einen ganz bestimmten Grund. In dem Hotel, in dem Sie wohnten, wurde nämlich eine größere Geldsumme vermißt. Der Raum, in dem der Betrag verschwand, stieß direkt an Ihr Zimmer, er hatte sogar eine Verbindungstür zu diesem. Wenn also jemand schlau genug war, diese Tür mit einem Nachschlüssel zu öffnen, so war die Sache sehr einfach. Ihre Abreise ist auch beschleunigt worden, weil Sie nicht in der Lage waren, die Hotelrechnung zu bezahlen.«

»Sie sind ein tüchtiger Mann!« sagte Poltavo anerkennend, aber er zeigte sich nicht im geringsten bestürzt oder verwirrt.

»Es gehört zu meinem Geschäft, von allen Leuten etwas zu wissen – nebenbei bemerkt, können Sie mich Mr. Brown nennen. Wenn ich manchmal nicht aufmerksam scheine, wenn Sie mich so nennen, so müssen Sie das entschuldigen, denn in Wirklichkeit heiße ich nicht so. Sie sind also der Mann, den ich gebrauchen kann.«

»Es ist merkwürdig, daß Sie mich gefunden haben. Die Annonce« – er zeigte denselben Ausschnitt vor – »wurde mir nämlich von einem unbekannten Freund zugeschickt.«

»Dieser unbekannte Freund war ich selbst. Verstehen Sie jetzt den Zusammenhang?«

»Dann begreife ich allerdings. Aber das wichtigste ist für mich, wieviel Gehalt ich bekomme.«

Mr. Brown nannte eine Summe, die für Poltavo einen großen Betrag bedeutete. Der Herausgeber der Zeitung beobachtete ihn scharf und freute sich, als er erkannte, daß sein neuer Assistent weder erstaunt noch beeindruckt war.

»Sie werden mich selten in diesem Büro sehen. Wenn Sie gut arbeiten und ich Ihnen trauen kann, werde ich Ihr Gehalt verdoppeln. Wenn Sie mich aber enttäuschen sollten, dann können Sie sich in acht nehmen. Ich lasse nicht mit mir spaßen!«

Er erhob sich.

»So, das wäre alles, was ich Ihnen zu sagen habe. Sie werden sich morgen früh selbst die Tür öffnen. Hier ist der Schlüssel, und hier ist ein Schlüssel zu dem Geldschrank, in dem ich alle Korrespondenzen aufbewahre. Sie finden viele Schriftstücke darin, die die vornehmsten Mitglieder der Gesellschaft belasten, aber verflucht wenig, die irgendwie zu meinen Ungunsten sprechen. Ich erwarte, daß Sie Ihrem neuen Posten Ihre ganze Aufmerksamkeit widmen«, sagte er langsam und bedeutungsvoll.

»Sie können sich darauf verlassen –«, begann Poltavo.

»Warten Sie, ich bin noch nicht fertig. Wenn ich sage, daß Sie Ihrer neuen Stellung Ihre ganze Aufmerksamkeit widmen sollen, so meine ich damit, daß Ihnen keine Zeit bleiben darf, irgendwelche Nachforschungen nach meiner Persönlichkeit anzustellen. Durch eine besondere Einrichtung, die ich Ihnen nicht näher zu erklären brauche, bin ich nämlich in der Lage, dieses Haus zu verlassen, ohne daß jemand merkt, daß ich der Herausgeber dieser interessanten Zeitung bin. Wenn Sie mit der Lektüre der fremdsprachigen Korrespondenz fertig sind, so übersetzen Sie die Schreiben, die die wichtigsten Einzelheiten enthalten. Übergeben Sie die Übersetzungen dem Boten, der jeden Abend um fünf Uhr hierherkommen wird. Ihr Gehalt wird regelmäßig bezahlt werden. Um weitere Pflichten der Redaktion brauchen Sie sich nicht zu kümmern, auch haben Sie mit der Herausgabe der Zeitung selbst nichts zu tun. Warten Sie jetzt bitte fünf Minuten in dem äußeren Zimmer, dann können Sie zurückkommen und mit diesem Stoß von Briefen hier beginnen.«

Poltavo verneigte sich leicht und schloß dann die Tür sorgfältig hinter sich. Er hörte das Klappen eines Metallschlosses und wußte, daß dieselbe elektrische Anlage, die die äußere Tür geöffnet hatte, nun die innere schloß. Nach fünf Minuten drückte er auf die Klinke, sie gab nach, und er trat wieder in das innere Büro. Der Raum war leer. Eine Tür führte auf den Korridor hinaus, aber Poltavo war überzeugt, daß sein Chef nicht auf diesem Wege den Raum verlassen hatte. Er sah sich sorgfältig um, es war keine andere Tür zu entdecken. Aber hinter dem Stuhl, auf dem der verschleierte Mann gesessen hatte, stand ein großer Schrank. Er machte ihn auf, ohne jedoch der Lösung des Geheimnisses näherzukommen, wie Mr. Brown verschwunden war. Der Schrank war mit Büchern, Papier und Akten gefüllt. Poltavo begann nun, den ganzen Raum systematisch zu untersuchen. Er probierte alle Schubladen des Schreibtisches und fand sie unverschlossen, worauf sein Interesse an ihrem Inhalt sofort erlosch, denn er wußte genau, daß ein Mann von Mr. Browns großer Erfahrung schwerlich wichtige Schriftstücke in unverschlossenen Fächern zurücklassen würde. Achselzuckend begann er einen vorbereiteten Brief durchzulesen.

*

Sechs Wochen lang hatte Mr. Poltavo mit unermüdlichem Fleiß in seiner neuen Stellung gearbeitet. Jeden Freitagmorgen hatte er auf seinem Schreibtisch einen Briefumschlag gefunden, der an ihn adressiert war und zwei sorgfältig zusammengefaltete Banknoten enthielt. Jeden Abend um fünf Uhr kam ein Bote mit verschlossenen Gesichtszügen und nahm in einem großen Umschlag die Übersetzungen mit sich, die der Pole tagsüber angefertigt hatte.

Poltavo durchforschte alle Nummern der kleinen Zeitung, die er sich jede Woche kaufte. Er stellte fest, daß nur ein geringer Teil seiner Übersetzungen im Druck erschien. Offensichtlich verfolgte Mr. Brown mit der Herausgabe dieses Skandalblattes noch andere Zwecke. Der Schleier dieses Geheimnisses wurde teilweise gelüftet, als eines Nachmittags laut an der äußeren Tür des Büros geklopft wurde. Poltavo drückte auf den Knopf unter der Schreibtischplatte, wodurch sich die Tür öffnete, und gleich darauf wiederholte sich das Klopfen an dem inneren Eingang.

Dann stand eine junge Dame zögernd in der Tür.

»Wollen Sie nicht näher treten?« fragte Poltavo und erhob sich.

»Sind Sie der Herausgeber dieser Zeitung?« fragte sie, als sie eintrat.

Poltavo verneigte sich. Er war immer bereit, irgendwelche Ehren entgegenzunehmen, die man ihm antun wollte. Hätte sie ihn gefragt, ob er Mr. Brown selbst sei, so würde er sich auch verneigt haben. Es kam ihm gar nicht darauf an.

»Ich habe einen Brief von Ihnen bekommen.« Sie trat an die andere Seite des Tisches, legte ihre Hand auf die Kante und sah ihn halb verächtlich, halb furchtsam an, wie ihm schien.

Er verneigte sich wieder. Er hatte zwar außer seinem Chef niemandem geschrieben, aber er hatte ein weites Gewissen.

»Ich schreibe viele Briefe«, erwiderte er gleichgültig, »und ich weiß wirklich nicht, ob ich Ihnen geschrieben habe oder nicht. Vielleicht kann ich den Brief einmal sehen?«

Sie öffnete ihre Handtasche, nahm einen Umschlag heraus, zog das Schreiben hervor und reichte es dem jungen Mann, der es interessiert betrachtete. »Der schlechte Ruf« stand als Briefkopf auf dem Bogen, aber die Adresse war durch einen dicken Federstrich unleserlich gemacht worden. Der Brief lautete:

Sehr geehrte gnädige Frau,
ich habe einige sehr wichtige Nachrichten erhalten, die Ihre Beziehungen zu Captain Brackly betreffen. Ich bin sicher, Sie können nicht dulden, daß Ihr Name mit diesem Mann in irgendeiner Weise verknüpft wird. Als Tochter und Erbin des verstorbenen Sir George Billk könnten Sie natürlich denken, daß Ihr Reichtum und Ihre Stellung in der Gesellschaft Sie von dem Gerede anderer Leute unabhängig machen, aber ich kann Ihnen versichern, daß die Mitteilungen, die mir zugegangen sind, schwerwiegende Folgen haben würden, wenn ich sie Ihrem Gatten unterbreitete.

Damit die Sache keine weiteren Kreise zieht und um Ihre Verleumder zum Schweigen zu bringen, ist unser Nachforschungsdepartement bereit, diese Skandalgeschichte zu unterdrücken. Die Kosten hierfür belaufen sich auf zehntausend Pfund, die in Banknoten an mich bezahlt werden müssen. Wenn Sie meinen Vorschlag annehmen, setzen Sie bitte eine Annonce in die Spalte »Verloren und gefunden« des »Megaphone«. Ich werde dann eine Zusammenkunft arrangieren, bei der Sie mir das Geld zahlen können. Versuchen Sie aber unter keinen Umständen, an mein Büro zu schreiben oder mich persönlich dort sprechen zu wollen.

Hochachtungsvoll
J. Brown

Poltavo las den Brief, und nun war ihm plötzlich die Aufgabe dieser Zeitung klar. Er faltete den Brief wieder zusammen und händigte ihn der jungen Dame aus.

»Vielleicht ist es nicht sehr klug von mir gehandelt«, sagte sie, »aber ich weiß, was Erpressung ist und wie Erpressung bestraft wird.«

Poltavo befand sich in einer gewissen Verlegenheit, aber nur einen Augenblick.

»Ich habe diesen Brief nicht geschrieben«, erwiderte er freundlich, »er wurde ohne mein Wissen abgesandt. Wenn ich vorhin sagte, ich sei der Herausgeber der Zeitung, so wollte ich damit nur andeuten, daß ich der stellvertretende Redakteur bin. Mr. Brown führt seine Geschäfte ganz unabhängig von mir. Ich weiß natürlich alles, was in der Redaktion vorgeht«, fügte er eilig hinzu, denn er war sehr begierig auf weitere Informationen, die ihm die junge Dame sicher nicht verweigerte, wenn sie ihn für einen maßgebenden Redakteur hielt. »Und ich kann Ihnen nachfühlen, daß Sie durch diesen Brief sehr beunruhigt worden sind.«

Ein Lächeln spielte um ihre Lippen. Poltavo war ein scharfer Beobachter von Frauen und wußte sofort, daß sie nicht nachgiebig und furchtsam war, sich auch nicht aus Angst vor Bloßstellung einschüchtern ließ.

»Ich kann diese Sache Captain Brackly und meinem Mann zur Regelung überlassen. Diesen Brief werde ich meinen Rechtsanwälten zeigen und ebenso den beiden Herren, die er angeht.«

Poltavo hatte gesehen, daß der Brief vor vier Tagen geschrieben war, und er sagte sich, daß »die beiden Herren, die er anging«, ihn niemals zu sehen bekommen würden, wenn er ihnen nicht schon in der ersten Erregung und im ersten Ärger gezeigt worden war.

»Ich glaube, Sie sind sehr klug«, erwiderte er beschwichtigend. »Was bedeutet überhaupt eine so kleine Unannehmlichkeit? Wer kümmert sich denn um die Veröffentlichung von ein paar Briefen?«

»Hat er tatsächlich Briefe?« fragte sie schnell mit verändertem Ton.

Poltavo verneigte sich wieder.

»Werden sie bestimmt zurückgegeben, wenn die Summe bezahlt wird?«

Poltavo nickte, und sie biß sich nachdenklich auf die Lippen. »Ich verstehe.«

Sie schaute wieder auf den Brief, und ohne ein weiteres Wort verließ sie den Raum.

Poltavo begleitete sie bis zur äußeren Tür.

»Das ist die gerissenste Art der Erpressung«, sagte sie, als sie fortging, aber sie sprach ohne Erregung. »Ich habe jetzt nur noch zu überlegen, wobei ich am besten fahre.«

Poltavo ging in das innere Büro zurück. Als er die Tür öffnete, blieb er erstaunt stehen, denn in dem Stuhl, den er eben verlassen hatte, saß der verschleierte Mann.

Er lachte über die Verwunderung, die er in Poltavos Zügen las, aber er schien sich auch noch über einen anderen Gedanken zu amüsieren.

»Das haben Sie gut gemacht, Poltavo. Sie haben sich glänzend aus der Affäre gezogen.«

»Haben Sie denn die Unterredung belauscht?« fragte der Pole, der wirklich sehr überrascht war.

»Jedes Wort. Nun, was halten Sie davon?«

Poltavo zog einen Stuhl heran und setzte sich seinem Chef gegenüber.

»Ich halte die ganze Sache für sehr klug und schlau angelegt«, sagte er bewundernd. »Aber auf der anderen Seite glaube ich, daß ich zuwenig Gehalt bekomme.«

Mr. Brown nickte.

»Ich denke, Sie haben recht«, stimmte er zu. »Ich will sehen, daß Ihr Einkommen erhöht wird. Wie töricht war es doch von der Frau, hierherzukommen!«

»Entweder war sie eine dumme Person oder eine schlechte Schauspielerin!«

»Wie meinen Sie das?« fragte Mr. Brown schnell.

Poltavo zuckte die Schultern.

»Ich zweifle nicht daran, daß alles, was ich eben erlebt habe, eine abgekartete Komödie war. Die Sache hat auch ihren Zweck erfüllt, denn es ist alles erreicht worden, was beabsichtigt wurde.«

»Und was wurde beabsichtigt?« fragte Mr. Brown neugierig.

»Sie wollten mir den wahren Charakter Ihres Geschäfts enthüllen. Ich schließe das aus folgenden Anhaltspunkten.« Er zählte sie der Reihe nach an seinen langen weißen Fingern ab. »Nach der Adresse auf dem Briefumschlag hieß die Dame Lady Cruxbury, aber ihr wirklicher Name begann mit einem W, wie ich deutlich auf dem Silberbeschlag ihrer Handtasche lesen konnte. Denselben Buchstaben habe ich auch auf ihrem Taschen-tuch gesehen, das sie aus der kleinen Handtasche herauszog. Des-halb konnte sie nicht die Frau sein, an die der Brief gerichtet war, oder wenn sie es war, so war der Brief nur ein Bluff. In einer so wichtigen Angelegenheit wäre Lady Cruxbury in eige-ner Person gekommen. Ich glaube, daß es überhaupt keine Lady Cruxbury gibt und daß das Schreiben nur erfunden und mir überreicht wurde, um meine Verschwiegenheit zu prüfen. Sie be-obachteten mich währenddessen von einem Versteck aus. Außer-dem verfolgten Sie noch den Zweck, wie ich Ihnen ja schon sagte, mir die anderen Geschäfte Ihrer kleinen Zeitung klarzumachen.«

Mr. Brown lachte leise vor sich hin.

»Sie sind ein kluger Kopf, Poltavo«, sagte er dann bewun-dernd, »und sicher verdienen Sie eine Gehaltsaufbesserung. Ich gebe gern zu, daß die ganze Sache nur eine Komödie war. Sie kennen jetzt mein Geschäft. Sind Sie unter diesen Umständen bereit, Ihre Stellung beizubehalten?«

»Unter einer Bedingung.«

»Sagen Sie, was Sie wollen.«

»Ich bin ein armer Abenteurer«, begann Poltavo. »Mein Le-ben –«

»Hören Sie mit diesem Zeug auf«, unterbrach ihn Mr. Brown schroff. »Es fällt mir gar nicht ein, Ihnen ein Vermögen zu schenken. Ich habe die Absicht, Ihnen alles zu geben, was zum Lebensunterhalt notwendig ist, und außerdem noch so viel, daß Sie sich etwas Komfort und Luxus gestatten können.«

Poltavo ging zum Fenster und starrte hinaus. Plötzlich wandte er sich wieder um.

»Zu meinem Lebensunterhalt gehört aber auch eine Wohnung in der St. James's Street, ein Auto, eine Loge in der Oper –«

»Von alledem werden Sie nichts bekommen. Nehmen Sie doch Vernunft an!«

Poltavo lächelte.

»Ich bin Ihnen ein Vermögen wert, weil ich Phantasie be-sitze. Zum Beispiel hier.« Er nahm einen Brief aus dem großen Stoß, der auf dem Pult lag, und öffnete ihn. Die Handschrift war südländisch großzügig, zeigte aber ein schlechtes Schriftbild. »Hier ist ein Brief von einem Italiener«, fuhr er fort, »der für die meisten Leute nur unangenehme Geschäftsdetails enthalten würde, aber für einen Mann meiner Art birgt er reiche Möglichkeiten in sich.« Er lehnte sich über den Tisch, und seine Augen glänzten vor Begeisterung. »Es ist möglich, daß man aus diesem Brief ein großes Vermögen schlagen kann. Das ist ein Mann, der mit den großen englischen Zeitungen in Verbindung kommen möchte, um die Identität und Lebensweise eines gewissen Mr. Fallock zu ergründen.«

Mr. Brown stutzte. »Fallock?« wiederholte er.

Poltavo nickte.

»Unser Freund Fallock hat ein ›großes, wunderbares Haus‹ gebaut, um den Brief unseres Korrespondenten zu zitieren, und in diesem Haus ist ein Millionenvermögen verborgen. Regt das Ihre Phantasie nicht an, mein lieber Kollege?«

»Er hat ein großes Haus gebaut?«

»Diese Leute berichten mir – habe ich eigentlich schon gesagt, daß dieser Brief von zwei verschiedenen Männern geschrieben wurde? –, daß sie einen Anhaltspunkt gefunden haben und daß sie sogar die Adresse Mr. Fallocks kennen. Sie sind sicher, daß er Verbrechen begeht. Aber sie brauchen eine Bestätigung ihrer Entdeckung.«

Mr. Brown schwieg und trommelte nervös mit seinen Fingern auf der Schreibtischplatte. Er hatte den Kopf auf die Brust gesenkt, als ob er über ein schwieriges Problem nachdächte.

»Das ist alles Kindergewäsch«, sagte er plötzlich rauh, »all dieses Gerede von verborgenen Schätzen. Ich habe früher auch schon von der Sache gehört. Es sind eben zwei Südländer mit einer lebhaften Phantasie. Wahrscheinlich haben sie angefragt, ob Sie ihnen das Fahrgeld schicken würden?«

»Genau das haben sie gefordert.«

Mr. Brown lachte unangenehm hinter seinen Schleiern und erhob sich.

»Das ist der spanische Gefängnistrick. Sie lassen sich doch durch derartige Skandalgeschichten nicht täuschen?«

Poltavo zuckte die Schultern.

»Ich spreche als ein Mensch, der selbst in einem spanischen Gefängnis geschmachtet hat«, erwiderte er lächelnd. »Auch ich habe früher an wohlhabende Leute in England Briefe geschickt und sie gebeten, mich aus meiner bedrückten Lage zu befreien. Diese Befreiung konnte aber nur durch Zahlung großer Summen bewerkstelligt werden. Ich verstehe durchaus alle Einzelheiten dieses Manövers, aber wir spanischen Räuber, mein lieber Kollege, schreiben nicht in der Landessprache, wir schreiben in gutem oder schlechtem Englisch. Wir schreiben nicht in schlechtem Italienisch, weil wir doch wissen, daß die Empfänger unserer Briefe sich nicht die Mühe geben, diese übersetzen zu lassen. Nein, Mr. Brown, das ist kein spanischer Gefängnistrick. Dieser Brief ist echt, und alles, was darin steht, ist wahr.«

»Kann ich ihn einmal sehen?«

Poltavo reichte ihm das Blatt über den Tisch hinüber. Mr. Brown wandte einen Augenblick seinem Angestellten den Rücken zu, lüftete den Schleier und las den Brief. Dann faltete er ihn wieder zusammen und steckte ihn in die Tasche.

»Ich werde noch auf die Sache zurückkommen«, sagte er dann mit rauher Stimme. »Ich will es mir aber vorher noch überlegen.«

»Ich möchte Sie außer der Gehaltserhöhung noch um eine andere Gunst bitten.«

»Was soll das denn sein?«

Der Pole streckte die Hände mit einer Geste aus, die eine gewisse Selbstverachtung ausdrücken sollte.

»Ich gebe zu, daß es eine Schwäche von mir ist, aber ich möchte zu gern wieder in guten Kreisen verkehren – Sie verstehen, bei feingekleideten Herren und schönen Damen. Ich sehne mich nach einem Leben in der großen Gesellschaft. Ich weiß wohl, es ist töricht, aber ich möchte mit reichen Leuten, die an der Börse spekulieren, mit Finanzleuten, Politikern und Industriemagnaten auf gleichem Fuß verkehren. Auch ich möchte ein großzügiges Leben führen – ich liebe es, schöne Musik zu hören und gute Weine zu trinken.«

»Und was soll ich dabei tun?« fragte Brown argwöhnisch und unangenehm berührt.

»Verschaffen Sie mir Eingang in die große Gesellschaft«, erwiderte Poltavo liebenswürdig. »Besonders gern möchte ich diesen großen Handelsherrn kennenlernen, von dessen Geschäften ich schon so viel in den Zeitungen gelesen habe. Wie ist doch gleich sein Name? Richtig: Farrington.«

Mr. Brown saß eine Minute lang ruhig da. Dann erhob er sich, öffnete den Schrank und faßte mit der Hand hinein. Poltavo hörte ein Klicken, der Schrank mit seinem ganzen Inhalt schwang nach rückwärts, und er konnte einen Raum sehen, der zu einer anderen Reihe von Büros gehörte, die Mr. Brown auch gemietet hatte. Schweigend stand der verschleierte Mann in der Öffnung, den Kopf auf die Brust gesenkt, die Hände auf dem Rücken.

»Sie sind wirklich sehr klug, Poltavo«, sagte er dann und ging in das andere Zimmer. Der Schrank schob sich wieder vor und verdeckte den Zugang.

Poltavo blieb ein wenig überrascht zurück.

2

»Meuchelmörder!«

Dieser Schrei schrillte durch die stille Nacht und weckte auch das Interesse und die Neugier eines Bewohners des Brakely Square, der noch wach war. Es war Mr. Gregory Farrington, der gewöhnlich an Schlaflosigkeit litt. Er hörte den Ruf, legte das Buch, in dem er gelesen hatte, stirnrunzelnd aus der Hand, erhob sich aus seinem Lehnstuhl, zog den Schlafrock dichter um seinen etwas behäbigen Körper und trat an das Fenster. Die Jalousien waren heruntergelassen, aber er steckte die Finger zwischen zwei Brettchen und bog sie so, daß er durchschauen konnte.

Die Fenster waren beschlagen, und die Straßenlaternen waren nur undeutlich und verschwommen zu sehen. Er rieb die Scheiben mit den Fingerspitzen klar.

Zwei Männer standen vor dem Haus, mitten auf dem einsamen Fahrdamm. Sie sprachen erregt miteinander. Mr. Farrington konnte selbst durch das geschlossene Fenster ihre harten Stimmen hören. An ihren heftigen Gesten erkannte er sie als Italiener.

Er sah, daß der eine seine Hand hob, um den anderen zu schlagen, und er sah das Blitzen eines Pistolenlaufes.

»Hm!« sagte Mr. Farrington.

Er war allein in seinem schönen Haus am Brakely Square. Der Hausmeister, die Köchin und ein Stubenmädchen, auch der Chauffeur waren zu einem Dienstbotenball gegangen. Die Stimme auf der Straße wurde lauter.

»Dieb!« hörte er plötzlich in französischer Sprache rufen. »Soll ich mich denn bestehlen lassen –« Den Rest konnte er nicht mehr verstehen.

Auf der anderen Seite des großen Platzes war ein Polizist erschienen. Mr. Farrington rieb die Glasscheibe energischer und schaute ängstlich nach dem Beamten. Dann ging er die Treppe hinunter, öffnete die Metallklappe seines Briefkastens und lauschte. Es war nicht schwer, alles zu verstehen, was sie sagten, obgleich sie jetzt leiser sprachen, denn sie standen am Fuß der Stufen, die zu der Haustür führten.

»Was willst du eigentlich?« fragte der eine auf französisch. »Es ist eine Belohnung ausgesetzt – da könnte man Geld verdienen, gewiß! Aber wenn man ihn selbst packt, kann man genug für zwanzig bekommen! Unglücklicherweise haben wir beide dieselbe Absicht, aber ich schwöre dir, daß ich dich nicht betrügen will –« Dann wurde seine Stimme ganz leise.

Mr. Farrington stand in der dunklen Eingangshalle, kaute an dem Ende seiner Zigarre und versuchte, die einzelnen Bruchstücke dieser Unterhaltung zusammenzusetzen. Die beiden Männer mußten Komplicen oder Helfershelfer von Montague Fallock sein, diesem Erpresser, nach dem die Polizei aller Länder Europas suchte. Und sicher hatten die beiden unabhängig voneinander den Plan gefaßt, ihn zu erpressen – oder ihn zu verraten.

Mr. T. B. Smith bewohnte ebenfalls ein Haus am Brakely Square. Er war ein hoher Beamter im Polizeipräsidium und sehr begierig darauf, Montague Fallock zu fassen. Mr. Farrington, der all dies genau wußte, war sich darüber klar, daß das wohl der Grund der eben gehörten Unterhaltung vor dem Tor seines schönen Hauses war.

»Ich sage dir ja gerade«, erklärte der zweite Mann jetzt ärgerlich, »daß ich alle Vorkehrungen getroffen habe, um Monsieur – aufzusuchen. Das mußt du mir glauben –«

»Dann wollen wir zusammen gehen«, erwiderte der andere bestimmt. »Ich traue niemandem, am allerwenigsten einem unzuverlässigen Neapolitaner –«

Der Polizist Habit hatte nichts von dem Streit gehört, wie aus der späteren Untersuchung hervorging. Er sagte ganz bestimmt aus: »Ich hörte nichts Außergewöhnliches.«

Aber plötzlich waren, kurz nacheinander, zwei Schüsse gefallen.

Sie waren unverkennbar aus einer oder zwei Browningpistolen abgefeuert worden. Dann schrillte eine Polizeipfeife auf, und der Schutzmann P. C. Habit eilte in die Richtung, aus der die Schüsse gekommen waren. Er blies laut auf seiner eigenen Alarmpfeife.

Als er ankam, fand er drei Männer, von denen zwei tot auf dem Boden lagen. Der dritte war Mr. Farrington, der zitternd vor dem Eingang seines Hauses stand. Er hatte eine Alarmpfeife im Mund. Sein grauer Schlafrock flatterte im Wind.

Zehn Minuten später erschien Mr. T. B. Smith auf der Bildfläche. Bei seiner Ankunft hatte sich schon eine große Menschenmenge angesammelt, die Hälfte aller Schlafzimmerfenster am Brakely Square war von neugierigen und sensationslüsternen Menschen besetzt, auch die Rettungswache war schon erschienen.

»Sie sind tot«, berichtete der Polizist.

T. B. Smith schaute auf die beiden Männer, die auf dem Boden lagen. Offensichtlich waren es Ausländer. Einer war sehr gut, fast vornehm gekleidet, der andere trug einen etwas abgenützten Kellnerfrack unter einem langen Ulster, der ihn vom Hals bis zu den Füßen einhüllte.

Die beiden Männer lagen beinahe Kopf an Kopf, der eine auf dem Gesicht, mit dem Rücken nach oben. Der Polizist hatte ihn in dieser Lage gefunden und hatte ihn wieder so hingelegt, nachdem er festgestellt hatte, daß menschliche Hilfe hier vergeblich war. Der andere lag zusammengekauert an seiner Seite.

Die Polizisten hielten die Menschenmenge in der nötigen Entfernung von dem Schauplatz, während der Chef der Geheimpolizei, Mr. T. B. Smith, eine genaue Untersuchung vornahm. Er fand eine Pistole auf dem Boden, eine andere unter dem zusammengekauerten Mann. Während dann die beiden Toten in den Wagen gebracht wurden, wandte er sich an Mr. Farrington.

»Wollen Sie so liebenswürdig sein und mit mir nach oben kommen«, bat der bestürzte Millionär, »ich will Ihnen gern alles erzählen, was ich weiß.«

Mr. T. B. Smith nahm einen besonderen Geruch wahr, als er in den Hausflur kam, sagte jedoch nichts darüber. Sein Geruchssinn war in einer außergewöhnlichen Weise entwickelt, aber er war ein taktvoller und verschwiegener Mann.

Er kannte Farrington – wer kannte ihn nicht! – als seinen Nachbarn und als einen Mann von ungewöhnlichem Reichtum.

»Ihre Tochter –«, begann er.

»Mein Mündel, meinen Sie wohl«, verbesserte ihn Mr. Farrington, als er alle Lichter in seinem Wohnzimmer eingeschaltet hatte. »Sie ist nicht zu Hause; sie bleibt die Nacht über bei meiner Freundin Lady Constance Dex – kennen Sie die Dame?«

Mr. Smith nickte.

»Ich kann Ihnen leider nur wenig Informationen geben«, erklärte Mr. Farrington. Er war bleich und zitterte. Seine Verfassung erschien ganz natürlich für einen guten Bürger, der das Gesetz achtete und Zeuge eines so entsetzlichen Mordes gewesen war. »Ich hörte Stimmen und ging zur Haustür hinunter – ich hatte die Absicht, einen Polizisten zu rufen –, dann hörte ich zwei Schüsse, die fast zu gleicher Zeit fielen; ich öffnete die Tür und sah die beiden Männer dort auf der Straße liegen, wie sie später auch von dem Polizisten gefunden wurden.«

»Worüber sprachen die beiden denn?«

Mr. Farrington zögerte.

»Ich hoffe, daß ich nicht als Zeuge bei der Verhandlung dieses Falles zugezogen werde?« Aber Mr. Smith gab ihm in dieser Hinsicht keine Hoffnung. »Sie sprachen über den allbekannten Montague Fallock – einer drohte, ihn bei der Polizei anzuzeigen.«

»Ja«, sagte Mr. Smith. Man konnte aus diesem »Ja« entnehmen, daß er die Zusammenhänge ahnte und verstand.

»Und wer war der dritte Mann?« fragte er plötzlich.

Auf Mr. Farringtons Gesicht kam und ging die Farbe.

»Der dritte Mann?« stammelte er.

»Ich meine den Mann, der die beiden erschossen hat. Es ist doch klar, daß sie von einer dritten Person getötet wurden. Man hat zwar zwei Pistolen gefunden, aber aus keiner von ihnen ist ein Schuß abgegeben worden. Das entnehme ich daraus, daß beide Waffen gesichert waren. Ebenso ist der Laternenpfahl, in dessen Nähe die beiden standen, durch ein Geschoß beschädigt worden, das keiner der Männer abgefeuert haben kann. Deshalb bin ich der Überzeugung, Mr. Farrington, daß noch ein dritter Mann zugegen war. Haben Sie etwas dagegen, wenn ich Ihr Haus durchsuche?«

Ein leichtes Lächeln zeigte sich jetzt auf dem Gesicht des Millionärs.

»Nicht das geringste. Wo wollen Sie mit Ihren Nachforschungen beginnen?«

»Im Erdgeschoß – in der Küche.«

Mr. Farrington führte den Detektiv die Treppe hinunter. Sie benützten die Dienertreppe, die in das Reich der abwesenden Köchin führte. Er drehte das elektrische Licht in dem Raum an, als sie eintraten.

Es war nichts zu entdecken, was darauf hingedeutet hätte, daß jemand hier eingedrungen war.

»Dies ist die Kellertür«, erklärte Mr. Farrington. »Hier ist die Speisekammer, und hier geht es zum Hofflur. Die Tür ist verschlossen.«

Mr. Smith drückte die Klinke nieder, die Tür öffnete sich leicht.

»Aber Sie sehen doch, daß sie nicht verschlossen ist«, sagte er und trat in den dunklen Gang.

»Das kann nur eine Nachlässigkeit des Hausmeisters sein«, erwiderte Mr. Farrington erstaunt. »Ich habe strengsten Befehl gegeben, alle Türen zu schließen. Wenn Sie weiter untersuchen, werden Sie finden, daß die Hoftür verriegelt und mit einer Kette versehen ist.«

Der Detektiv beleuchtete die Tür mit seiner Taschenlampe. »Das scheint mir nicht der Fall zu sein – sie ist nur angelehnt.« Mr. Farrington war außer sich.

»Nur angelehnt?« wiederholte er.

T. B. Smith trat auf den kleinen Hof hinaus. Man konnte von der Straße aus über eine kleine Treppe dorthin gelangen. Er ließ das Licht seiner Lampe über die Steinfliesen gehen. Plötzlich sah er etwas auf dem Boden glitzern, bückte sich und hob es auf. Es war eine kleine, mit einer Goldkapsel versehene Flasche, die offenbar aus der Handtasche einer Dame gefallen war. Er roch daran.

»Ja, das ist es«, sagte er dann.

»Was meinen Sie?« fragte Mr. Farrington argwöhnisch.

»Ich meine den Geruch, den ich in Ihrer Eingangshalle wahrnahm. Es ist ein besonderer Duft.« Wieder roch er an dem kleinen Fläschchen. »Gehört dieser Gegenstand Ihrem Mündel?«

Farrington schüttelte heftig den Kopf.

»Doris ist noch niemals in ihrem Leben hier gewesen«, sagte er. »Abgesehen davon kann sie Parfüms nicht leiden.«

Mr. Smith ließ das Fläschchen in seine Tasche gleiten.

Alle weiteren Nachforschungen ergaben kein Anzeichen für die Anwesenheit einer dritten Person, und T. B. Smith folgte Mr. Farrington in sein Arbeitszimmer.

»Was halten Sie von der ganzen Sache?« fragte Mr. Farrington.

Mr. Smith antwortete nicht gleich. Er ging erst zum Fenster und schaute hinaus. Die kleine Menschenmenge, die von den Schüssen angelockt worden war, hatte sich allmählich wieder zerstreut. Der Nebel, der schon den ganzen Abend hereinzubrechen drohte, hatte sich nun auch über den Platz verbreitet, und die Straßenlaternen erschienen nur undeutlich als große, gelbe Lichtkugeln in dem dichten Dunst.

»Ich glaube, daß ich nun endlich auf die Spur Montague Fallocks gekommen bin.«

Mr. Farrington schaute ihn mit offenem Munde an.

»Ist das Ihr Ernst?« fragte er ungläubig.

Der Detektiv nickte.

»Was halten Sie denn von der offenen Tür da unten – es muß doch irgendein Fremder hier gewesen sein!« rief Mr. Farrington. »Sie denken doch nicht etwa, daß Montague Fallock heute abend in diesem Hause war?«

Mr. Smith nickte wieder. Es trat ein kurzes Schweigen ein.

»Er hat einen Erpressungsversuch an mir verübt«, meinte Mr. Farrington, »aber ich glaube nicht –«

Der Detektiv klappte seinen Mantelkragen hoch.

»Ich habe noch eine unangenehme Aufgabe vor mir, ich muß diese unglücklichen toten Leute durchsuchen.«

Farrington schauderte. »Das ist schrecklich«, sagte er heiser.

Mr. Smith sah sich in dem schönen Zimmer um. Die silbernen Beschläge leuchteten matt in dem milden Licht abgeblendeter Kronleuchter. Kostbare Rosenholzpaneele bedeckten die Wände, ein kräftiges, wärmendes Feuer brannte in dem vergitterten Kamin. Der Boden war mit prachtvollen persischen Teppichen belegt. Wenige auserlesene Gemälde schmückten die Wände – jedes von ihnen hatte ein Vermögen gekostet.

Auf dem Schreibtisch stand eine große Fotografie in einem einfachen Silberrahmen. Es war das Bild einer schönen Frau in der Blüte ihres Lebens.

»Verzeihen Sie«, begann Mr. Smith und ging zu dem Schreibtisch hinüber. »Ist dies nicht . . .?«

»Es ist Lady Constance Dex«, erwiderte Mr. Farrington kurz. »Sie ist mit mir und meinem Mündel eng befreundet.«

»Ist sie augenblicklich in der Stadt?«

»Sie ist in Great Bradley. Ihr Bruder ist dort Pfarrer.«

»Great Bradley?« Mr. Smith runzelte die Stirn, als ob er sich an etwas erinnern wollte. »Liegt in dieser Gegend nicht das ›geheimnisvolle Haus‹?«

»Ich habe auch davon gehört«, entgegnete Mr. Farrington mit einem fast unmerklichen Lächeln.

»C. D.« sagte Mr. Smith halb zu sich selbst, als er zur Tür ging.

»Wie meinen Sie?«

»C.D. – das sind doch die Initialen von Lady Constance Dex.«

»Das stimmt – aber wie kommen Sie darauf?«

»Dieselben Buchstaben sind auch auf dem goldenen Verschluß des Parfümfläschchens eingraviert. Gute Nacht.«

Mr. Farrington blieb bestürzt und erschrocken zurück.

3

Mr. T. B. Smith saß allein in seinem Büro in Scotland Yard. Das Themseufer, der Fluß und auch das große, palastähnliche Parlamentsgebäude waren von dichtem Nebel völlig eingehüllt. Seit zwei Tagen lag London schon unter einer dunklen Dunstschicht, und wenn man den Wetterpropheten Glauben schenken durfte, konnte man sich noch auf zwei weitere Nebeltage gefaßt machen.

Der hübsche Raum mit seiner mattpolierten Eichentäfelung und den vornehmen, eleganten Beleuchtungskörpern bot selbst einem Mann von verwöhntem Geschmack einen angenehmen Aufenthalt. Ein helles Feuer flackerte in dem gekachelten Kamin, und eine silberne Uhr tickte melodisch auf der Marmorplatte darüber. Neben Mr. Smith stand ein mit einer weißen Serviette bedecktes Tablett, auf dem ein zierlicher silberner Teetopf und alle nötigen Gegenstände zur Teebereitung standen.

Mr. Smith schaute auf die Uhr, es war fünfundzwanzig Minuten nach eins.

Er drückte auf einen Klingelknopf, der seitlich am Schreibtisch angebracht war. Gleich darauf klopfte es leise, und ein Polizeibeamter erschien in der Türöffnung.

»Gehen Sie in die Registratur und holen Sie mir« – er machte eine kurze Pause und schaute auf ein Stück Papier, das vor ihm lag – »das Aktenstück Nr. G 7941.«

Der Mann zog sich geräuschlos zurück, und T. B. Smith schenkte sich bedächtig eine halbe Tasse Tee ein.

Nachdenkliche Falten zeigten sich auf seiner Stirn, und ein Ausdruck ungewöhnlicher Sorge lag auf seinen sonst so gleichmäßigen Zügen, die die Sonne Südfrankreichs gebräunt hatte.

Er war von seinem Urlaub plötzlich zurückgekehrt, um sich einer Aufgabe zu widmen, die nur ein Mann von seiner Begabung lösen konnte. Er sollte den größten Schwindler der letzten Zeit, Montague Fallock, aufspüren. Und nun war diese Aufgabe noch dringender geworden, denn Montague Fallock oder seine Anhänger waren für den Tod zweier Männer verantwortlich, die man in der vorigen Nacht am Brakely Square leblos aufgefunden hatte.

Niemand hatte Montague gesehen; es existierte keine Fotografie von ihm, die die vielen Detektive auf seine Spur hätte bringen können. Man hatte zwar Agenten von ihm festgenommen und sie strengen Verhören unterworfen, aber es waren immer nur die Agenten anderer Agenten gewesen. Montague selbst hatte sich unsichtbar gehalten; er stand hinter einem Stahlnetz von Banken, Rechtsanwälten und anonymen Personen – für den Arm der Gerechtigkeit unerreichbar.

Der Polizeibeamte kehrte mit einer kleinen schwarzen Ledermappe zurück, die er vor Mr. Smith niederlegte. Dann verließ er das Zimmer wieder.

Mr. Smith öffnete die Tasche und zog drei kleine Päckchen daraus hervor, die mit einer roten Schnur umwunden waren.

Er machte das eine auf und legte drei Karten vor sich hin. Es waren vergrößerte Fotografien von Fingerabdrücken. Selbst wenn man kein Experte auf diesem Gebiet war, konnte man sofort erkennen, daß sie von demselben Finger herrührten, obwohl sie offensichtlich unter den verschiedensten Umständen aufgenommen waren.

Der Detektiv verglich sie mit einer kleineren Fotografie, die er aus seiner Westentasche hervorgeholt hatte. Es bestand gar kein Zweifel darüber – auch dieser vierte Abdruck stimmte mit den anderen überein. Man hatte ihn durch ein umständliches Verfahren von einem kaum sichtbaren Abdruck auf dem letzten Brief gewonnen, den dieser Erpresser an Lady Constance Dex gerichtet hatte.

Er klingelte wieder, und der Beamte erschien aufs neue in dem Zimmer.

»Ist Mr. Ela in seinem Büro?«

»Jawohl. Er bearbeitet den Fall im Zollamt.«

»Ach ja, ich erinnere mich – zwei Männer wurden überrascht, wie sie dort das Gepäck berauben wollten. Sie entflohen, nachdem sie einen Polizisten in dem Gebäude niedergeschossen hatten.«

»Sie sind zwar beide entkommen, aber der eine ist von einem Beamten durch einen Schuß verwundet worden. Man hat Blutspuren an der Stelle gefunden, wo das Auto wartete.«

Mr. Smith nickte.

»Bitten Sie Mr. Ela, zu mir zu kommen, wenn er mit seiner Arbeit fertig ist.«

Polizeiinspektor Ela hatte seine Nachforschungen anscheinend schon beendet, denn kurz darauf erschien er in dem Büro. Er hatte etwas melancholische Züge.

»Treten Sie näher«, sagte Mr. Smith lächelnd, »und erzählen Sie mir all Ihre Leiden und Ihren Kummer.«

Mr. Ela ließ sich in einem rohrgeflochtenen Stuhl nieder.

»Meine Hauptsorge besteht darin, Augenzeugen zu finden, die nähere Angaben machen können. Bis jetzt fehlt jeder Anhaltspunkt für die Identität der Räuber, die beinahe einen Mord auf dem Gewissen haben. Die Nummer des Wagens war natürlich gefälscht, man hat das Auto nicht über Limehouse hinaus verfolgen können. Ich stehe vor scheinbar unüberwindlichen Schwierigkeiten. Ich weiß nur, daß einer der Vagabunden entweder verwundet oder getötet und von seinem Freund in den Wagen getragen wurde. Es ist möglich, daß seine Leiche irgendwo auftauchen wird – dann könnten wir vielleicht weiterkommen.«

»Wenn das nun zufällig mein Freund Montague Fallock wäre«, meinte Mr. Smith gutgelaunt, »dann könnte ich glücklich sein. Was wollten die beiden denn erbeuten? Suchten sie nach Goldbarren?«

»Das glaube ich kaum – es schienen ganz einfache Diebsgesellen zu sein. Sie haben ein paar Koffer aufgebrochen, einen Teil des Passagiergepäcks vom Dampfer ›Mandavia‹, der am Tag vorher von der Westküste Afrikas eingetroffen war. Es war Gepäck, wie es Passagiere eben ein oder mehrere Tage in der

Zollstation lassen, bis sie weiterreisen. Die aufgebrochenen Koffer gehören dem Sekretär eines Gouverneurs des Kongostaates, der Frau eines höheren Kolonialbeamten, dessen Namen ich vergessen habe – und einem gewissen Dr. Goldworthy, der eben aus dem Kongogebiet zurückgekommen ist, wo er sich der Erforschung der Schlafkrankheit widmete.«

»Das klingt ja gerade nicht sehr erschütternd«, sagte Mr. Smith nachdenklich. »Ich verstehe nicht, warum so hochmoderne, elegante Verbrecher im Auto angefahren kommen, um sich mit solchen Kleinigkeiten abzugeben; warum sie in Masken und mit Pistolen auftreten – sie waren doch maskiert, wenn ich mich recht entsinne?« Ela nickte. »Warum kommen diese Leute wegen solcher Bagatellen?«

»Nun erzählen Sie mir aber auch von Ihrem Fall«, bat der Inspektor.

»Von dem Fall Montague Fallock«, erwiderte Smith mit einem verbissenen Lächeln. »Wieder der edle Montague Fallock! Er war so bescheiden, nur zehntausend Pfund von Lady Constance Dex zu fordern – der Schwester des bekannten und ehrenwerten Pfarrers Jeremiah Bangley in Great Bradley. Wenn sie nicht zahlt, will er sie mit einer alten Liebesaffäre bloßstellen.

Bangley ist ein großer, freundlicher, vornehmer Herr, der ganz unter dem Einfluß seiner Schwester steht. Sie ist eine stattliche und immer noch schöne Frau. Die Angelegenheit hat ihre Bedeutung eigentlich dadurch schon halb verloren, daß der betreffende Mann vor kurzer Zeit in Afrika starb. Das sind alle wesentlichen Details. Ihr Bruder wußte schon von der ganzen Sache, aber Montague wollte sie eben der ganzen Welt bekanntmachen. Er droht, die Dame umzubringen, wenn sie seine Forderung der Polizei mitteilen sollte. Es ist nicht das erstemal, daß er zu derartigen Drohungen greift. Der letzte, den er zu erpressen suchte, war der Millionär Farrington – merkwürdigerweise ein guter Freund von Lady Dex.«

»Es ist wie verhext«, meinte Ela. »Konnten Sie denn keine weiteren Anhaltspunkte finden, als Sie die Leichen der beiden Männer durchsuchten, die gestern nacht ermordet wurden?«

Mr. Smith ging in dem Raum auf und ab, er hatte die Hände in die Hosentaschen gesteckt und schüttelte nachdenklich den Kopf.

»Ferreira de Coasta war der eine, und Henri Sans der andere. Zweifellos standen die beiden im Sold Montagues. Coasta war ein gebildeter Mann, der ihm wahrscheinlich als Vermittler gedient hat. Von Haus aus Architekt, war er wegen dunkler Geldangelegenheiten in Paris in Schwierigkeiten gekommen. Sans war ein untergeordneter Agent, dem man mehr oder weniger Vertrauen entgegenbrachte. Ich habe weder bei dem einen noch bei dem anderen etwas Besonderes gefunden, das mich auf die Spur Montague Fallocks hätte bringen können. Sehen Sie, nur dieses Ding habe ich entdeckt.«

Er zog eine Schublade seines Schreibtisches auf und nahm ein kleines, silbernes Medaillon heraus, das eingravierte Ornamente und ein schon halb verwischtes Monogramm trug.

Mr. Smith drückte auf eine Feder, und das Medaillon sprang auf. Es enthielt nur ein kleines, weißes, kreisrundes Papier.

»Ein gummiertes Etikett«, erklärte Mr. Smith. »Aber die Inschrift ist interessant.«

Ela nahm den kleinen Gegenstand in die Hand, hielt ihn ans Licht und las.

Mor: Cot.
Gott schütz dem Kenig

»Ungeheuer patriotisch, aber eine unglaubliche Orthographie, ich kann nichts damit anfangen.«

Smith steckte das Medaillon wieder in seine Tasche und verschloß dann das Aktenstück in einer Schreibtischschublade.

Ela gähnte.

»Entschuldigen Sie, aber ich bin sehr müde. Übrigens – liegt in diesem Great Bradley, das Sie vorhin erwähnten, nicht irgend so ein romantisches Haus?«

Mr. Smith nickte und zwinkerte mit den Augen.

»Es ist die Stadt, in der das ›geheimnisvolle Haus‹ liegt«, sagte er und erhob sich. »Aber die Extravaganzen eines liebeskranken Amerikaners, der verrückte Häuser baut, gehen schließlich die Polizei nichts an. Sie können bis Chelsea in meinem Wagen mitfahren.« Bei diesen Worten zog er seinen Mantel an und nahm seine Handschuhe. »Möglicherweise haben wir Glück und überfahren Montague im Nebel.«

»Sie scheinen ja heute abend in einer Stimmung zu sein, in der Sie an Wunder glauben«, meinte Ela, als sie zusammen die Treppe hinuntergingen.

»Ich bin in der Stimmung, zu Bett zu gehen«, erwiderte Mr. Smith ehrlich.

Als sie draußen angelangt waren, war der Nebel so dicht, daß sie zögernd stehenblieben. Der Chauffeur, der Mr. Smiths Wagen lenkte, war ein kluger und zäher Polizeibeamter, aber seine lange Erfahrung sagte ihm, daß es ein nutzloses Beginnen war, an diesem Abend nach Chelsea zu fahren.

»Die ganze Straße ist nebelig und unsichtig«, sagte er. »Ich habe eben mit der Westminster-Wache telefoniert und dort die Auskunft bekommen, daß es unmöglich sei, durch den Nebel zu fahren.«

Mr. Smith nickte.

»Dann werde ich hier in der Polizeidirektion schlafen. Sie suchen sich besser hier auch ein Quartier in einer der Wachstuben«, wandte er sich an seinen Chauffeur. »Was wollen Sie tun, Ela?«

»Ich werde ein wenig im Park spazierengehen«, entgegnete Ela ironisch.

Mr. Smith ging zu seinem Büro zurück, und Ela folgte ihm. Oben drehte er das elektrische Licht an, aber er blieb in der Tür stehen. Während ihrer Abwesenheit von höchstens zehn Minuten mußte jemand hiergewesen sein. Zwei Schubladen des Schreibtisches waren gewaltsam geöffnet worden, und der Fußboden war mit Schriftstücken bedeckt, die bei einer hastigen Durchsuchung hinuntergeworfen worden waren.

Mr. Smith war mit einigen großen Schritten am Schreibtisch – das Aktenstück war fort.

Ein Fenster stand offen, und dichte Nebelschwaden drangen in das Zimmer.

»Sehen Sie – hier sind Blutspuren«, rief Ela und zeigte auf das mit Blutflecken bedeckte Löschpapier der Schreibunterlage.

»Er hat sich mit der Hand am Glas geschnitten.« Mr. Smith wies auf die zerbrochene Fensterscheibe. Dann schaute er hinaus.

Eine leichte Hakenleiter, wie sie bei amerikanischen Feuerwehren benützt wird, hing draußen an der Brüstung. Der Nebel war so dicht, daß man unmöglich erkennen konnte, wie lang sie war. Die beiden zogen sie mühelos nach oben. Sie bestand aus leichten Bambusstangen, an denen in gewissen Abständen kurze Eisenklammern angebracht waren.

»Auch hier sind Blutspuren«, bemerkte Ela. Dann wandte er sich schnell an den Beamten, der auf sein Klingelzeichen erschienen war, und gab seine Anordnungen in größter Eile. »Der Inspektor vom Dienst soll sofort mit allen verfügbaren Mannschaften das Polizeipräsidium umstellen – rufen Sie die Wache Cannon Row an, daß alle Leute an der Absperrung teilnehmen sollen. Ein Mann mit einer verletzten Hand soll verhaftet werden – geben Sie den Befehl an alle Reviere durch.«

»Wir haben nur wenig Aussicht, unseren Freund auf diese Weise zu fassen«, sagte Mr. Smith. Er nahm ein Vergrößerungsglas und betrachtete einen der Blutflecken.

»Wer mag das gewesen sein?« fragte Ela.

Mr. Smith zeigte auf den blutigen Fingerabdruck.

»Montague Fallock – und er weiß jetzt gerade das, was er unter keinen Umständen erfahren sollte.«

»Und was ist das?«

Mr. Smith antwortete nicht gleich. Er stand mitten im Zimmer und schaute sich um, ob er nicht irgendwelche Spuren oder Anhaltspunkte finden könnte, die der Einbrecher hinterlassen hatte.

»Er weiß genausoviel wie ich«, sagte er grimmig. »Aber vielleicht bildet er sich ein, daß ich noch mehr weiß – die Dinge werden sich ja entwickeln.«

4

Es war eine böse Nacht für London. Sie war nicht wild oder stürmisch, aber die ganze Stadt war – wie eine Mohammedanerin, die bis zu den Augen verschleiert ist – in Nebel gehüllt. Der weiche, graue Dunst hing über den engen Straßen der Stadt, durch die sich den ganzen Tag über der Verkehr gewälzt hatte, und machte die kleinen Seitenstraßen zu einem wahren Irrgarten. Fast noch schwerer war es, sich auf den großen Plätzen zurechtzufinden. Besonders unten am Boden war der graue Dunst so dicht, daß man nicht einen Meter weit sehen oder etwas erkennen konnte. Die Menschen gingen gespenstisch und abenteuerlich durch eine fremde, unbekannte Welt.

Gelegentlich zerrissen die Nebelschleier, um sich dann nur wieder fest zu schließen. Vor dem Jollity-Theater brannte eine große Anzahl starker Bogenlampen, deren zitterndes Licht den Platz erhellte. Eine ununterbrochene Reihe von Fahrzeugen strömte hierher. Die Wagen sahen wie ungeheuer große, glitzernde Käfer aus, die von irgendwoher auftauchten. Sie verschwanden wieder in dem ungewissen Nebel, nachdem die Fahrgäste ausgestiegen waren. Auch eine lange Prozession von Fußgängern wand sich über diesen erleuchteten Platz.

Inmitten der Menge bewegte sich ein junger Bursche mit scharfgeschnittenen Gesichtszügen, der offenbar Zeitungen verkaufte, aber alle ankommenden Wagen scharf beobachtete. Plötzlich stürzte er an den Rand des Gehsteigs, wo soeben ein Taxi hielt. Ein Herr stieg etwas schwerfällig aus und half dann einer jungen Dame heraus.

Nur einen Augenblick wurde die Aufmerksamkeit des Jungen von der glänzenden Erscheinung dieser Dame abgelenkt. Das in ein weites, elfenbeinfarbenes Cape gehüllte Mädchen hatte einen zarten Teint und war groß und schlank. Ihre Augen, die unter großen, schöngeschwungenen Wimpern hervorschauten, waren ausdrucksvoll und von wunderbar blauer Farbe. Sie lachte.

»Sei vorsichtig, Tante«, sagte sie vergnügt, als noch eine etwas untersetzte ältere Dame mit steifen Bewegungen aus dem Wagen stieg. »Dieser Londoner Nebel ist gefährlich.«

Der Zeitungsjunge war eine Sekunde lang in den Anblick des Mädchens versunken, aber dann erinnerte er sich plötzlich an seinen Auftrag. Seine Keckheit kam wieder zum Durchbruch, und er drängte sich vor.

»Zeitung gefällig, mein Herr?«

Der Angesprochene schien ihn zuerst abweisen zu wollen, aber die Haltung des Jungen ließ ihn seine Absicht ändern.

Während er in seiner Westentasche nach Kleingeld suchte, betrachtete ihn der Zeitungsjunge genau. Unter dem großen Hut war ein Gesicht mit kraftvollen Zügen zu sehen, aber es zeigte eine ungesunde, graublasse Farbe. Die Lippen waren dünn und zusammengekniffen, und tiefe Furchen liefen von den Nasenflügeln zum Kinn. Die Augen standen dicht beisammen und hatten eine trübdunkle Färbung.

Das ist er, sagte der Junge zu sich selbst.

Die junge Dame lachte, als sie sah, daß sich ihr Begleiter in dieser ungemütlichen Umgebung so sehr für Zeitungen interessierte, und wandte sich an einen jungen Mann in Gesellschaftskleidung, der eben aus einem zweiten Auto gestiegen war und auf sie zutrat.

Diesen Augenblick, in dem die anderen abgelenkt wurden, benutzte der kleine Bursche und trat noch etwas näher an den älteren Herrn heran.

»T.B.S.«, sagte er leise, aber klar verständlich.

Der Mann erbleichte plötzlich, und das Geldstück, das in seiner großen, weißbehandschuhten Hand lag, fiel klirrend zu Boden.

Der Zeitungsjunge bückte sich schnell und hob es geschickt auf.

»T.B.S.«, flüsterte er noch einmal und noch eindringlicher.

»Hier?« Die Lippen des alten Herrn zitterten.

»Er beobachtet das Theater – eine Menge Detektive sind hier«, erwiderte der Junge rasch und war froh, daß er seine Botschaft angebracht hatte. Während er das Geldstück zurückgab, schob er ein Stück Papier in die Hand des Mannes.

Dann drehte er sich mit einem vergnügten Blick zu der jungen Dame um, sah sie prahlerisch an, streifte auch ihren Begleiter mit den Augen und verschwand wieder in der Menge.

Der ganze Vorfall hatte kaum länger als eine Minute gedauert. Gleich darauf saß die kleine Gesellschaft in einer Loge, zu der die prickelnden Melodien der Ouvertüre des »Strand Girl« hinaufschallten.

»Ich wünschte, ich wäre ein kleiner Londoner Straßenjunge«, sagte das junge Mädchen nachdenklich und rückte den Veilchenstrauß an ihrem Ausschnitt zurecht. »Denken Sie nicht auch an Abenteuer, Frank?«

Frank Doughton schaute mit einem bedeutungsvollen Lächeln zu ihr hinüber, und sie errötete unter seinem Blick.

»Nein, das tue ich nicht«, erwiderte er liebenswürdig.

Doris lachte ihn an und zuckte dann ihre schönen, zarten Schultern.

»Für einen jungen Journalisten sind Sie viel zu offen und zu vertrauensselig, Frank. Ich möchte fast sagen: zu unerfahren. Sie müßten sich daran gewöhnen, diplomatischer zu sein und mit größerem Scharfsinn zu arbeiten – sehen Sie sich doch einmal unseren gemeinsamen Freund, den Grafen Poltavo, an!«

Ihre Stimme klang mutwillig, und er fühlte sich verletzt. Als der Name des Polen genannt wurde, verfinsterten sich seine Züge.

»Der kommt doch nicht etwa heute abend auch?« fragte er unangenehm berührt.

Doris nickte mit lachenden Augen.

»Ich weiß nicht, was Sie an diesem Mann finden«, sagte er ein wenig vorwurfsvoll. »Ich will jede Wette mit Ihnen eingehen, daß der Kerl ein Spitzbube ist! Er ist aalglatt und gewandt, aber er hat einen schlechten Charakter. Lady Dinsmore«, wandte er sich an die ältere Dame, »gefällt er Ihnen denn auch so gut?«

»Fragen Sie nur Tante Patricia nicht«, entgegnete die junge Dame. »Sie hält ihn für den liebenswürdigsten und faszinierendsten jungen Mann in London – streite es nicht ab, Tante!«

»Das fällt mir gar nicht ein, denn es stimmt. Graf Poltavo –« Lady Dinsmore unterbrach sich, um einige Leute durch ihr Lorgnon zu betrachten, die eben in die gegenüberliegende Loge getreten waren. Sie sah nur den Schimmer eines grauen Kleides und eine Hand, die in einem weißen Handschuh steckte, da die

Loge nicht erleuchtet war. »Graf Poltavo ist der einzige wirklich interessante Mann Londons. Er ist einfach ein Genie.« Sie schloß ihr Lorgnon, das leise einschnappte. »Es macht mir immer großes Vergnügen, mich mit ihm zu unterhalten. Lächelnd erzählt er nette Witze, zitiert in einem Atem Talleyrand und Lucullus, und man hat das Gefühl, daß er sich während der Unterhaltung ganz unabhängig von dem, was gesagt wird, seine Meinung über die Leute bildet und alle Resultate in seinem Gedächtnis registriert. Jeder bekommt sein Fach, auf dem fein säuberlich sein Name notiert wird. Wie Medizinflaschen im Schrank eines Apothekers – so wohlgeordnet stelle ich mir diese Urteile vor.«

Doris nickte nachdenklich.

»Ich möchte einmal einige von ihnen nehmen und öffnen. Vielleicht werde ich es eines Tages noch tun.«

»Nehmen Sie sich in acht«, erwiderte Frank böse. »Wahrscheinlich finden Sie auf jeder dieser Flaschen drei Kreuze und außerdem das Wort ›Gift‹ verzeichnet.« Er sah sie mit wachsendem Unmut an. In der letzten Zeit hatte sich ihr Benehmen gegen ihn vollkommen geändert. Sie war seine gute Freundin gewesen, die ihm vertraut hatte, und nun hatte sie sich vor seinen Augen in eine Fremde verwandelt, die ihm fast feindlich gegenüberstand. Und doch war sie schöner als jemals. Aber sie machte sich jetzt über ihn lustig, spottete über ihn und fand ein grausames Vergnügen daran, ihn zu kränken. Sie verhöhnte seine Jugend, seine Schwerfälligkeit, seinen offenen, arglosen und ehrlichen Charakter. Am schwersten freilich war der feine Spott zu ertragen, mit dem sie seinen schüchternen Versuchen begegnete, sich ihr zu nähern, um ihr seine Zuneigung auszudrücken. Und wie gerne hätte er ihr die Leidenschaft gestanden, die ihn fast gegen seinen Willen für sie ergriffen hatte.

Er verfiel in bittere und trübe Gedanken. Er dachte an den seidenweichen Stutzer, diesen Grafen, der als sein Rivale aufgetaucht war und der durch sein Auftreten, sein gutes Benehmen und durch seine Vorliebe für Kunst und Literatur glänzte. Welche Chancen hatte er, ein einfacher Brite, gegen solche offensichtliche Überlegenheit – wenn sich dieser Mensch nicht, wie er im Innersten hoffte, noch als Verbrecher entpuppte! Er wollte die Meinung ihres Vormunds darüber hören.

»Mr. Farrington«, fragte er laut, »wie denken Sie denn hierüber – hallo!«

Er sprang plötzlich auf und hob den Arm, um den älteren Herrn zu stützen.

Farrington war aufgestanden und schwankte ein wenig. Er war auffallend blaß geworden, und sein Gesicht zuckte, als ob er Schmerzen hätte.

Mit der größten Anstrengung riß er sich zusammen.

»Doris«, fragte er schnell, »wo hast du dich von Lady Constance getrennt?«

Das Mädchen schaute erstaunt auf.

»Ich habe sie heute nicht gesehen. Sie ist gestern abend nach Great Bradley gefahren – das stimmt doch, Tante?«

»Ja, es war recht sonderbar und meiner Meinung nach unhöflich«, erwiderte Lady Dinsmore, »daß sie ihre Gäste im Stich ließ und in ihrem Auto durch den Nebel zu ihrer Wohnung da draußen fuhr. Manchmal kommt mir der Gedanke, daß Constance ein wenig verrückt ist.«

»Ich wünschte, ich könnte auch dieser Ansicht sein«, sagte Farrington grimmig. Dann wandte er sich plötzlich an Doughton.

»Kümmern Sie sich, bitte, um Doris. Ich vergaß ganz, daß ich noch eine Verabredung habe.«

Er winkte Frank mit einer kaum wahrnehmbaren Geste, und die beiden verließen die Loge.

»Haben Sie etwas entdeckt?« fragte Farrington, als sie draußen standen.

»In welcher Beziehung?« fragte Frank unschuldig.

Ein beinahe ironisches Lächeln huschte über Mr. Farringtons Züge.

»Für einen jungen Mann, der so wichtige Nachforschungen betreibt, sind Sie ein wenig unachtsam.«

»Ach, Sie meinen die Tollington-Affäre! Nein, bis jetzt habe ich noch nichts herausgebracht; ich glaube allerdings auch nicht, daß es meine Sache ist, den Detektiv zu spielen, Nachforschungen anzustellen und Leute aufzuspüren. Ich kann ganz nette Kurzgeschichten schreiben, aber als Detektiv tauge ich nicht viel. Es ist natürlich äußerst liebenswürdig von Ihnen, daß Sie mir den Auftrag gegeben haben –«

»Reden Sie keinen Unsinn«, unterbrach ihn der alte Herr. »Es ist nicht Liebenswürdigkeit – es ist mein eigenstes Interesse. Irgendwo in diesem Lande befindet sich der Erbe der Tollington-Millionen. Ich bin einer der Treuhänder dieses großen Vermögens und natürlich sehr daran interessiert, den Erben zu finden, damit ich meine Verantwortlichkeit loswerde. Sie wissen, daß ich demjenigen, der ihn entdeckt, gern einige tausend Pfund zahle.« Er sah auf seine Uhr. »Ich möchte aber noch über etwas anderes mit Ihnen sprechen – es betrifft Doris.«

Sie standen in dem kleinen Gang, der hinter der Loge vorbeiführte, und Frank wunderte sich, warum Mr. Farrington gerade diesen Augenblick wählte, um eine so wichtige und intime Angelegenheit mit ihm zu besprechen. Er war dem Millionär äußerst dankbar, daß er ihm den Auftrag erteilt hatte, obgleich die Aufgabe, den unbekannten Erben des Tollington-Vermögens zu finden, ebenso schwierig war wie die, die sprichwörtliche Stecknadel im Heuschober zu entdecken. Aber er hatte den Auftrag dankbar angenommen, weil er dadurch Gelegenheit hatte, Doris Gray häufiger zu sehen.

»Sie kennen meine Ansicht«, fuhr Mr. Farrington fort und sah wieder auf seine Uhr. »Ich möchte, daß Doris Sie heiratet. Sie ist ein gutes Mädchen, der einzige Mensch in der Welt, zu dem ich Zuneigung empfinde.« Seine Stimme zitterte, man konnte nicht an seinen Worten zweifeln. »Irgendwie bin ich beunruhigt – die Schießerei, deren unfreiwilliger Zeuge ich neulich war, hat mich nervös gemacht. Aber jetzt gehen Sie hinein und versuchen Sie, Doris zu erobern.«

Er reichte Frank die Hand. Der junge Journalist nahm sie und erschrak, als er die eiskalten Finger des Millionärs berührte. Farrington nickte noch kurz und sagte im Fortgehen: »Ich werde nicht lange bleiben.« Dann ging er in das Vestibül und verschwand auf die Straße. Ein Pfiff brachte ein Taxi herbei.

»Zum ›Savoy-Hotel‹«, rief Farrington, als er in den Wagen sprang und der Chauffeur mit einem Ruck anfuhr.

Aber gleich darauf öffnete er das Fenster.

»Halten Sie, ich will hier aussteigen.« Er entlohnte den Chauffeur reichlich. »Ich will lieber zu Fuß gehen«, bemerkte er gleichgültig.

»Das ist aber ein wenig ungemütlich in dem Nebel heute abend, mein Herr«, meinte der Mann höflich. »Es wäre doch besser, wenn ich Sie zum Hotel führe.«

Aber Mr. Farrington war bereits im Nebel verschwunden.

Er zog sein Halstuch enger zusammen, rückte den Hut tief in die Stirn und eilte die Straße entlang wie jemand, der ein bestimmtes Ziel hat.

Plötzlich blieb er stehen und hielt ein anderes Taxi an, das langsam an den Gehsteig heranfuhr.

5

Der Nebel war noch ebenso dicht und undurchdringlich wie vorher. Die Straßenlaternen verbreiteten ein geisterhaftes gelbes Licht in dem schweren Dunst. Der kleine Zeitungsjunge, der erst die Hälfte seines Auftrages erledigt hatte, eilte dem Fluß zu. Er befreite sich von seinen Zeitungen, indem er sie einfach in einen großen Abfallkasten warf. Dann sprang er geschickt auf einen vorüberfahrenden Autobus, und nach einer halben Stunde hatte er Southwark erreicht. Er bog in eine der engen Straßen ein, die vom Borough abzweigten. Hier brannten nur wenige trübe Gaslaternen, die Nebenstraßen waren enger und düsterer.

Er ging einen dunklen und holperigen Weg entlang und sah sich von Zeit zu Zeit um, ob er verfolgt würde.

Zwischen den engen Straßenwänden war der Nebel noch dichter, und es herrschte eine warme, stickige Atmosphäre. Die Häuser zu beiden Seiten der Straße waren nicht zu erkennen. Es lag etwas Bedrückendes und Beängstigendes in dieser Enge, doch entsprach das ganz dem Charakter dieses ärmlichen Stadtteils.

Manchmal hörte er dicht neben sich einen Gassenhauer, oder er sah das aufgedunsene, rote Gesicht eines halbbetrunkenen Menschen in dem Dunst auftauchen.

Aber der Junge befand sich hier in heimatlicher Umgebung und ging flink vorwärts. Er pfiff eine Melodie zwischen den Zähnen und eilte mit einer Gewandtheit, die man nur durch lange Übung erreichen kann, an den langen, schmutzigen Rinnsteinen vorbei, bog vor großen, dunklen Pfützen aus und schlug auch vor den schwankenden Gestalten, die man nur undeutlich durch den Nebel sehen konnte, seine Haken.

Während er an der einen Häuserfront entlangging und von Zeit zu Zeit mit der Hand nach einer Mauer tastete, hörte er Schritte hinter sich. Er bog um die Ecke, wandte sich sofort wieder um und stieß dabei mit einem Mann zusammen, der ihn mit großen Händen packte. Ohne zu zögern, beugte sich der Junge vor und biß mit seinen scharfen Zähnen in den haarigen Arm.

Mit einem heiseren Fluch ließ ihn der Mann fahren, und der Junge, der flink auf die andere Straßenseite sprang, konnte noch hören, wie er hinter ihm herstolperte und wütend schimpfte. In dem undurchdringlichen Nebel war eine Verfolgung jedoch unmöglich.

Als der kleine Bursche die Straße entlanglief, öffnete sich plötzlich eine Tür neben ihm. Ein greller, roter Lichtschein fiel nach draußen, und der schmutzbespritzte Anzug des Jungen wurde hell beleuchtet. Er starrte in die Öffnung hinein.

Ein Mann stand in der Tür.

»Komm herein«, sagte er kurz.

Der Junge gehorchte. Heimlich wischte er sich die Stirn und versuchte, seinen schnellen Atem zu unterdrücken. Er trat in ein unansehnliches Zimmer. Der Fußboden war abgetreten und beschmutzt, die Tapeten hingen von den Wänden herunter. Die Luft war verbraucht und stickig. Nur ein Tisch und ein paar alte Stühle standen in der einen Ecke.

Der Junge ließ sich in einen Stuhl fallen und sah seinen Herrn, der ihm schon oft verschwiegene Aufträge gegeben hatte, offenherzig und neugierig an. Aber dann schweiften seine Blicke an dem Mann vorbei zu einer Gestalt, die unter einem schweren, dunklen Mantel auf dem Boden lag. Das Gesicht war der Wand zugekehrt.

»Nun?« sprach ihn der Mann mit einer wohlklingenden, gebildeten Stimme an, die gleichwohl einen etwas fremden Akzent hatte. Der Mann war schlank, hatte dunkles Haar und dunklen Bart und ein feingeschnittenes Gesicht. Aber seine Züge waren undurchsichtig und hart wie die einer Sphinx. Er hatte den Abendmantel und den Zylinder abgelegt und stand nun in Gesellschaftskleidung vor seinem kleinen Agenten. Ein großer, vielleicht etwas zu großer Strauß von Parmaveilchen steckte in seinem Knopfloch und verbreitete einen schwachen Duft.

Der Junge wußte von seinem Herrn nur, daß er Ausländer war, etwas extravagant lebte, in einem großen Haus in der Nähe des Portland Place wohnte und ihn für seine gelegentlichen Dienste sehr gut bezahlte. Daß dieses große Haus ein Hotel war, in dem Poltavo eine recht hohe Rechnung zu begleichen hatte, konnte er nicht ahnen.

Der kleine Bursche erzählte, was er an diesem Abend erlebt hatte, und erwähnte besonders seine letzte Begegnung.

Poltavo hörte ruhig zu, setzte sich dann, stützte die Ellbogen auf den Tisch und brütete vor sich hin, indem er sein Gesicht in den Händen verbarg. Ein funkelnder Rubin, der in den Kopf einer Kobra eingesetzt war, glänzte in dem Ring, den er am kleinen Finger trug. Plötzlich erhob er sich wieder.

»Das ist alles für heute abend, mein Junge«, sagte er ernst. Er zog seine Brieftasche, nahm eine Pfundnote heraus und drückte sie ihm in die Hand.

»Und das«, sagte er leise, indem er ihm eine zweite Pfundnote zeigte und dann in die Hand steckte, »ist für – deine Schweigsamkeit. Hast du mich verstanden?«

Der Junge schaute schnell und fast furchtsam auf die ruhende Gestalt, die neben der Wand lag, versprach leise, nichts auszuplaudern, und verließ dann den Raum wieder. Als er draußen im Nebel stand, atmete er tief auf.

Nachdem sich der Bote entfernt hatte, öffnete sich die Tür zu einem anderen Raum, und Mr. Farrington trat heraus. Er war fünf Minuten vor dem Jungen hier eingetroffen. Mr. Poltavo lehnte sich in seinen Stuhl zurück und lächelte Farrington an, der düster auf ihn niederblickte.

»Endlich kommt die Sache ins Rollen – die Räder fangen an, sich zu drehen«, sagte er freundlich.

Mr. Farrington nickte schwer und schaute in die Ecke, wo die Gestalt auf dem Boden lag.

»Sie müssen sich noch schneller drehen, bevor die Nacht um ist«, erwiderte er bedeutungsvoll. »Ich brauche Ihnen wohl nicht zu sagen, daß wir äußerst vorsichtig zu Werke gehen müssen. Ein einziger Fehltritt, und das ganze Gebäude stürzt zusammen!«

»Da haben Sie zweifellos recht«, entgegnete Poltavo liebenswürdig. Er beugte sich nieder, um den Duft der Veilchen einzuziehen. »Aber Sie vergessen etwas. Das große Gebäude, von dem Sie so geheimnisvoll sprechen«, er unterdrückte ein Lächeln, »kenne ich noch gar nicht. Sie haben es in Ihrer ungeheuer vorsichtigen Weise verstanden, mich über diesen wichtigen Punkt vollkommen in Unkenntnis zu lassen.«

Er machte eine Pause und sah Mr. Farrington erwartungsvoll an. Ein leises, ironisches Lächeln umspielte seinen Mund. Der leichte Akzent, mit dem er sprach, machte seine Stimme angenehm und reizvoll.

»Habe ich nicht recht?« fragte er dann höflich. »Ich stehe, wie Sie neulich sagten, draußen auf der kalten Straße – ich kenne nicht einmal Ihre nächsten Pläne.«

Sein Benehmen war vornehm und ruhig, und nur sein schneller Atem verriet seine Erregung.

Mr. Farrington bewegte sich unruhig auf seinem Stuhl.

»Es handelt sich um gewisse finanzielle Angelegenheiten«, sagte er leichthin.

»Es gibt aber auch noch andere Dinge, die dringend und sofort erledigt werden müssen«, unterbrach ihn Poltavo. »Ich sehe zum Beispiel, daß Ihre rechte Hand in einem Handschuh steckt, der viel größer ist als der linke. Und ich bilde mir ein, daß unter dem weißen Glacéleder ein dünner seidener Verband ist. Für einen Millionär in Ihrer Lage benehmen Sie sich recht sonderbar – ich möchte fast sagen: verdächtig.«

»Pst!« Farrington wandte sich um. In seinem Blick lag Furcht.

Poltavo übersah diese Unterbrechung. Er legte seine Hand

auf Mr. Farringtons Arm und sprach mit seiner wohltönenden, überzeugenden Stimme auf ihn ein.

»Ich möchte Ihnen einen guten Rat geben. Vertrauen Sie sich mir an. Ich spreche hier zu Ihnen, ohne das geringste eigene Interesse daran zu haben. Es wäre wirklich gut, wenn Sie mich ins Vertrauen zögen, denn ich glaube, Sie brauchen jetzt Hilfe, und ich habe Ihnen ja bereits Beweise meiner Fähigkeiten in dieser Beziehung gegeben. Als ich Sie heute nachmittag in Ihrem Hause am Brakely Square aufsuchte, sagte ich Ihnen schon, daß Ihnen ein Mann meiner Art von allergrößtem Nutzen sein könnte. Zuerst waren Sie überrascht, dann wurden Sie argwöhnisch. Als ich Ihnen von meinen Erfahrungen in der Redaktion einer gewissen kleinen Zeitung erzählte, wurden Sie ärgerlich. Ich bin ganz offen zu Ihnen«, sagte er und zuckte die Achseln. »Ich bin ein Abenteurer ohne Geld – kann ich aufrichtiger zu Ihnen sein? Ich nenne mich Graf Poltavo – aber meine Familie hat keinen irgendwie berechtigten Anspruch, einen Adelstitel zu führen. Ich lebe nur von meinem Witz und Verstand und habe mir bis jetzt meinen Lebensunterhalt durch Falschspielen erworben; ich habe fast einen Mord auf dem Gewissen. Ich brauche die wohlwollende Fürsorge eines starken, reichen Mannes – und Sie erfüllen alle Voraussetzungen.« Er neigte sich ein wenig vor und sprach weiter. »Sie sagten mir, ich solle meine Nützlichkeit beweisen – nun gut, ich habe die Herausforderung angenommen. Als Sie heute abend ins Theater gingen, wurde Ihnen von einem Boten gesagt, daß der Detektiv T. B. Smith – wirklich ein bewunderungswürdiger Mann – Sie beobachtet und daß er das ganze Theater mit Geheimpolizisten abgesperrt hatte. Ich wählte einen kleinen Jungen als Boten, der Ihnen schon mehr als einmal gedient hat. Damit habe ich Ihnen doch zu gleicher Zeit bewiesen, daß ich nicht nur vollkommen informiert war, welche Schritte die Behörden Ihnen gegenüber ergriffen hatten, sondern daß ich auch wußte, wohin Sie heute abend gehen würden – und daß ich Ihr Geheimnis kannte.«

Sein Blick haftete jetzt auf der Gestalt, die von dem dicken Mantel bedeckt war.

Er lächelte hintergründig.

»Sie sind ein interessanter Mann«, erwiderte Farrington düster. Er schaute auf die Uhr. »Kommen Sie mit mir ins Jollity-Theater – wir können auf dem Weg dorthin die Sache besprechen. Vielleicht fordern wir Mr. Smith heraus«, sagte er lächelnd, wurde aber gleich wieder ernst. »Ich habe einen sehr guten Freund verloren.« Auch er blickte zu dem schweigend daliegenden Mann. »Sie könnten an seine Stelle treten. Stimmt es, daß Sie etwas von technischen Dingen verstehen, wie Sie mir heute erzählten?«

»Ich habe mein Examen als Ingenieur an der Technischen Hochschule zu Padua bestanden und besitze ein Diplom darüber«, entgegnete Poltavo prompt.

6

Punkt zehn Uhr, als sich der Vorhang nach dem ersten Akt senkte, wandte sich Lady Dinsmore um und streckte ihre Hand aus, um den ersten der beiden Herren zu begrüßen, die in die Loge traten.

»Mein lieber Graf, ich bin sehr böse auf Sie. Ich habe nun schon zu lange auf Sie gewartet und habe diesen jungen Leuten allerhand Gutes über Sie erzählt. Vermutlich waren Sie auch die Veranlassung zu Gregorys plötzlichem Verschwinden?«

»Es tut mir unendlich leid!«

Graf Poltavo konnte sich den Anschein geben, als ob er seine ganze Aufmerksamkeit auf den Menschen richtete, mit dem er sprach, und als ob er ihn bis auf den Grund seiner Seele durchschauen wollte. Er konnte wunderbar zuhören, und diese Eigenschaft, verbunden mit einer gewissen Heiterkeit seines Temperamentes, hatte ihn in kurzer Zeit in der Gesellschaft beliebt gemacht, die ihm nun ihre Tore geöffnet hatte.

»Bevor Sie mich mit Recht verurteilen, Lady Dinsmore, gestatten Sie, daß ich mich wegen der Verspätung tausendmal bei Ihnen entschuldige.«

Lady Dinsmore schüttelte den Kopf und schaute zu Farrington hinüber. Aber der ernste Mann hatte sich auf einem Sessel in der Ecke der Loge niedergelassen und schaute verdrießlich ins Parkett hinunter.

»Sie sind einfach unverbesserlich, Graf. Aber nehmen Sie jetzt Platz und bringen Sie ruhig Ihre Entschuldigungsgründe vor. Sie kennen ja meine Nichte – ich glaube, auch Mr. Doughton. Er ist einer unserer kommenden führenden Geister.«

Der Graf machte eine Verbeugung und setzte sich neben Lady Dinsmore.

Frank, der nur durch ein Nicken kühl auf den Gruß geantwortet hatte, nahm seine Unterhaltung mit Doris sogleich wieder auf. Lady Dinsmore wandte sich an den Grafen.

»Was können Sie nun zu Ihrer Rechtfertigung vorbringen?« fragte sie etwas abrupt. »Ich lasse Sie nicht so leichten Kaufes entwischen. Unpünktlichkeit ist ein böses Vergehen, und zur Strafe sollen Sie sagen, weshalb Sie nicht gekommen sind.«

Poltavo verneigte sich mit einem strahlenden, liebenswürdigen Lächeln.

»Es war eine recht unangenehme geschäftliche Angelegenheit, die meine persönliche Gegenwart erforderte – auch Mr. Farrington mußte zugegen sein.«

Lady Dinsmore machte eine abwehrende Geste.

»Geschäftliche Dinge können mich nicht versöhnen. Mr. Farrington«, fügte sie mit leiser Stimme vertraulich hinzu, »kann von nichts anderem als von Geschäften sprechen. Als er bei mir wohnte, sandte er dauernd Depeschen, kabelte nach Amerika oder entzifferte Codetelegramme. Weder bei Tag noch bei Nacht war Ruhe im Hause. Schließlich wurde es mir zuviel. ›Gregory‹, sagte ich zu ihm, ›ich dulde es nicht, daß du meine Dienstboten mit deinen extravaganten Trinkgeldern verdirbst und mein Haus zu einem Börsenbüro machst. Es ist besser, daß du deine Hausse- und Baissespekulationen im Savoy-Hotel vornimmst und Doris mir allein überläßt.‹ Diesen Rat hat er auch befolgt«, sagte sie mit einer gewissen Genugtuung.

Graf Poltavo schaute sich nach Mr. Farrington um, als hätte er zum erstenmal etwas von dessen merkwürdigem Verhalten gehört.

»Geht es ihm gesundheitlich nicht gut?«

Sie zuckte die Schultern.

»Offen gestanden, ich glaube, daß er ein wenig kränkelt. Er macht es aber schlimmer, um nicht an unserer Unterhaltung teilnehmen zu müssen. Er kann Musik an und für sich nicht recht leiden. Doris ist sehr besorgt um ihn, und seitdem sie gemerkt hat, daß es ihm nicht ganz gut geht, ist sie zerstreut. Sie verehrt ihren Onkel – Sie wissen doch, daß sie seine Nichte ist?«

Graf Poltavo blickte zu Doris hinüber. Sie saß vorn in der Loge und hatte die Hände leicht im Schoß zusammengelegt. Sie beobachtete das Publikum während der Pause mit einer gewissen Gleichgültigkeit, als ob sie an andere Dinge dächte. Ihre gewöhnliche Harmlosigkeit und ihre frohe Heiterkeit schienen sie im Augenblick ganz verlassen zu haben, und sie war schweigsam, was man sonst nicht an ihr gewöhnt war.

»Sie ist wirklich schön«, sagte Poltavo leise vor sich hin.

Ein gewisser Unterton in seiner Stimme machte Lady Dinsmore aufmerksam, und sie sah ihn prüfend an.

Der Graf erwiderte ihren Blick.

»Darf ich eine Frage an Sie richten – ist sie mit Ihrem jungen Freund verlobt?« sagte er leise. »Glauben Sie mir bitte, daß ich nicht nur aus purer Neugierde frage. Ich – ich bin selbst . . . interessiert.« Er sprach so ruhig und gesetzt wie immer.

Lady Dinsmore überlegte schnell.

»Ich besitze leider nicht ihr Vertrauen«, antwortete sie schließlich ebenso leise. »Sie ist ein kluges junges Mädchen und fragt niemanden um Rat.« Sie machte eine Pause, fügte dann aber zögernd hinzu: »Sie mag Sie nicht gern, es tut mir leid, wenn ich Ihnen dadurch weh tue, aber das ist ganz offensichtlich.«

Graf Poltavo nickte.

»Das weiß ich. Würden Sie mir einen aufrichtigen Freundschaftsdienst erweisen und mir mitteilen, warum ich ihr unsympathisch bin?«

Lady Dinsmore lächelte.

»Ich will sogar noch mehr als das tun«, erwiderte sie freundlich. »Ich will Ihnen Gelegenheit geben, sie selbst danach zu fragen. Frank!« Sie wandte sich nach vorne und klopfte mit ihrem Fächer auf die Schulter des jungen Mannes. »Würden Sie einmal zu mir kommen und mir sagen, was eigentlich Ihr Chef-redakteur damit beabsichtigt, daß er all diese schrecklichen Kriegsgerüchte in die Welt setzt? Darunter leidet doch nur die Saison in den Badeorten.«

Der Graf erhob sich schweigend von seinem Sessel und nahm den leeren Platz an der Seite der jungen Dame ein. Es herrschte zuerst ein peinliches Schweigen, aber Poltavo ließ sich dadurch nicht einschüchtern.

»Miss Gray«, begann er ernst, »Ihre Tante war so liebens-würdig, mir Gelegenheit zu geben, eine Frage an Sie zu richten. Gestatten Sie mir diese Frage?«

Doris zog die Augenbrauen hoch, und ihre Lippen kräuselten sich leicht.

»Eine Frage, auf die Sie und Tante Patricia keine Antwort finden konnten – das muß allerdings etwas Spitzfindiges sein. Wie kann ich hoffen, eine Antwort darauf zu finden?«

Er überhörte den ironischen Ton ihrer Stimme.

»Die Frage betrifft Sie selbst.«

»Ach!« Sie sah ihn mit blitzenden Augen an, und ihre kleinen Füße klopften ungeduldig auf den Boden. Dann lachte sie ein wenig ärgerlich.

»Ich habe nicht viel mit Ihnen im Sinn, Graf, das gebe ich offen zu. Ich habe erfahren, daß Sie niemals sagen, was Sie mei-nen, oder meinen, was Sie sagen.«

»Verzeihen Sie, Miss Gray, wenn ich Ihnen erkläre, daß sie mich ganz und gar verkennen. Ich meine stets, was ich sage, be-sonders wenn ich mit Ihnen spreche. Aber alles zu sagen, was ich meine, all meine Hoffnungen und Träume zu offenbaren oder gar offen auszusprechen, was ich zu träumen wage«, er sprach ganz leise, »gewissermaßen mein Innerstes nach außen zu keh-ren wie eine leere Tasche und den Blicken der Menge preiszu-geben – nein, das ist nicht meine Art; es wäre auch töricht.« Er machte eine ausdrucksvolle Geste. »Aber um nun zur Sache zu kommen – unglücklicherweise habe ich Sie irgendwie beleidigt, Miss Gray. Ich habe etwas getan oder unterlassen – oder meine unbedeutende Persönlichkeit findet nicht Ihr Interesse. Ist das nicht wahr?«

Die Aufrichtigkeit, mit der er sprach, war unverkennbar.

Aber das junge Mädchen war mit ihren Gedanken nicht bei der Sache. Ihre blauen Augen blieben kühl, als ob sie etwas anderes beobachtete, und ihr Gesicht hatte in seiner jungen Herbheit eine merkwürdige Ähnlichkeit mit den Zügen ihres Onkels angenommen.

»Ist das die Frage, die Sie an mich richten wollten?«

Der Graf verneigte sich schweigend.

»Dann will ich Ihnen auch eine Antwort geben«, sagte sie leise, aber erregt. »Ich will Vertrauen gegen Vertrauen schenken – ich will diesem unsicheren Zustand ein Ende machen.«

»Das ist mein sehnlichster Wunsch.«

Doris sprach weiter, ohne sich um die Unterbrechung zu kümmern.

»Sie haben recht – es ist wahr, daß ich mich nicht für Sie interessiere. Ich freue mich, daß ich es Ihnen einmal offen sagen kann. Vielleicht sollte ich einen anderen Ausdruck wählen. Ich habe eine ausgesprochene Abneigung gegen Ihr geheimnisvolles Wesen – es verbirgt sich etwas Dunkles in Ihnen, und ich fürchte Ihren Einfluß auf meinen Onkel. Sie sind mir erst vor vierzehn Tagen vorgestellt worden, Mr. Farrington kennt Sie weniger als eine Woche – trotzdem haben Sie es fertiggebracht, mir einen Heiratsantrag zu machen, was ich eigentlich nur als eine Unverschämtheit bezeichnen kann. Heute waren Sie drei Stunden bei meinem Onkel. Ich kann nur vermuten, was Sie mit ihm zu tun hatten.«

»Wahrscheinlich vermuten Sie das Falsche«, erwiderte er kühl.

Farrington sah schnell und argwöhnisch zu ihnen hinüber. Poltavo wandte sich wieder an Doris.

»Ich möchte nur Ihr Freund sein an dem Tage, an dem Sie meine Hilfe brauchen«, sagte er leise. »Und glauben Sie mir, dieser Tag wird bald kommen.«

»Ist das Ihr Ernst?« fragte sie ein wenig bedrückt.

Er nickte zustimmend.

»Wenn ich Ihnen nur glauben könnte! Ja, ich brauche einen Freund. Oh, wenn Sie wüßten, wie ich von Zweifeln hin und her geworfen werde! Wie mich Furcht und schreckliche Vorstellungen bedrängen!« Ihre Stimme zitterte. »Es ist irgend etwas nicht so, wie es sein sollte – ich kann Ihnen nicht alles erklären ... Wenn Sie mir helfen könnten ... Darf ich eine Frage an Sie richten?«

»Tausend, wenn Sie es wünschen.«

»Und werden Sie mir auch antworten – ich meine, aufrichtig und ehrlich?« In ihrem Eifer sah sie wie ein Kind aus.

Er mußte lächeln.

»Wenn ich überhaupt antworten kann, so seien Sie sicher, daß ich die Wahrheit sagen werde.«

»Dann sagen Sie mir, ob Dr. Fall zu Ihren Freunden gehört?«

»Ich kenne ihn recht gut«, erwiderte er schnell. Er hatte nicht die geringste Ahnung, wer Dr. Fall sein konnte, aber die augenblickliche Situation schien diese Lüge zu rechtfertigen – Poltavo fiel das Lügen sehr leicht.

»Oder kennen Sie vielleicht Mr. Gorth?«

Er schüttelte energisch den Kopf, und sie atmete erleichtert auf.

»Und wie stehen Sie zu meinem Onkel? Sind Sie sein Freund?« Sie hatte ganz leise gesprochen, aber sie sah ihn begierig an, als ob von seiner Antwort alles abhinge.

Er zögerte.

»Das ist schwer zu sagen«, gab er schließlich zurück. »Wenn Ihr Onkel nicht unter dem Einfluß Dr. Falls stände, würde er wohl mein Freund sein.« Er griff alles aus der Luft und folgte nur der Anregung, die er durch ihre erste Frage erhalten hatte.

Doris sah ihn plötzlich mit Interesse an.

»Darf ich Sie vielleicht fragen, wie Ihr Onkel die Bekanntschaft dieses Dr. Fall gemacht hat?«

Poltavo stellte diese Frage mit einer Sicherheit, als ob er alles wüßte und bis auf diesen einen Punkt vollständig informiert wäre.

Sie war unentschlossen.

»Das weiß ich nicht genau. Dr. Fall haben wir schon immer gekannt. Er lebt nicht in der Stadt, und wir sehen ihn nur gelegentlich. Er ist –« Sie zögerte wieder, fuhr dann aber schnell fort: »Ich glaube, er hat einen furchtbaren Beruf, er behandelt Geisteskranke.«

Poltavo war aufs äußerste interessiert.

»Bitte erzählen Sie mir noch ein wenig mehr.«

»Ich fürchte, Sie lieben den Klatsch«, sagte sie ein wenig ironisch, wurde aber gleich wieder ernst. »Ich kann ihn nicht ausstehen, aber mein Onkel sagt, das sei ein Vorurteil von mir. Er ist einer dieser ruhigen, bestimmt auftretenden Männer, die sehr wenig sprechen und aus denen man nicht klug wird. Kennen Sie dieses ungewisse Gefühl auch? Es ist so, als ob man gezwungen wäre, einen Tango vor einer Sphinx zu tanzen.«

Poltavo lachte, so daß seine weißen Zähne sichtbar wurden. »Und Mr. Gorth?«

Wieder zuckte sie zögernd die Schultern.

»Das ist ein ziemlich gewöhnlicher Mann, er sieht fast aus wie ein Verbrecher, aber anscheinend hat er meinem Onkel viele Jahre lang treu gedient.«

»In welchen Beziehungen steht Dr. Fall zu Ihrem Onkel?« fragte er. »Ist er ihm gleichgestellt?«

»Aber natürlich! Er ist ein Gentleman und gehört zur Gesellschaft. Ich glaube auch, daß er ziemlich wohlhabend ist.«

»Und wie steht Ihr Onkel zu Gorth?«

Er war aufs äußerste interessiert, da er doch die Stellung des Toten einnehmen sollte, der in dem dumpfen Haus in der nebligen Gasse lag.

»Es ist ziemlich schwer, die Beziehungen zu beschreiben, in denen Mr. Gorth zu meinem Onkel steht«, sagte sie ein wenig verlegen. »Früher verkehrte mein Onkel mit ihm wie mit seinesgleichen, aber manchmal war er sehr ärgerlich über ihn. Er ist wirklich ein schrecklicher Mensch. Kennen Sie eigentlich die obskure Zeitung ›Der schlechte Ruf‹?« fragte sie unvermutet.

Poltavo gab zu, daß er sie kannte und manchmal mit einer gewissen Schadenfreude skandalöse Artikel darin gelesen habe.

»Nun, sehen Sie, das war Mr. Gorths Lieblingslektüre. Mein Onkel wollte die Zeitung niemals in seinem Hause dulden, aber sooft man Mr. Gorth sah – er mußte immer in der Küche auf den Onkel warten –, konnte man diese Zeitung bei ihm finden.

Er lachte sogar über die Gemeinheiten, die in dem Blatt veröffentlicht wurden. Mein Onkel konnte sich sehr darüber ärgern. Mr. Gorth soll etwas mit der Herausgabe dieser Zeitung zu tun gehabt haben, aber als ich einmal mit meinem Onkel darüber sprechen wollte, wurde er sehr böse.«

Poltavo hatte das Gefühl, daß Farrington ihn ständig beobachtete. Er schaute heimlich zu ihm hinüber, ohne den Kopf zu bewegen, und bemerkte, daß Farrington durchaus nicht mit seinem Verhalten einverstanden schien. Er wandte sich ihm zu.

»Ein glänzender Anblick – so ein Londoner Theaterpublikum!«

»Ja, da haben Sie recht«, erwiderte der Millionär trocken.

»Berühmte Leute überall – zum Beispiel Montague Fallock.« Farrington nickte.

»Und dieser intelligent aussehende junge Mann auf dem letzten Sitz der vierten Reihe – er sitzt jetzt etwas im Schatten, aber Sie werden ihn vielleicht trotzdem sehen können –«

»Mr. Smith«, sagte Farrington kurz. »Ich habe ihn schon gesehen. Ich habe alle Leute erkannt, nur –«

»Nur?«

»Nur nicht die Dame, die drüben in der Königsloge sitzt. Sie hält sich dauernd im Schatten. Sie wird doch nicht etwa auch eine Detektivin sein?« fragte er ironisch und schaute sich um.

Frank Doughton, seine Nichte und Lady Dinsmore unterhielten sich angeregt miteinander.

»Poltavo«, sagte Farrington mit gedämpfter Stimme, »ich muß wissen, wer diese Frau ist – ich habe gute Gründe dafür.«

Das Orchester spielte ein leises Intermezzo, die Lichter gingen aus, die Unterhaltung hörte auf, und der Vorhang hob sich zum Beginn des zweiten Aktes.

Einige Leute rückten mit den Stühlen, um besser sehen zu können, dann war es ganz ruhig, während der Chor auf der Bühne einen felsigen Abhang hinunterstieg.

Aber plötzlich schoß ein weißer Lichtstreifen wie ein Blitz aus der Königsloge, und der scharfe Knall eines Pistolenschusses war zu hören.

»Mein Gott!« rief Mr. Farrington und taumelte.

Aufgeregtes Stimmengewirr erhob sich im Zuschauerraum, aber eine laute Stimme aus dem Parkett übertönte alles:

»Sofort Licht an – schnell!«

Der Vorhang fiel, als das Theater plötzlich wieder erleuchtet war.

Mr. Smith hatte den Schuß aufblitzen sehen und war in den Seitengang gesprungen. Mit großen Sätzen eilte er zu der Tür, die zur Königsloge führte, aber der Raum war leer. Schnell lief er in den Vorsaal; auch dieser war leer. Aber der Privateingang, der auf die Straße führte, war geöffnet, und die Nebelwolken zogen in großen Schwaden herein.

Eilig trat er auf die Straße hinaus und ließ seine Alarmpfeife schrillen. Gleich darauf trat ein Polizist aus dem Nebel, aber er hatte niemand vorbeigehen sehen. Mr. Smith stürzte wieder ins Theater und eilte zu der gegenüberliegenden Loge. Er fand die Menschen hier in völliger Verwirrung.

»Wo ist Mr. Farrington?« fragte er und wandte sich an Poltavo.

»Er ist fortgegangen«, sagte dieser achselzuckend. »Er war noch da, als der Schuß abgefeuert wurde, der zweifellos auf diese Loge gerichtet war. Man kann es noch aus dem Einschlag des Geschosses erkennen.« Er zeigte auf die Rückwand der Loge, die mit hochglänzend poliertem Paneel verkleidet war. »Als das Licht wieder anging, war er verschwunden. Das ist alles, was ich weiß.«

»Er kann gar nicht fortgegangen sein«, erwiderte Mr. Smith kurz. »Das Theater ist völlig umstellt – ich habe Befehl, ihn zu verhaften.«

Doris stieß einen Schrei aus. Sie war bleich geworden und zitterte.

»Sie wollen ihn verhaften?« rief sie atemlos. »Warum denn?«

»Wegen eines Einbruchdiebstahls, den er mit einem gewissen Gorth im Zollamt verübt hat – und wegen versuchten Mordes.«

»Gorth!« schrie Doris wild. »Wenn irgend jemand schuld hat, so ist es Gorth – dieser schreckliche Kerl . . .«

»Sprechen Sie nicht so von einem Toten«, sagte Mr. Smith höflich. »Ich glaube, Mr. Gorth wurde bei diesem Abenteuer so schwer verwundet, daß er starb. Vielleicht können Sie mir etwas Genaueres darüber berichten, Mr. Poltavo?«

Aber der Graf rang nur verzweifelt die Hände.

Mr. Smith trat wieder auf den Korridor. Dort befand sich ein Notausgang, der zur Straße führte. Als Smith ihn untersuchte, fand er, daß er verschlossen war. Auf dem Boden lag ein Handschuh, an der Tür zeigte sich der blutige Abdruck einer Hand.

Aber von Farrington selbst war nichts zu sehen.

7

Zwei Tage später sprang Frank Doughton Punkt zehn Uhr aus seinem Auto, das vor dem Redaktionsgebäude der »Evening Times« hielt. Er blieb einen Augenblick stehen und atmete die frische, frühlingshafte Märzluft ein; der Nebel, der die letzten Tage so drückend gemacht hatte, war vollkommen verschwunden. Aus einem nahen Blumenladen drang Fliederduft auf die Straße. Frank eilte die Treppe hinauf.

»Ist der Chef schon im Büro?« fragte er den Nachrichtenredakteur, der erstaunt aufschaute, als Frank hereinstürzte, und dann nach der Uhr sah.

»Nein, noch nicht. Sie haben sich ja selbst übertroffen.«

Frank nickte.

»Ich mußte heute schon früh fortgehen.«

Er warf seinen Hut auf den Schreibtisch, setzte sich und sah die eingegangenen Schriftstücke durch. Aber seine Gedanken waren ausschließlich mit dem Problem beschäftigt, wohin der Millionär verschwunden sein konnte. Er hatte Doris noch nicht wiedergesehen.

Das erste Blatt, das er in die Hand bekam, war die Frühausgabe einer Konkurrenzzeitung. Er schaute schnell auf die Überschriften der ersten Seite und sprang plötzlich mit einem erschrockenen Ausruf auf. Er war bleich, und seine Hand zitterte.

»Großer Gott!«

Der Nachrichtenredakteur wandte sich um.

»Was ist denn mit Ihnen los?«

»Farrington!« sagte Frank heiser. »Denken Sie, er hat Selbstmord begangen!«

»Ja, wir haben auch einen kurzen Artikel darüber gebracht«, bemerkte Jamieson selbstzufrieden. »Das ist eine ganz interessante Geschichte ... Kannten Sie ihn denn?« fragte er plötzlich.

Frank Doughton sah ihn an. Alles Blut war aus seinem Gesicht gewichen.

»Ich – ich war mit ihm im Theater an dem Abend, als er verschwand.«

Jamieson pfiff leise.

Frank Doughton erhob sich rasch und griff nach seinem Hut.

»Ich muß schnell zu ihnen gehen – vielleicht kann ich etwas für Doris tun.« Er brach plötzlich ab. Er war nicht mehr imstande weiterzusprechen. Gleich darauf stand er an der Tür.

Jamieson sah ihn mitfühlend an.

»Ich würde an Ihrer Stelle nach Brakely Square fahren. Vielleicht hat sich die Sache inzwischen aufgeklärt – vielleicht ist es nur ein Irrtum ... Haben Sie auch gelesen, daß man die Leiche noch nicht entdeckt hat?«

Auf der Straße hielt Frank ein vorbeifahrendes Auto an.

Er fuhr zuerst zum Stadtbüro, wo Farrington sich gewöhnlich aufhielt, und hatte eine kurze Unterredung mit dem ersten Sekretär, der ihn über vieles aufklärte. Man hatte einen kurzen Brief Mr. Farringtons gefunden, in dem er erklärte, daß er lebensmüde sei und aus dieser Welt scheiden wolle.

»Aber aus welchem Grunde denn?« fragte der junge Mann bestürzt.

»Mr. Doughton, Sie scheinen die Tragweite dieser Tragödie nicht ganz zu überschauen. Mr. Farrington war ein Multimillionär, ein Fürst in Finanzkreisen. Wenigstens hielt man ihn bis heute morgen dafür. Wir haben seine Privatbücher durchgesehen. Daraus ging hervor, daß er in den letzten Wochen schwere Verluste an der Börse erlitten hat. Er hat nicht nur sein eigenes Vermögen verloren ... Gestern abend hat er nun in einer Anwandlung von Verzweiflung seinem Leben ein Ende gemacht.

Selbst wir hatten von diesen geschäftlichen Transaktionen nicht die geringste Ahnung.«

Frank Doughton schaute ihn verwirrt an.

Sprach dieser Mann wirklich von Farrington, der ihm doch erst in der vorigen Woche erzählt hatte, daß er das Vermögen seines Mündels im letzten Monat um eine ganze Million erhöht habe? Noch vor zwei Tagen hatte er ihm geheimnisvoll etwas von einem großen finanziellen Coup angedeutet, den er bald machen würde. Und nun war dieses große Vermögen verloren, und Farrington selbst lag auf dem Grund der Themse?

»Ich fürchte, ich verliere den Verstand!« sagte er vor sich hin. »Mr. Farrington ist kein Mann, der Selbstmord begeht.«

»Es ist in der Öffentlichkeit noch nicht bekannt, aber ich dachte, ich könnte es Ihnen sagen, da Sie ein Freund Mr. Farringtons waren. Mr. T. B. Smith ist mit der Aufklärung des Falls betraut worden. Er wird wahrscheinlich auch Ihre Adresse wissen wollen. Und wenn Sie zufällig etwas erfahren sollten –«

»Dann werde ich es Sie bestimmt wissen lassen. Smith ist ein sehr fähiger Beamter.«

Doughton gab ihm seine Adresse und ging dann eilig fort. Er war froh, daß der Mann keine weiteren Fragen gestellt hatte.

Als er wieder in seinem Auto saß, warf er sich müde in die Polster. Nun zu Doris!

Aber das junge Mädchen ließ sich nicht sehen. Lady Dinsmore empfing ihn im Morgenrock. Sie sah besorgt aus, und er drückte ihr schweigend die Hand.

»Es ist sehr lieb von Ihnen, mein lieber Freund, daß Sie so schnell gekommen sind. Haben Sie schon alles gehört?«

Er nickte.

»Wie geht es Doris?«

Die Frau sank in einen Stuhl und schüttelte den Kopf.

»Das arme Kind nimmt es sehr schwer. Sie weint nicht, aber ihre Gesichtszüge sind wie versteint. Sie wollte es nicht glauben, bis sie seine eigene Handschrift sah. Dann wurde sie ohnmächtig.«

Lady Dinsmore nahm ihr Spitzentaschentuch und wischte sich die Augen.

»Doris hat nach dem Grafen Poltavo geschickt«, sagte sie dann.

Frank starrte sie an.

»Warum hat sie das getan?«

»Das weiß ich auch nicht«, erwiderte sie seufzend. »Sie spricht sich nicht darüber aus, aber vielleicht fühlt sie, daß der Graf etwas weiß – sie glaubt, daß Gregory irgendwie betrogen worden ist.«

Frank neigte sich vor.

»Das ist auch meine Ansicht«, sagte er ruhig.

Lady Dinsmore sah ihn nachsichtig an.

»Sie kennen Gregory nicht«, sagte sie nach einer Weile.

»Trotzdem kann ich Ihnen nicht beipflichten. Wenn er nicht ermordet wurde, so muß es Selbstmord gewesen sein. Aber warum hätte sich Mr. Farrington denn selbst umbringen sollen?«

»Ich bin sicher, daß er nicht die geringste Absicht hatte, so etwas zu tun«, erwiderte Lady Dinsmore gefaßt.

»Und was nehmen Sie an?«

»Warum glauben Sie denn, daß er wirklich tot ist?« fragte sie leise.

Frank sah sie mit hellem Erstaunen an.

»Wie meinen Sie das?« Hatte der Unglücksfall ihr den Verstand geraubt?

»Ich meine ganz einfach, daß er ebensowenig tot ist wie Sie oder ich«, entgegnete sie kühl. »Welche Beweise haben wir denn? Nur einen Brief, der von ihm persönlich geschrieben wurde und in dem er uns allen Ernstes mitteilt, daß er sich entschlossen habe zu sterben. Klingt das wahrscheinlich? Ich nehme als sicher an, daß dies das letzte ist, was er beabsichtigte. Wann hat Gregory jemals die Wahrheit gesagt, wenn es sich um seinen Aufenthalt handelte? Nein, glauben Sie mir, er ist nicht tot. Aus Gründen, die nur er kennt, gibt er vor, es zu sein; in Wirklichkeit hat er sich nur entschlossen, in der Verborgenheit zu leben.«

»Aber warum denn?« fragte der junge Mann bestürzt. Das war die verrückteste Erklärung, die er sich denken konnte. Sein Kopf wirbelte von den widersprechenden Eindrücken; er schien in ein schreckliches Abenteuer gestürzt worden zu sein, und es verlangte ihn danach, wieder in die nüchterne Alltagswelt zurückzukehren.

Die Tür am anderen Ende des Raumes öffnete sich. Er schaute schnell auf und erwartete schon halb, Farrington selbst auf der Schwelle zu sehen.

Aber es war Doris. Sie blieb einen Augenblick unentschlossen stehen und starrte die beiden wie abwesend an. In ihrem weißen Morgengewand und mit ihrem schwarzen Haar, das durch ein einfaches Stirnband zusammengehalten wurde, wirkte sie fast wie ein Kind. Das kalte Frühlingssonnenlicht, das durch die Fenster hereinströmte, ließ erkennen, daß die Nacht Spuren in ihren Zügen hinterlassen hatte. Schwache violette Schatten waren unter ihren Augen sichtbar, ihr Gesicht war bleich.

Frank trat ihr schnell entgegen. Er sah nur ihr weißes, trauriges Gesicht. Schnell nahm er ihre Hände in die seinen, und sie fühlte seinen warmen Druck.

Sie sah ihn lange forschend an, dann zitterten ihre Lippen, und mit einem herzzerreißenden Schluchzen warf sie sich in seine Arme und barg ihren Kopf an seiner Schulter. Frank hielt sie zart.

»Nicht weinen, Liebling«, flüsterte er.

Er beugte sich nieder und streichelte ihr Haar. Ein liebevoller Ausdruck lag auf seinen Zügen.

»Liebling!« sagte er leise.

Sie hob das blasse Gesicht zu ihm empor.

»Sie – Sie sind so gut zu mir«, hauchte sie. Unter seinem warmen Blick zog eine leichte Röte über ihre Wangen, dann löste sie sich von ihm und setzte sich nieder.

Lady Dinsmore kam zu ihr und legte den Arm um sie.

»Nun, Frank?« begann sie freundlich und zeigte auf einen Stuhl. »Nehmen Sie doch Platz. Wir wollen uns beraten. Vor allem möchte ich« – sie drückte die kalte Hand des Mädchens – »meine feste Überzeugung aussprechen, daß Gregory nicht tot ist. Ein Gefühl sagt mir, daß er sicher und wohlauf ist.«

Doris sah Frank nachdenklich an.

»Haben Sie noch etwas erfahren – ich meine, später?«

»Es war noch nicht genügend Zeit für neue Entwicklungen.

Scotland Yard beschäftigt sich mit der Sache, und Mr. Smith ist mit der Untersuchung beauftragt.«

Sie schauderte und bedeckte ihr Gesicht mit den Händen.

»Smith erklärte doch gestern im Theater, daß er ihn verhaften wollte – wie merkwürdig und schrecklich das alles ist«, sagte sie verängstigt. »Ich – ich muß immer daran denken. Das dunkle Wasser im Strom – mein armer Onkel . . . Es ist so, als ob ich ihn dort sehen könnte . . .« Sie schluchzte wieder und konnte nicht weitersprechen.

Lady Dinsmore sah hilflos zu Frank hinüber.

In diesem Augenblick brachte ein Diener einen Brief.

Lady Dinsmore zog die Augenbrauen zusammen.

»Von Poltavo«, sagte sie halb zu sich selbst.

Doris stürzte vor und nahm den Brief von dem Tablett. Eilig zog sie den Bogen aus dem Kuvert. Sie schien die Botschaft sofort zu verstehen, denn es entfuhr ihr ein kleiner Freudenschrei. Ihr blasses Gesicht überzog sich plötzlich mit einem lebhaften Rot, und sie beugte sich nieder, um den Brief noch einmal zu lesen. Ihre Lippen öffneten sich, ihre ganze Haltung drückte Hoffnung und Zuversicht aus. Dann faltete sie das Schreiben wieder zusammen und verließ ohne ein weiteres Wort das Zimmer.

Frank starrte entsetzt hinter ihr her. Er war bleich geworden vor Wut und Eifersucht.

Lady Dinsmore erhob sich schnell.

»Entschuldigen Sie mich – warten Sie hier«, sagte sie und folgte ihrer Nichte.

Frank Doughton ging zerstreut auf und ab und erwartete jeden Augenblick ihre Rückkehr. Erst vor wenigen Minuten hatte er die höchste Glückseligkeit erlebt, als Doris ihren Kopf an seiner Schulter barg – nun war er wieder in den Abgrund tiefster Hoffnungslosigkeit gestoßen. Was mochte in dem kurzen Brief gestanden haben, der sie so freudig erregt hatte? Hätte sie ihn so sorgfältig an sich genommen, wenn er nicht eine Liebesbeteuerung enthalten hätte? – Er war unachtsam und wäre beinahe über einen Stuhl gestolpert. Leise fluchte er vor sich hin.

Der Diener, der unbemerkt eingetreten war, machte sich durch ein diskretes Räuspern bemerkbar.

»Lady Dinsmore läßt sich entschuldigen und Ihnen bestellen, daß sie Ihnen später schreiben wird.«

Er begleitete den jungen Mann zur Haustür.

Auf der ersten Stufe blieb Frank steif aufgerichtet stehen, denn er sah sich plötzlich Poltavo gegenüber.

Der Graf grüßte ihn mit ernster Miene.

»Eine traurige Angelegenheit«, sagte er leise. »Haben Sie die Damen schon gesehen? Wie hat Miss Gray alles aufgenommen? Geht es ihr den Verhältnissen entsprechend gut?«

Frank schaute ihn düster an.

»Ihr Schreiben hat ihre Stimmung aufs beste beeinflußt.«

»Mein Schreiben?« fragte Graf Poltavo erstaunt. »Ich habe ihr doch gar nicht geschrieben – Sie sehen doch, daß ich persönlich komme!«

Franks erregte Züge verrieten, daß er Poltavos Worten keinen Glauben schenkte. Er zog wütend den Hut, ging die Treppe hinunter und wäre beinahe mit einem anderen Herrn zusammengestoßen.

»Mr. Smith«, sagte er begierig, »haben Sie neue Nachrichten?«

Der Detektiv sah ihn interessiert an.

»Die Themsepolizei hat die Leiche eines Mannes aufgefischt. In seinen Taschen hat man viele Dinge gefunden, die das Privateigentum Mr. Farringtons sind.«

»Dann ist es also doch wahr, daß ein Selbstmord vorliegt?«

Der Detektiv schaute an ihm vorbei.

»Wenn ein Mann seinen Kopf abschneiden kann, bevor er in den Fluß springt, könnte man an Selbstmord glauben«, erwiderte er vorsichtig. »Ich habe aber noch niemals ein solches Wunder erlebt und bin infolgedessen sehr skeptisch.«

Ein Zug fuhr in den Waterloo-Bahnhof ein. Als er zum Stehen gekommen war, stieg ein großer, schlanker Herr aus. Bei näherer Betrachtung erkannte man, daß er nicht mehr so jung war, wie der erste Eindruck vermuten ließ. An den Schläfen färbten sich seine Haare schon grau, und einige scharfe Linien waren um seine Mundwinkel eingegraben.

Sein Gesicht war gebräunt; er schien erst vor kurzem aus einem heißen Klima nach England zurückgekehrt zu sein.

Er stand jetzt vor dem Bahnhof und überlegte, ob er hier ein Auto nehmen oder unterwegs einen Wagen anrufen sollte, denn die Nacht war naß und kalt, und die Bahnfahrt hatte ihn ermüdet.

Während er noch zögerte, fuhr geräuschlos ein großes Auto heran, und der Chauffeur berührte seine Mütze.

»Ich danke Ihnen«, sagte der Mann lächelnd. »Sie können mich zum Metropol fahren.«

Er öffnete die Tür und wollte eben einsteigen, als sich eine Hand leicht auf seinen Arm legte. Er wandte sich um und sah in humorvolle graue Augen.

»Ich glaube, Sie nehmen besser einen anderen Wagen, Dr. Goldworthy«, sagte der Fremde.

»Es tut mir leid –«, begann der Arzt.

Der Chauffeur wäre abgefahren, nachdem er seinem Passagier einen schnellen Blick zugeworfen hatte, aber ein Mann, der unverkennbar der Geheimpolizei angehörte, sprang an seine Seite.

»Es tut mir auch leid«, erwiderte Mr. T. B. Smith, denn er war es, der den jungen Arzt zurückhielt, »aber ich werde Ihnen alles erklären. Kümmern Sie sich nicht um den Chauffeur, meine Leute werden das in Ordnung bringen. Sie sind mit knapper Not einer Entführung entgangen!«

Er brachte den bestürzten Mann nach Scotland Yard, und nach einer längeren Unterhaltung kannte er die Geschichte George Doughtons, der in den Armen Dr. Goldworthys gestorben war. Und er wußte nun auch von einem Kasten, der Papiere enthielt, die der Doktor Lady Constance Dex auszuhändigen versprochen hatte. Er erfuhr auch, wie diese Frau die Nachricht von dem Tod ihres einstigen Geliebten erhalten hatte.

»Ich danke Ihnen«, sagte Mr. Smith, als Dr. Goldworthy endete. »Ich glaube, ich verstehe die Zusammenhänge jetzt.«

8

Am Morgen nach der Auffindung von Farringtons Leiche saß
Mr. T. B. Smith in seinem schönen Arbeitszimmer, von dessen
Fenstern aus er Brakely Square überschauen konnte. Er hatte
sein einfaches Frühstück beendet. Das Tablett mit dem Geschirr
war abgeräumt worden, und er war an seinem Schreibtisch beschäftigt, als der Diener ihm Lady Constance Dex ankündigte.

Mr. T. B. Smith schaute gleichgültig auf die Karte.

»Führen Sie die Dame herein, George.«

Er erhob sich gerade, um seinem Besuch entgegenzugehen, als
sich die Tür öffnete und Lady Constance Dex eintrat.

Sein erster Eindruck war, daß er eine sehr schöne Frau vor
sich hatte. Trotz einer gewissen Härte, die sich in ihren Zügen
ausdrückte, und trotz all ihrer Charaktereigenschaften, von denen er schon gehört hatte, war sie doch zweifellos eine sympa-
thische Erscheinung. Sie hatte eine wunderbar zarte Haut, man-
delförmige Augen und ebenmäßige Züge. Seiner Schätzung nach
mußte sie ungefähr dreißig Jahre alt sein, und er war damit auch
nicht weit von der Wirklichkeit entfernt, denn Lady Constance
war siebenundzwanzig.

Sie war vornehm, aber mit unauffälliger Eleganz gekleidet.
Er schob einen Stuhl für sie an die Seite seines Schreibtisches.

»Bitte, nehmen Sie Platz.«

Sie lächelte ihn dankbar an und setzte sich.

»Ich fürchte, daß Sie mich für einen lästigen Menschen halten, der Sie bei der Arbeit stören will, besonders zu so früher
Morgenstunde. Aber ich wollte Sie wegen der außerordentlichen
Ereignisse der letzten Tage einmal sprechen. Ich bin gerade wieder in die Stadt gekommen. Sobald ich die letzten Nachrichten
erhielt, fuhr ich von daheim ab.«

»Mr. Farrington ist oder war doch Ihr Freund?«

»Wir sind seit vielen Jahren eng befreundet gewesen«, antwortete sie ruhig. »Er war ein außerordentlicher Mann mit
außerordentlichen Fähigkeiten.«

»Nebenbei bemerkt, seine Nichte war doch vor einigen Tagen
bei Ihnen zu Besuch, wenn ich nicht irre?«

»Ja, sie war auf einem Ball, den ich gab, und blieb die Nacht bei mir. Ich fuhr nach dem Tanz mit meinem Auto nach Great Bradley zurück, so daß ich sie seitdem nicht mehr gesehen habe. Ich werde noch zu ihr fahren und sehen, ob ich etwas für sie tun kann.« Sie hatte sehr überlegt und ruhig zu sprechen begonnen, aber bei den letzten Worten mußte sie sich zusammennehmen, um die Herrschaft über ihre Stimme nicht zu verlieren.

»Mr. Smith, ich habe erfahren«, sagte sie dann plötzlich, »daß Sie ein kleines Riechfläschchen besitzen, das mir gehört.«

»Man fand es damals auf dem Grundstück Mr. Farringtons, als die beiden Italiener ermordet wurden.«

»Was schließen Sie daraus?«

»Daß Sie in jener Nacht in Mr. Farringtons Haus waren«, erwiderte Mr. Smith offen. »Lady Constance, wir wollen so aufrichtig wie möglich miteinander sprechen. Ich bin der Ansicht, daß Sie in der Nähe waren, als die Schüsse fielen. Als Sie sie hörten, gingen Sie durch die Küche wieder in das Haus und verließen es dann durch einen hinteren Ausgang.«

Er sah, daß sie die Lippen zusammenpreßte, und fuhr in gleichmütigem Ton fort:

»Sie können sich denken, daß ich mich mit den Tatsachen, die ich damals feststellen konnte, nicht zufriedengab. Ich setzte in den frühen Morgenstunden meine Nachforschungen fort, als sich der Nebel ein wenig verteilt hatte. Ich habe dabei Spuren gefunden, aus denen hervorgeht, wie Sie sich entfernt haben. Die Rückseite des Hauses liegt an einer Nebenstraße. Ich fand heraus, daß in den dortigen Garagen vier verschiedene Wagen untergebracht sind. Ich interessierte mich genauer dafür, aber keins der Autos, die dort stationiert sind, besaß die Gummireifen, deren Eindrücke ich feststellen konnte. Die Sache wird sich so zugetragen haben: Sie hörten die Auseinandersetzung vor dem Haus und gingen hinaus, um zu lauschen, nicht, um sich zu entfernen. Als Sie dann wußten, worum es ging, eilten Sie die kleine Straße zurück, bestiegen Ihren Wagen, der dort auf Sie wartete, und fuhren durch den Nebel davon.«

»Sie sind wirklich ein Detektiv«, erwiderte sie ein wenig spöttisch. »Können Sie mir noch mehr erzählen?«

»Ich kann Ihnen nur noch sagen, daß Sie selbst am Steuer gesessen haben.«

Sie lachte.

»Es tut mir leid, daß Sie bis nach Great Bradley gehen mußten, um das zu erfahren. Dort weiß jedes Kind, daß ich meinen Wagen selbst fahre.«

»Aber ich habe mir diese Mühe gar nicht gemacht«, sagte Mr. Smith lächelnd. »Ich bin aber sehr begierig zu hören, Lady Constance, was Sie damals in Farringtons Haus gemacht haben. Mir ist niemals der Verdacht gekommen, daß Sie diese Männer erschossen hätten. Ich habe genug Beweise, daß die Schüsse nicht von dem Grundstück Mr. Farringtons abgefeuert wurden.«

»Wenn ich nun sagte, daß ich in der Nacht eine Gesellschaft gab und mein Haus nicht verließ?«

»Mit dieser Behauptung würden Sie sich selbst widersprechen. Sie haben mir vorhin erzählt, daß Sie Ihr Haus verließen und mitten in der Nacht fortfuhren. Diese Fahrt war von ganz besonderer Bedeutung, soweit ich es beurteilen kann. Übrigens geht das auch aus gewissen Nebenumständen hervor.«

Sie sah an ihm vorbei zum Fenster hinaus. Auf ihrer Stirn lagen Falten, und ihr Gesicht zeigte einen Ausdruck von Entschlossenheit.

»Ich könnte Ihnen viel erzählen, was Sie nicht wissen«, sagte sie dann und wandte sich ihm plötzlich wieder zu. »Meine Rückkehr nach Great Bradley ist sehr einfach erklärt. Einer meiner Freunde – oder genauer, ein Freund meines Freundes«, verbesserte sie sich selbst, »ist vor kurzem aus Westafrika zurückgekehrt. Ich erhielt die Nachricht, daß er nach Great Bradley gekommen sei, um mir eine Botschaft von einem Mann zu überbringen, der mir in früheren Jahren einmal sehr nahestand.«

Mr. Smith hörte, daß ihre Stimme ein wenig zitterte. Er war davon überzeugt, daß sie die Wahrheit gesprochen hatte, eine so gute Schauspielerin sie sonst auch sein mochte.

»Ich mußte diesen Mann unter allen Umständen treffen«, erklärte Lady Constance ruhig, »obwohl ich nicht wünschte, daß die Angelegenheit weiter bekannt wurde.«

»Ich muß Sie wieder unterbrechen. Der Mann, von dem Sie

eben sprachen, war Dr. Thomas Goldworthy, der kürzlich von einer Expedition nach dem Kongo zurückkehrte, die er im Auftrag der Londoner Gesellschaft für Tropenheilkunde unternommen hatte. Aber Ihre Erzählung stimmt nicht ganz überein mit der mir bekannten Tatsache, daß Dr. Goldworthy schon in der Nacht vor Ihrer Gesellschaft nach Great Bradley kam. Sie haben ihn doch schon damals gesprochen. Er brachte einen Holzkasten mit, den er vorher im Zollamt abgeholt hatte. Zwei Männer machten den Versuch, den Inhalt dieses Kastens zu rauben. Ich interessierte mich lebhaft dafür, da einer meiner Freunde diesen etwas geheimnisvollen Einbruchsdiebstahl aufzuklären hatte. Das sind also die Tatsachen, die ich weiß. Dr. Goldworthy brachte den Kasten nach Great Bradley, nachdem er an Sie telegrafiert hatte, daß er kommen würde. Sie sprachen mit ihm. Erst nach dieser Begegnung kehrten Sie nach London zurück, um Ihren Ball zu geben. Wirklich, Lady Constance, Ihr Gedächtnis hat nachgelassen.«

Sie sah ihn plötzlich entschlossen und herausfordernd an.

»Was haben Sie vor? Sie klagen mich nicht wegen des Mordes an den beiden Männern an. Sie können mich nicht einmal bezichtigen, den Anschlag auf Mr. Farrington inszeniert zu haben. Aber Sie wissen so viel von mir und meiner Vergangenheit«, fuhr sie schnell fort, »daß Sie auch noch mehr wissen sollen. Vor Jahren war ich mit einem Mann verlobt, den ich leidenschaftlich liebte. Es war George Doughton.«

»Ja, der Forscher.«

»Plötzlich und unerwartet ging er damals außer Landes und löste unsere Verlobung aus einem mir unbekannten Grunde. All meine Briefe, meine Telegramme und alle Anstrengungen, wieder mit ihm in Fühlung zu kommen, während er in Afrika weilte, blieben erfolglos. Seit vier Jahren hatte ich weder eine Nachricht von ihm noch eine Erklärung für sein merkwürdiges Verhalten. Plötzlich erhielt ich die Mitteilung von seinem Tode. Zuerst nahm man an, daß er infolge eines schweren Fieberanfalls gestorben sei, aber Dr. Goldworthy überzeugte mich, daß George Doughton von einem Menschen vergiftet wurde, der ein Interesse an seinem Tode hatte.«

Ihre Stimme zitterte, aber dann faßte sie sich wieder.

»All diese Jahre hindurch habe ich ihn nicht vergessen, sein Bild stand immer vor mir. Liebe stirbt nur schwer, Mr. Smith, und verletzte und beleidigte Liebe hat in mir alle Leidenschaften geweckt, deren die weibliche Natur überhaupt fähig ist. Jetzt habe ich zum erstenmal erfahren, warum George Doughton fortging und den Tod fand. – Er hatte mir früher immer erzählt, daß man auf der Jagd nach wilden Tieren immer zuerst das Weibchen töten muß, denn wenn es am Leben bleibt, rächt es den Tod des Gefährten. – Es wird noch eine schreckliche Zeit für jemand kommen«, sagte sie dann bedeutsam. – »Für wen?«

»Sie wissen schon zuviel, Mr. Smith. Den Rest müssen Sie mit Ihren unübertrefflichen Methoden selbst herausbringen. Hindern Sie mich nicht daran, meine Rachepläne auszuführen. Das klingt zwar theatralisch, aber es ist mein bitterer Ernst, wie Sie noch sehen werden. Man hat mir George Doughton genommen, man hat ihn ermordet! Und der Mann, der dies tat, war Montague Fallock!«

Sie gab keine weiteren Erklärungen, und Mr. Smith war zu vorsichtig, um im Augenblick weiter in sie zu dringen. Er begleitete sie nach draußen, wo ihr Sportwagen auf sie wartete.

»Ich hoffe, Sie recht bald wiederzusehen, Lady Constance.«

»Ohne Haftbefehl?« fragte sie lächelnd.

»Ich glaube, ja«, entgegnete er ruhig. »Der Haftbefehl könnte höchstens für Ihren Freund Fallock bestimmt sein.«

Er stand in der Eingangsdiele und sah dem Wagen nach, der schnell um die Ecke des Platzes fuhr. Kaum war er außer Sicht, als ein Motorradfahrer aus der kleinen Nebenstraße herauskam, die an der Hinterseite der Häuser vorbeiführte. Er schlug dieselbe Richtung ein wie das Auto.

Mr. Smith nickte befriedigt. Er überließ nichts dem Zufall. Lady Constance würde nun Tag und Nacht beobachtet werden.

»Und dabei hat sie nicht einmal Farrington näher erwähnt«, sagte er zu sich selbst, als er die Treppe hinaufstieg. »Man könnte fast annehmen, daß er noch lebt.«

*

Um neun Uhr desselben Abends fuhr der kleine Zweisitzer, den Lady Constance Dex geschickt lenkte, die breite Straße entlang, die nach Great Bradley führt. Dann schlug sie einen Nebenweg ein und hielt schließlich vor dem großen, unregelmäßig gebauten Pfarrhaus, das sich etwas abseits von der Stadt auf einem schönen Grundstück erhob. Behend sprang sie aus dem Wagen.

Das Geräusch des haltenden Autos hatte einen der Dienstboten herbeigelockt. Sie ging an dem Mann vorbei, ohne ein Wort zu sagen, eilte nach oben in ihr Zimmer und verriegelte und verschloß die Tür hinter sich, bevor sie den Lichtschalter andrehte. Elektrisches Licht zu besitzen war ein ungewöhnlicher Vorzug in einer so kleinen Stadt, aber sie verdankte diese Annehmlichkeit der Freundschaft, die sie mit dem merkwürdigen Manne unterhielt, der das »geheimnisvolle Haus« bewohnte.

Dieses hochaufragende Gebäude, das man vom Pfarrhaus aus nicht sehen konnte, lag drei Meilen entfernt in einem kleinen Tal, das in der Umgegend unter dem Namen »Mördertal« bekannt war. Es war eine hübsche, kleine Schlucht, in der sich vor vielen Jahren einmal ein furchtbares Verbrechen abgespielt hatte, und das Haus paßte ganz zu dem schauerlichen Namen, den die Gegend führte. Niemand sah jemals den Besitzer des »geheimnisvollen Hauses«. Sein Sekretär und seine beiden italienischen Diener kamen häufig nach Great Bradley, um dort ihre Einkäufe zu machen. Ab und zu sah man auch einen geschlossenen Wagen in den Straßen des Ortes. – Die Leute, die gerne erfahren hätten, wer der Eigentümer des Hauses war, konnten nur hoffen, daß eines Tages eine Achse dieses Wagens brechen und so der Insasse gezwungen würde, sich ihnen zu zeigen.

Aber im allgemeinen störte niemand den Sonderling in seiner Abgeschiedenheit. Mochte er unerhörte Dinge tun, wie er es auch wirklich tat – die Bewohner von Great Bradley kümmerten sich nicht darum und dankten Gott, daß sie nicht so waren wie dieser unbekannte Mann.

Der rätselhafte Mann hatte wirklich sonderbare Gewohnheiten. Er hatte eine eigene elektrische Kraftanlage, deren großer Schornstein über Wadleigh Copse hinausragte. In dem Kraftwerk befanden sich Maschinen von gewaltiger Stärke, die den elektrischen Strom erzeugten, der das große Haus erleuchtete und heizte.

In Great Bradley lebten viele ehrbare englische Arbeiter, die böse darüber waren, daß der Besitzer des »geheimnisvollen Hauses« fremde Leute ihnen vorzog. Aber es stand fest, daß nur Ausländer in dem Kraftwerk arbeiteten. Sie hatten ihre eigenen Wohnungen abseits des Ortes, lebten dort friedlich für sich und hatten nicht den Wunsch, mit den anderen Einwohnern der Stadt in nähere Berührung zu kommen. Es waren genügsame Italiener, die gern schwer arbeiten und soviel wie möglich von ihrem Gehalt sparen wollten, um später einmal in ihre geliebte Heimat zurückkehren zu können. Sie wurden für ihre Verschwiegenheit gut bezahlt, und sie hatten sie auch noch nie gebrochen.

Lady Constances Haus wurde von der Kraftstation des »geheimnisvollen Hauses« gleichfalls mit Strom versorgt, und sie gehörte auch zu den wenigen Bevorzugten, die das Haus unaufgefordert betreten durften.

Sie war einige Zeit damit beschäftigt, sich umzuziehen. Dann brachte ihr Mädchen das Abendessen auf einem Tablett, und als sie mit ihrer Mahlzeit fertig war, ging sie in ihr Wohnzimmer, öffnete eine Schublade ihres Schreibtisches und nahm eine zierliche Pistole heraus. Sie betrachtete sie einen Augenblick, prüfte dann sorgfältig die Munitionskammer und steckte einen Patronenrahmen hinein. Nachdem sie die Waffe gesichert hatte, ließ sie dieselbe in die Tasche ihres Mantels gleiten, schloß ihren Schreibtisch wieder ab, verließ ihr Zimmer und ging die Treppe hinunter. Ihr Wagen wartete noch draußen, aber sie wandte sich an den Diener, der ehrerbietig an der Tür stand.

»Bringen Sie das Auto in die Garage – ich will Mrs. Jackson noch besuchen.«

»Jawohl, Mylady.«

9

Mr. Smith kam mit einer bestimmten Absicht nach Great Bradley. Er wußte, daß nicht nur das geheimnisvolle Verschwinden Farringtons, sondern vielleicht auch die Identität des rätselhaften Montague Fallock eher in dieser kleinen Stadt als in der großen Metropole aufgeklärt werden konnte. Es ging jetzt um die Ehre von Scotland Yard. In einem Zeitraum von nur sieben Tagen waren zwei Morde, eine mysteriöse Schießerei und ein Selbstmord vorgekommen, der von so merkwürdigen Nebenumständen begleitet war, daß man auch hier einen Mord vermuten mußte. Und die Polizei war noch nicht in der Lage, der ungeduldig wartenden Öffentlichkeit auch nur die leiseste Erklärung für all diese Ereignisse zu geben. Hierzu kam noch der Einbruch im Zollamt, so daß Scotland Yard in eine Art Verteidigungsstellung getrieben war.

»Es kursieren allerhand dumme Gerüchte über uns«, sagte der Polizeipräsident an dem Morgen, an dem Mr. T. B. Smith nach Great Bradley abfuhr. Er reichte ihm eine Zeitung über den Tisch, und der Detektiv nahm sie mit einem sonderbaren Lächeln. Er las die auffallende Überschrift und den gesperrt gedruckten Artikel, in dem die Leistungsfähigkeit der Polizei in Frage gestellt wurde, und reichte das Blatt seinem Vorgesetzten wieder zurück.

»Ich glaube, wir können all diese Geheimnisse gleichzeitig aufklären. Ich werde mir heute einmal das ›geheimnisvolle Haus‹ näher ansehen – dort ist das Ende der Lösung zu finden.«

Der Polizeipräsident sah ihn interessiert an.

»Es ist merkwürdig, daß Sie gerade darüber sprechen. Ich habe nämlich heute morgen einen Bericht über dieses merkwürdige Haus von dem Wachtmeister des Bezirks erhalten.«

»Was hat er denn gemeldet?«

»Es ist ein ziemlich inhaltsloser Bericht, wie ihn Wachtmeister gewöhnlich abfassen. Der Besitzer ist ein offensichtlich kranker Amerikaner mit exzentrischen Launen. Ja, noch mehr – Sie werden sicherlich überrascht sein –, er ist von kompetenten medizinischen Autoritäten für geisteskrank erklärt worden.«

»Geisteskrank?« Mr. Smith war wirklich erstaunt.

»Jawohl, er ist nicht zurechnungsfähig und genießt auch alle Vorrechte, die das Gesetz solchen Leuten einräumt. Wer hätte das gedacht?«

Mr. Smith schaute nachdenklich vor sich hin.

»Ich hatte die dunkle Vorstellung, daß ich in dem Bewohner des Hauses vielleicht einen Mann kennenlernen würde, der in nahen Beziehungen zu Fallock steht.«

»Dann ist es allerdings eine bittere Enttäuschung für Sie«, meinte der Polizeipräsident. »Aber an diesen Tatsachen besteht kein Zweifel. Ich habe alle Dokumente nachprüfen lassen. Der Mann ist wirklich von zwei hervorragenden Spezialisten untersucht worden. Er befindet sich jetzt in der Behandlung eines Arztes, der dort wohnt und zu gleicher Zeit der Sekretär dieses Mr. Moole ist. Das Rätsel dieses geheimnisvollen Hauses ist damit gelöst – es ist eine Privatirrenanstalt, weiter nichts.«

Mr. Smith schwieg eine Weile.

»Nun, auf jeden Fall ist es kein Unglück, wenn ich diesen zurückgezogenen Mann einmal aufsuche und mir sein Haus genauer ansehe«, sagte er schließlich.

Er kam am frühen Nachmittag in Great Bradley an und ließ sich sofort zu dem »geheimnisvollen Haus« fahren. Der Chauffeur hielt aber schon in einiger Entfernung von dem großen Eingangstor, und Mr. Smith untersuchte zunächst vorsichtig und sorgfältig die ganze Umgebung. Es war wirklich ein sonderbares Haus. Die Fassaden machten keinerlei Anspruch auf architektonische Schönheit. Das massige Gebäude stand etwas abseits von der Straße inmitten eines ungepflegten, großen Grundstücks. Den ganzen Nachmittag über beschäftigte sich der Detektiv damit, Entfernungen abzumessen und alle Ein- und Ausgänge festzustellen. Auch untersuchte er, welche Baumgruppen und Sträucher bei einer Annäherung an das Haus Deckung bieten konnten. Er machte eine Skizze von der Lage des Grundstücks, von den Wegen und Zugängen, ebenso von der großen elektrischen Kraftstation, die ungefähr hundert Meter vom Hause entfernt inmitten eines dichten Gehölzes stand.

Am nächsten Morgen hatte sein Besuch keinen heimlichen

Charakter mehr, und er ließ seinen Wagen diesmal direkt vor dem Eingang halten. Langsam ging er den geschotterten Weg zur Haustür entlang. Sein Blick ruhte auf der Spitze des Schornsteins der Kraftstation, der über den Baumwipfeln zu sehen war. Mr. Smith schüttelte den Kopf. Irgend etwas mußte hier nicht stimmen. Er hatte insgeheim die große Anlage besichtigt, die der exzentrische Eigentümer des »geheimnisvollen Hauses« dort für seine Zwecke erbaut hatte.

Man könnte ein großes Industriewerk damit betreiben, dachte er. Er hatte bei seiner heimlichen Inspektion auch den einäugigen Ingenieur gesehen, einen Mann mit düsteren Gesichtszügen, der eine entstellende Narbe auf der einen Seite des Gesichtes hatte.

Er hätte noch weitere Nachforschungen angestellt, aber plötzlich hatte er gefühlt, daß etwas unter seinen Füßen knackte, als er durch das eine Fenster schauen wollte. Sofort hatte drinnen ein Gong angeschlagen, und eine Rolljalousie hatte sich geräuschlos hinter dem Fenster herabgesenkt, so daß er nichts mehr von dem Innern sehen konnte.

Er war schnell zur Seite getreten und hatte gerade das Tor passiert, als dieses zuschlug. Offenbar war das durch eine Schaltvorrichtung von der Kraftstation aus bewerkstelligt worden.

Mr. Smith machte nun einen offenkundigen Besuch am hellen Tage. Außerdem hatte er zwei Detektive mitgenommen und sie vor dem Haupteingang Aufstellung nehmen lassen, denn er wollte nicht unnötig Gefahr laufen.

Er stieg die vier breiten Marmorstufen der vorderen Treppe zur Haustür empor, strich seine Schuhe auf einer merkwürdigen Metallmatte ab und drückte die Glocke. Die Haustür selbst war durch einen Vorhang halb verborgen, wie man sie in den Hausfluren der Vorstadtwohnungen findet. Sie bestehen gewöhnlich aus bunten Perlenschnüren oder langen Bambusstäbchen. Hier waren auch Schnüre zu sehen, aber es waren Tausende von Stahlkügelchen, auf feinen Drähten aufgezogen, die von einem Stab über der Tür herunterhingen. Man konnte annehmen, die ganze Haustür sei aus Stahl, aber als sie sich öffnete, zog sich der Vorhang ähnlich wie auf der Bühne zurück. Dieser Vorhang schien zwangsläufig mit dem Öffnen der Tür in Verbindung zu stehen.

Im Eingang stand ein schlanker Mann. Sein großes Gesicht war bleich, seine Augen ausdruckslos. Er trug einen gutsitzenden schwarzen Anzug und hatte die achtungsvolle Haltung eines obersten Hausbeamten.

»Mr. Smith von Scotland Yard«, stellte sich der Besucher kurz vor. »Ich möchte Mr. Moole sprechen.«

Der Mann sah ihn argwöhnisch an.

»Wollen Sie bitte näher treten«, sagte er dann und geleitete ihn in ein großes, vornehm eingerichtetes Wohnzimmer. »Ich fürchte, Sie können Mr. Moole nicht sehen. Wie Sie wahrscheinlich wissen, ist er leidend. Aber wenn ich etwas für Sie tun kann –«

»Sie können mich zu Mr. Moole bringen«, wiederholte Mr. Smith lächelnd, »sonst nichts.«

Der Mann zögerte.

»Wenn Sie darauf bestehen –«

Der Detektiv nickte.

»Ich bin sein Sekretär und sein Arzt – Dr. Fall. Ich werde nachher Schwierigkeiten bekommen – vielleicht teilen Sie mir mit, in welcher Angelegenheit Sie kommen?«

»Das werde ich Mr. Moole selbst erklären.«

Der Arzt verbeugte sich.

»Dann kommen Sie bitte mit.« Er führte Mr. Smith durch die große Eingangshalle und öffnete eine einfache Tür, die zu einem kleinen Lift führte. Dann trat er zur Seite, um den Detektiv zuerst eintreten zu lassen.

»Bitte nach Ihnen«, sagte Mr. Smith höflich.

Dr. Fall lächelte und ging voran; Mr. Smith folgte ihm.

Sie fuhren rasch in die Höhe bis zum dritten Stock.

Die innere Einrichtung des Hauses ist ähnlich wie in einem Hotel, dachte Mr. Smith.

Mit dicken Teppichen belegte Gänge führten von dem Fahrstuhl nach rechts und links, und die lange Wand vor ihm war in regelmäßigen Zwischenräumen von Türen unterbrochen. Dr. Fall ging den linken Korridor entlang bis zum Ende und öffnete eine große Tür aus Rosenholz, worauf eine innere Tür sichtbar wurde. Der Arzt öffnete auch diese und trat in ein geräumiges Zimmer. Mr. Smith folgte ihm. Der Raum war nur spärlich möbliert, trotzdem aber kostbar ausgestattet. Die Wände waren mit einer Täfelung von poliertem Myrtenholz überzogen. Auf einem viereckigen tiefblauen, schweren Teppich stand eine silberne Bettstelle in der Mitte des Zimmers. Aber weder die sonderbare Einrichtung noch der reichvergoldete kleine Tisch, der vor dem Bett stand, noch der prachtvolle elektrische Kronleuchter erregten die Aufmerksamkeit von Mr. Smith. Sein Blick wurde sofort von dem Mann gefesselt, der in dem Bett lag.

Er hatte eine merkwürdige gelbe Gesichtsfarbe, und seine Augen blickten so teilnahmslos, daß man ihn für eine Wachsfigur hätte halten können. Nur an den regelmäßigen Atemzügen und an dem krampfhaften Zucken der Lippen war zu erkennen, daß der Mann lebte. Das Gesicht war ausdruckslos und leer, die Augen hart und glanzlos. Der Detektiv schätzte das Alter des Mannes auf etwa siebzig Jahre.

»Dies ist Mr. Moole«, sagte Dr. Fall verbindlich. »Ich fürchte nur, Sie werden nicht viel zu hören bekommen, wenn Sie mit ihm sprechen.«

Mr. Smith trat an die Seite des Bettes und begrüßte den Mann durch ein Kopfnicken, aber dieser reagierte nicht darauf.

»Wie geht es Ihnen, Mr. Moole?« fragte Mr. Smith höflich. »Ich bin von London gekommen, um Sie zu besuchen.«

Aber die eingesunkene Gestalt in den Kissen gab kein Zeichen von sich, daß sie seine Worte verstanden hatte.

»Wie heißen Sie?« fragte Mr. Smith nach einer Weile.

Einen Augenblick belebten sich die Züge des alten Mannes, und es schien ein schwaches Verständnis in ihm aufzudämmern.

»Jim Moole«, sagte er mit heiserer, krächzender Stimme, »der arme, alte Jim Moole. Hab niemand nix getan.«

Er warf einen scheuen, furchtsamen Blick auf Dr. Fall, dann schlossen sich seine blutleeren Lippen wieder, und obgleich Mr. Smith sich die größte Mühe gab, konnte er ihn nicht wieder zum Sprechen bringen.

Schließlich verließ er das Zimmer.

»Sie werden mir recht geben«, meinte der Arzt höflich, »daß Mr. Moole nicht in der Lage ist, eine längere Unterhaltung zu führen.«

»Darin stimme ich mit Ihnen überein«, erwiderte der Detektiv liebenswürdig. »Ein amerikanischer Millionär – das ist Mr. Moole doch wohl?«

Dr. Fall beobachtete Mr. Smith scharf und ließ ihn keinen Augenblick aus den Augen.

»Ja, Mr. Moole ist ein amerikanischer Millionär«, wiederholte er.

»Er spricht nur nicht wie ein Amerikaner. Selbst wenn man seine Geisteskrankheit in Betracht zieht, bleibt diese Tatsache merkwürdig.«

»Von welcher Tatsache sprechen Sie?« fragte Dr. Fall schnell.

»Wir haben hier einen amerikanischen Millionär vor uns, einen Mann, der doch wahrscheinlich einige Bildung und Kultur besitzt, die sich bis zu einem gewissen Grade auch in seiner Sprache äußern müßte. Es ist doch sehr sonderbar, daß er wie ein gewöhnlicher Landarbeiter aus Somerset spricht.«

»Wie meinen Sie das?« fragte der Arzt schroff.

»Genauso, wie ich es sage. Er spricht in dem Dialekt eines Mannes, der in Somerset aufgewachsen ist. Mr. Moole besitzt offenbar nur eine sehr geringe Bildung, und ich habe nicht den Eindruck, daß er ein amerikanischer Millionär ist.«

»Sie sind anscheinend noch nicht oft mit Geisteskranken zusammengekommen, sonst wäre Ihnen sicher bekannt, daß diese unglücklichen Menschen weder in ihrer Sprache noch in ihren Handlungen ihre frühere gesellschaftliche Stellung erkennen lassen.«

Dr. Fall führte den Detektiv wieder zu dem Fahrstuhl, aber Mr. Smith lehnte es ab, hinunterzufahren.

»Ich möchte lieber gehen.«

Er hatte einen guten Grund dafür, denn er wollte dabei das Haus näher kennenlernen und die Lage der einzelnen Räume feststellen. Dr. Fall hatte nichts dagegen einzuwenden und führte ihn die Treppe hinunter, die mit weichen, roten Läufern belegt war.

»Ich weiß sehr wohl über Geisteskranke Bescheid«, sagte Mr. Smith, »besonders über solche, die dem niederen Volk und der Verbrecherklasse angehören.«

»Sie scheinen meinen Worten nicht glauben zu wollen.« Dr. Fall sah seinen Besucher stirnrunzelnd an. »Ich muß nachdrücklich betonen, daß ich nicht nur Mr. Mooles Sekretär, sondern auch Arzt bin.«

»Das ist mir nicht neu«, erwiderte Smith lächelnd. »Sie sind amerikanischer Arzt und haben in Pennsylvanien Ihr Examen gemacht. Sie kamen an Bord der ›Lucania‹ nach England, weil Sie New York sehr schnell verlassen mußten, da Sie in irgendeine Skandalaffäre verwickelt waren. Es ist tatsächlich leichter, Ihren Werdegang seit Ihrer Ankunft in diesem Lande zu verfolgen, als genaue Auskunft über Mr. Moole zu erhalten, der obendrein auch auf der amerikanischen Gesandtschaft nicht bekannt ist.« – Dr. Fall wurde dunkelrot.

»Sie überschreiten Ihre Amtsbefugnisse«, sagte er böse, »wenn Sie auf eine Tragödie anspielen, bei der ich nur das unschuldige Opfer von Verbrechern war.«

»Es ist möglich, daß ich das tue«, gab Mr. Smith zu.

Er verneigte sich leicht vor dem Doktor und stieg die breiten Marmorstufen hinunter zu dem Rasen, der sich vor dem Haus ausdehnte. Am Gartentor traten die beiden Leute zu ihm, mit denen er hergekommen war. Einer von ihnen war Ela.

»Nun, was haben Sie herausgebracht?«

»Ich habe allerhand gesehen, was uns wahrscheinlich in Zukunft nützlich sein wird«, entgegnete Mr. Smith, als er mit seinem Assistenten in den Wagen stieg. Dann wandte er sich an den anderen Beamten.

»Bleiben Sie hier und beobachten Sie, wer ein und aus geht. Ich komme in einigen Stunden zurück.«

Der Mann grüßte, und das Auto fuhr ab.

»Ich muß noch einen Besuch machen«, sagte Mr. Smith, »und es wäre besser, wenn ich dabei allein wäre. Der Chauffeur soll mich in der Nähe des Pfarrhauses absetzen.«

*

Lady Constance Dex war auf den Besuch des Detektivs vorbereitet. Sie hatte aus dem Fenster ihres Zimmers gesehen, daß er am Pfarrhaus vorbeigefahren war und die Richtung auf das »geheimnisvolle Haus« eingeschlagen hatte. Sie erwartete ihn im Empfangssalon, und er kam sofort zur Sache.

»Ich habe eben jemanden besucht, der gut mit Ihnen befreundet ist.«

»Meinen Sie Mr. Moole?«

»Ja«, erwiderte Mr. Smith liebenswürdig.

Lady Constance dachte lange nach, bevor sie wieder sprach. Offenbar überlegte sie, wie weit sie dem Beamten Aufklärung geben sollte.

»Ich vermute, daß Sie die Zusammenhänge bereits kennen«, sagte sie dann. »Wenn Sie Platz nehmen wollen, will ich Ihnen noch einige Informationen in Ergänzung zu meinen früheren Mitteilungen geben.«

Mr. Smith ließ sich in einem Sessel nieder.

»Es ist wahr, ich verkehre in dem ›geheimnisvollen Haus‹.« Sie sah den Detektiv nicht an, sondern schaute in den Garten hinaus. »Ich erzählte Ihnen schon von meiner großen Liebe zu George Doughton. Wahrscheinlich kennen Sie seinen Sohn?«

Mr. Smith nickte.

»Es war eine Liebe auf den ersten Blick. George Doughton war Witwer, er hatte einen liebenswürdigen, heiteren und gutmütigen Charakter, war kühn und tapfer, ein ausgezeichneter Mann. Als Forscher hatte er einen großen Ruf, wie Sie ja wissen. Ich lernte ihn in London kennen. Er machte mich auch mit seinem Freund, dem verstorbenen Mr. Farrington, bekannt. Als dieser in Great Bradley ein Haus für den Sommer mietete, war George Doughton hier sein Gast, und ich lernte ihn besser als irgendeinen anderen Menschen in meinem Leben kennen.«

Sie machte eine Pause.

»Es war eine große und starke Liebe«, fuhr sie dann mutig fort. »Warum sollte ich mich nicht zu einem Erlebnis bekennen, auf das ich stolz bin? Unsere Hochzeit war festgesetzt und sollte an dem Tage stattfinden, an dem er sich nach Westafrika einschiffte. George Doughton war ein Ehrenmann vom Scheitel bis

74

zur Sohle. Alle Skandalaffären waren ihm in tiefster Seele verhaßt. Er konnte sich mit der modernen moralischen Auffassung und der Lockerung der Sitten nicht befreunden, in dieser Beziehung blieb er etwas altmodisch. Er hatte ein besonderes Ideal von der Frau und hielt daran fest. Sein Vorurteil ging so weit, daß Männer und Frauen, die schuldig geschieden waren, für ihn nicht mehr existierten.«

Das Sprechen fiel ihr schwer.

»Ich bin eine geschiedene Frau«, sagte sie stockend, nahm sich aber dann wieder zusammen und fuhr leise fort: »In jugendlicher Unbesonnenheit habe ich mich schuldig gemacht. Es war eine Torheit. Ich hatte einen Mann von kühler Berechnung und wenig angenehmem Charakter geheiratet, als ich nicht viel älter als ein Kind war. Ich lief ihm mit einem Mann davon, der mich aus diesem schrecklichen Leben befreite, den ich aber nicht liebte und der eigentlich mehr wie ein Bruder zu mir stand. Ein ritterlicher, heiter-freundlicher Charakter, dem aber dieses Abenteuer selbst teuer zu stehen kam. Die Indizien für meine Schuld waren erdrückend, und meinem Manne fiel es damals nicht schwer, die Scheidungsklage gegen mich durchzuführen. Diese unangenehme Angelegenheit geriet in Vergessenheit, aber in den Tagen, als ich George Doughton zu lieben begann, fürchtete ich, daß die Erinnerung an die alte Skandalgeschichte wieder aufleben könnte. Meine Sorge war auch nicht unbegründet, wie Sie noch sehen werden. Der Tag der Hochzeit rückte näher, aber zwei Tage vorher verließ mich George Doughton, ohne mir ein Wort der Erklärung zu geben. Die erste Nachricht, die ich erhielt, war die Mitteilung von seiner Abreise nach Afrika. Später habe ich nichts mehr von ihm erfahren.« Ihre Stimme war immer leiser geworden, so daß er sie kaum noch verstehen konnte.

Mr. Smith schwieg mitfühlend. Es war unmöglich, an der Wahrheit ihrer Worte zu zweifeln oder sie jetzt in ihrem Schmerz mit Fragen zu quälen.

»Mr. Farrington war sehr liebenswürdig zu mir«, fuhr sie nach einer Weile fort. »Er machte mich auch mit Dr. Fall bekannt.«

»Aus welchem Grunde?« fragte der Detektiv schnell.

»Die Zusammenhänge sind mir erst später klargeworden. Damals erfuhr ich nur, daß Dr. Fall weitgehende Interessen in Westafrika hatte und daß ich durch ihn mit George Doughton in Verbindung kommen konnte. Ich griff wie eine Ertrinkende nach diesem Strohhalm. So wurde ich ständiger Gast im ›geheimnisvollen Haus‹. Ich bin die einzige Fremde, die seit Menschengedenken ihren Fuß dorthin gesetzt hat. Ich hatte auch einen gewissen Erfolg dadurch, denn ich erfuhr stets den Aufenthalt meines Geliebten und war in der Lage, Briefe an ihn zu senden in der Gewißheit, daß sie ihn erreichen würden. Heute habe ich allerdings Grund zu der Annahme, daß Mr. Farrington von ganz anderen Beweggründen geleitet wurde, als er mich mit Dr. Fall bekannt machte. Er wollte jeden meiner Schritte genau beobachten, damit ich mich nicht unabhängig von ihm mit George Doughton in Verbindung setzen konnte. Das ist meine Geschichte, soweit sie meinen Verkehr im ›geheimnisvollen Haus‹ betrifft. Mr. Moole habe ich nur ein einziges Mal gesehen.«

»Und Mr. Farrington?«

»Ich habe ihn niemals dort getroffen.«

»Oder Montague Fallock?«

Sie hob die Augenbrauen.

»Montague Fallock habe ich niemals gesehen«, sagte sie langsam, »obgleich ich viel von ihm gehört habe. Er wußte auch von der Skandalgeschichte und versuchte in den Tagen meiner Verlobung, mich zu erpressen.«

»Davon haben Sie mir noch gar nichts erzählt.«

»Darüber ist auch nicht viel zu sagen«, erwiderte sie mit einer müden Handbewegung. »Vor diesem geheimnisvollen Erpresser hatte ich die größte Angst, und seinen Verleumdungen schrieb ich es auch zu, daß George Doughton etwas von meiner Vergangenheit erfuhr. Heute weiß ich genau, daß Montague Fallock ihm meine Geschichte erzählte. Er verlangte ungeheure Summen von mir – ich gab ihm, soviel damals in meinen Kräften stand, ich ruinierte mich beinahe, um ihn zum Schweigen zu bringen, aber es hatte doch alles keinen Zweck.«

Sie erhob sich und ging im Zimmer auf und ab.

»Ich habe mit Montague Fallock noch nicht abgerechnet.«

Als sie sich dem Detektiv jetzt zuwandte, sah er, daß ihre bleichen Züge einen harten und entschlossenen Ausdruck angenommen hatten.

»Ich könnte Ihnen sehr viel erzählen, Mr. Smith, wodurch Sie wahrscheinlich in die Lage versetzt würden, diesen gemeinsten Menschen, der jemals lebte, zur Rechenschaft zu ziehen und vor den Richter zu stellen.«

»Darf ich Sie bitten, mir alle Tatsachen mitzuteilen?« sagte Mr. Smith höflich.

Aber sie schüttelte den Kopf.

»Ich habe meine eigenen Pläne, mich an dem Mann zu rächen, der mein Leben vergiftete«, erwiderte sie entschieden. »Wenn Montague Fallock stirbt, soll er von meiner Hand fallen!«

10

Graf Poltavo war in diesen Tagen sehr beschäftigt. Er ging gerade die Treppe des großen Hauses hinauf, in dem er eine bescheidene Wohnung gemietet hatte. Er sah heiter und vergnügt aus und war mit sich und der Welt zufrieden.

Erst vor wenigen Monaten war er als abgerissener Abenteurer nach London gekommen und hatte kein anderes Besitztum gehabt als die Kleider, die er auf dem Leib trug. Er hatte wirklich Ursache, sich zu freuen. Denn plötzlich war er in die feinste Gesellschaft eingeführt worden und hatte einflußreiche Leute kennengelernt, die ihn weiterempfahlen, so daß er einen immer größeren Bekanntenkreis bekam. Er war der Berater einer der schönsten Frauen Londons und der Vertraute von Aristokraten geworden. Die Tatsache, daß ein eifersüchtiger junger Journalist sein unversöhnlicher Feind war und ihn am liebsten umbringen wollte, kümmerte ihn nicht viel. Er hatte das große Glück gehabt, das Geheimnis des verstorbenen Mr. Farrington zu erfahren. Durch Zufall hatte er die wahre finanzielle Lage dieses vermeintlichen Millionärs durchschaut und entdeckt, daß er ein Schwindler war, der wahrscheinlich mit dem mysteriösen Montague Fallock zusammenarbeitete. Die glänzende Stellung, die sich Farrington geschaffen hatte, war in Wirklichkeit ein Kartenhaus. Poltavo mußte nun noch herausbringen, ob sich Farrington durch die Zuneigung zu seiner Nichte davon hatte abhalten lassen, ihr Vermögen anzutasten, obgleich es sonst seine Gewohnheit war, auch seine Freunde und Bekannten bluten zu lassen. Auf alle Fälle war Graf Poltavo davon überzeugt, daß er vollständig Herr der Situation sei, als er oben die Tür zu seiner Wohnung aufschloß. Er hielt alle Trümpfe in der Hand, und daß er im Verlauf des Spiels die entzückende Doris Gray gewinnen konnte, trug nicht wenig zu seiner Befriedigung bei.

Er ging durch das Wohnzimmer in den Schlafraum und stand einige Augenblicke vor dem Spiegel. Es war seine Gewohnheit, sich zu betrachten und sich mit sich selbst zu unterhalten. Wenn man ihn deswegen verspottete und ihn eitel nannte, so gab er diese Eigenschaft eher zu, als daß er sie in Abrede stellte. Er behauptete, daß er sich mit niemand so offen unterhalten könne wie mit seinem Spiegelbild, vor dem er sich sicher fühlen dürfe.

Er war mit Recht vergnügt und fröhlich. Jeden Tag machte er weitere Fortschritte, so daß Doris Gray mehr und mehr unter seinen Einfluß, wenn auch nicht in seine Gewalt kam.

Er lebte allein in seiner Wohnung und hatte keine Dienstboten – außer einer alten Frau, die jeden Morgen kam, um die Zimmer in Ordnung zu bringen.

Während er noch vor dem Spiegel stand, klingelte es draußen. Er ging selbst, um zu öffnen, ohne daran zu denken, daß es ein wichtiger Besuch sein könne. Graf Poltavo hielt sich für nicht zu gut, die Milch selbst an der Tür in Empfang zu nehmen oder mit irgendeinem Händler auf dem Flur beim Einkauf zu feilschen. Es war notwendig, daß er sparsam mit seinem Gelde lebte, bis ihn das Schicksal in den Besitz größerer Mittel brachte.

Als er die Tür öffnete, trat er erschrocken einen Schritt zurück, machte dann aber eine leichte Verbeugung.

»Treten Sie bitte näher, Mr. Doughton.«

Frank ging durch den kleinen Vorraum und wartete, bis der

Graf die Wohnungstür geschlossen und eine andere geöffnet hatte. Dann trat er in das Arbeitszimmer.

»Welcher Umstand verschafft mir die Ehre Ihres Besuches?« fragte Poltavo, als er Frank einen Sessel hinschob.

»Ich möchte Sie in einer Angelegenheit sprechen, die Sie und mich angeht«, erwiderte der junge Mann etwas schroff und sah ihn scharf an.

Graf Poltavo nickte. Er erkannte sofort, daß Frank ihm feindlich gegenüberstand, aber er ließ sich dadurch nicht im mindesten einschüchtern oder verblüffen. Er hatte sich schon aus viel schwierigeren Situationen glänzend herausgezogen.

»Es tut mir leid, daß ich Ihnen nur eine Viertelstunde zur Verfügung stellen kann. Wenn diese Zeit abgelaufen ist, muß ich zum Brakely Square fahren, wo das Testament unseres verstorbenen Freundes eröffnet wird –«

»Das weiß ich«, unterbrach ihn Frank. »Sie sind nicht der einzige, der eine Einladung erhalten hat.«

»Kommen Sie auch?« fragte der Graf etwas erstaunt. Er selbst war als Freund und Berater der verwaisten Doris Gray gebeten worden. Diese Stellung hatte ihm ein Brief verschafft, den Doris erhalten hatte. Die wenigen Zeilen hatten ihr mitgeteilt, daß sie sich auf den Grafen in jeder Weise verlassen könne. Und wegen dieses Briefes war auch Frank Doughton gekommen.

»Graf Poltavo, am Tage nach dem Verschwinden Mr. Farringtons brachte ein Bote Miss Gray einen Brief.«

»Das ist mir bekannt«, erwiderte der Graf liebenswürdig.

»Der Brief betraf Sie. In dem Schreiben wurde Doris mitgeteilt, daß sie Ihnen durchaus vertrauen könne; außerdem wurde darin angedeutet, daß der Tote, den man in der Themse fand, nicht mit Mr. Farrington identisch sei.«

Poltavo runzelte die Stirn.

»Die Behörden haben aber eine andere Ansicht«, sagte er schnell. »Das Gericht hegte nicht den geringsten Zweifel, daß es Mr. Farrington war.«

»Was bei der Leichenschau festgestellt wird und was Scotland Yard darüber denkt, sind zwei ganz verschiedene Dinge«, entgegnete Frank trocken. »Der bewußte Brief hatte zur Folge, daß Miss Gray ihr Vertrauen auf Sie setzte, Graf, und von Tag zu Tag macht sie es mir durch ihre Haltung schwerer, ihre Interessen wahrzunehmen. Ich bin ein offener, ehrlicher Engländer, und ich sage geradeheraus, was ich meine.« Er schlug mit der Hand auf den Tisch. »Doris Grays Gemüt wird vergiftet und gegen mich aufgestachelt, obwohl ich doch keine andere Absicht habe, als ihr treu und ergeben zu dienen.«

Graf Poltavo zuckte lächelnd die Schultern.

»Mein lieber Freund, ich kann nicht annehmen, daß Sie zu mir kommen, um mich zu überreden, als Ihr Fürsprecher bei Miss Gray aufzutreten und sie zu veranlassen, anders über Sie zu urteilen, als sie es tut. Sollte das aber wirklich der Zweck Ihres Besuches sein, so kann ich Ihnen leider nicht helfen. Es gibt ein Sprichwort in der englischen Sprache, das ich für sehr wahr halte: ›In der Liebe und im Krieg ist alles erlaubt.‹«

»In der Liebe?« fragte Frank.

»Ja, in der Liebe. Es ist nicht das Vorrecht irgendeines Mannes, die Liebe der ganzen Welt für sich als Monopol in Anspruch zu nehmen oder zu sagen: Diese Frau liebe ich, und kein anderer darf sie lieben. Alle Eigenschaften, die Sie an Miss Gray so bewundern, erscheinen mir ebenso verehrungswürdig wie Ihnen. Es ist ja schade, und ich möchte gern alles tun, um nicht mit Ihnen in Streit zu geraten, aber die Rivalität zwischen uns besteht nun einmal, und es hat keinen Zweck, das zu leugnen. Ich weiß, daß der verstorbene Mr. Farrington bestimmte Absichten mit seiner Nichte hatte, und ich schmeichle mir, daß diese sehr zu meinen Gunsten sprechen.«

»Wie meinen Sie das?« fragte Frank scharf.

»Ich hatte mit Mr. Farrington hierüber eine Aussprache, und er sagte mir, daß er sich beruhigt fühlen würde, wenn Doris' Zukunft in meinen Händen läge.«

Frank erbleichte.

»Das ist eine gemeine Lüge! Ich habe Mr. Farringtons Ansichten hierüber ebensogut gekannt wie Sie – sogar besser, wenn Sie sie so auslegen wollen!«

»Wollen Sie mir darüber bitte Näheres mitteilen?«

»Ich lehne es ab, über diese Angelegenheit weiter mit Ihnen zu sprechen. Ich möchte Ihnen nur das eine sagen: Wenn ich entdecken sollte, daß Sie gegen mich arbeiten, sei es durch Lügen oder durch Intrigen, so soll es Ihnen leid tun, jemals meine Bekanntschaft gemacht zu haben!«

»Gestatten Sie, daß ich Ihnen die Tür zeige«, sagte Graf Poltavo. »Leute meines Standes und meiner Familie lassen sich nicht gern derartige Drohungen sagen.«

»Ihren Stand kenne ich sehr wohl«, erwiderte Frank kühl. »Ihre Familie ist allerdings weniger bekannt. Wenn Sie mich zwingen, mich näher mit der Sache zu beschäftigen, und wenn ich selbst die Neigung verspüre, mich genauer zu informieren, so weiß ich, an wen ich mich zu wenden habe.«

»Und wer wäre das?« fragte der Graf und öffnete die Tür.

»Der Polizeichef von San Sebastian.«

Der Graf schloß die Tür hinter seinem Besucher und blieb einige Augenblicke nachdenklich stehen.

Die Menschen, die sich eine Stunde später in dem großen Wohnzimmer des Hauses am Brakely Square versammelten, waren niedergeschlagen und deprimiert. Zur Unzufriedenheit des Grafen war auch Frank erschienen. Er saß neben dem traurigen jungen Mädchen, und es war ihm gelungen, sie in eine Unterhaltung zu ziehen. Graf Poltavo hielt es nicht für ratsam, gerade in diesem Augenblick einen Versuch zu machen, die beiden voneinander zu trennen. Er konnte warten.

Auch Mr. Smith war anwesend.

Er hatte sich einfach dadurch eine Einladung verschafft, daß er den Rechtsanwalt, der die Testamentseröffnung vorzunehmen hatte, bat, ihn zuzuziehen. Gleichzeitig hatte er freilich bemerkt, daß er in amtlicher Eigenschaft und nicht als Freund erscheinen würde, wenn man ihm seine Bitte abschlage.

Der Seniorchef der bekannten Rechtsanwaltsfirma Debenham & Tree war bereits erschienen und saß mit seinem Sekretär an einem Tisch, der mit Dokumenten, Papieren und Schreibzeug bedeckt war. Es lag auch ein großes, versiegeltes Schriftstück dort, das der Sekretär sorgsam behütete und nicht aus den Augen ließ.

Für viele Anwesende war die Eröffnung des Testaments ein

wichtiger Augenblick. Farrington hatte keine Privatschulden hinterlassen. In welcher Lage sich auch die Aktionäre der Gesellschaft befanden, die er leitete – er selbst war, soweit sein Privatvermögen in Betracht kam, in jeder Weise zahlungsfähig.

Die Nachforschungen Mr. Smiths hatten zu seinem großen Erstaunen ergeben, daß das Vermögen des jungen Mädchens verhältnismäßig sicher angelegt war. Mr. T. B. Smith kannte auch schon einen großen Teil des Testamentes, durch dessen Eröffnung drei Menschen sehr überrascht werden sollten. Er hatte viele der Angaben des Millionärs bestätigt gefunden.

Als Doris sich erhob und zu dem Rechtsanwalt ging, um ihn etwas zu fragen, kam Mr. Smith quer durch das Zimmer und setzte sich neben Frank Doughton.

»Sie waren doch mit Mr. Farrington befreundet?« fragte er. Frank nickte.

»Kannten Sie ihn sehr gut?«

»Ich kann gerade nicht behaupten, daß ich eng mit ihm befreundet war, aber er war immer sehr liebenswürdig zu mir.«

»Wie äußerte sich das? Verzeihen Sie, daß ich Sie mit Fragen belästige, aber Sie wissen ja, daß ich allen Grund habe, mich für die Sache zu interessieren.«

Frank lächelte leicht.

»Ich glaube nicht, daß Sie Mr. Farrington sehr wohlgesinnt waren. Ich wundere mich sogar, daß Sie hier erschienen sind, nach jenen Vorgängen im Theater.«

»Sie meinen, weil ich ihn verhaften wollte?« erwiderte Mr. Smith. »Das hätte Sie doch nicht in Erstaunen setzen dürfen. Selbst Millionäre sind manchmal in merkwürdige, gesetzwidrige Angelegenheiten verwickelt. Aber ich möchte wirklich gern wissen, warum Mr. Farrington Ihnen gegenüber besonders liebenswürdig war.«

Frank zögerte. Wenn Mr. Farrington auch Fehler gehabt haben mochte, so wollte er doch nach seinem Tode nichts Nachteiliges über ihn sagen oder den Behörden eine Handhabe gegen ihn geben.

»Er hat mir einen sehr guten Auftrag gegeben, durch den ich viel Geld hätte verdienen können.«

Das Interesse des Detektivs erwachte.

»Welchen Auftrag hat er Ihnen denn gegeben?«

Frank erzählte ihm so kurz wie möglich die Geschichte von den Nachforschungen nach dem Erben der Tollington-Millionen.

»Aber ich war nicht der Mann für diese Aufgabe«, sagte er dann mit einem entschuldigenden Lächeln. »Es wäre viel besser gewesen, wenn er sich an Sie gewandt hätte. Ich fürchte, daß ich keine Veranlagung zum Detektiv habe. Aber er bestand darauf, daß ich die Sache in die Hand nähme.«

Mr. Smith war nachdenklich geworden.

»Mir ist auch etwas von den Tollington-Millionen bekannt. Es handelt sich um den Nachlaß des Holzkönigs der Vereinigten Staaten, der, ohne ein Testament zu hinterlassen, starb. Man nimmt an, daß seine Erben hier in England wohnen. Wir haben auch einige Mitteilungen darüber erhalten.«

Er runzelte die Stirn, als ob er sich an alle Einzelheiten des Falles erinnern wollte.

»Natürlich! Mr. Farrington war ja einer der Treuhänder, er war auch ein persönlicher Freund des verstorbenen Tollington. Aber dieses Geld konnte er nicht angreifen«, sagte er halb zu sich selbst, »denn die anderen Testamentsvollstrecker sind Leute von untadligem Ruf, die in der Finanzwelt Amerikas eine große Rolle spielen. Ich danke Ihnen für Ihre Angaben. Ich werde mich mit dieser Sache auch noch beschäftigen, und wenn ich Ihnen behilflich sein kann, Mr. Farringtons Auftrag auszuführen, so seien Sie sicher, daß ich alles für Sie tun werde.«

Der Rechtsanwalt erhob sich mit einem Räuspern. Er hielt das große Schriftstück in der Hand.

»Meine Damen und Herren«, begann er, als es ruhig geworden war. »Es ist meine Pflicht, das Testament des verstorbenen Mr. Farrington hier zu verlesen, und da es eine große Anzahl der Anwesenden angeht, wäre ich Ihnen zu großem Dank verpflichtet, wenn Sie absolute Ruhe bewahren wollten.«

Dann verlas er die Einleitung. Wie gewöhnlich waren zuerst einige kleine Summen für wohltätige Zwecke ausgesetzt worden.

Der Rechtsanwalt schaute über seine Brille.

»Ich brauche Ihnen wohl kaum mitzuteilen, daß keine Mittel

in der Vermögensmasse vorhanden sind, um die Wünsche des Verstorbenen in diesem Punkte zu erfüllen«, sagte er nachdrücklich. »Dieser Abschnitt des Testaments geht von der Voraussetzung aus, daß bei dem Tode Mr. Farringtons eine gewisse Summe vorhanden sei, was aber, wie ich fürchte, nicht der Fall ist. Das Testament fährt fort:

›Da ich weiß, daß meine liebe Nichte ausreichend versorgt ist, kann ich hier nur noch einmal meine Zuneigung und Liebe zu ihr aussprechen, und es mag als meine letzte Bitte und mein letzter Wunsch angesehen werden, daß sie so bald als möglich den Mann heiratet, den ich ihr als Gatten und Beschützer wünsche.‹«

Zwei Männer in dem Zimmer waren aufs äußerste gespannt, ob ihre Vorahnung bestätigt werden würde.

»›Und dieser Mann‹«, fuhr der Rechtsanwalt feierlich fort, »›ist mein guter Freund Frank Doughton.‹«

Frank holte tief Atem, Doris unterdrückte einen Ausruf. Graf Poltavo wurde rot und weiß, und seine Augen blitzten gefährlich. Mr. Smith, der diese Stelle des Testamentes gekannt hatte, beobachtete die drei Menschen genau. Er sah die Bestürzung des Mädchens, die Wut in Poltavos Augen und das Erstaunen in Franks Gesicht, als der Rechstanwalt weiterlas.

»›Da ich die Ungewißheit der heutigen Kapitalanlagen kenne und da ich fürchtete, daß das mir anvertraute Vermögen durch irgendeinen Unglücksfall verlorengehen könnte, habe ich das gesamte Vermögen von Doris Gray im Werte von achthunderttausend Pfund in einem Tresor der London-Safe-Deposit-Bank hinterlegt. Kraft der Vollmacht, die mir ihr verstorbener Vater gegeben hat, habe ich meinen Rechtsanwälten den Auftrag gegeben, ihr den Schlüssel einzuhändigen und ihr die Berechtigung zur Öffnung des Safes zu geben – und zwar an dem Tage, an dem sie Frank Doughton heiratet. Sollte sie sich aus irgendeinem Grunde weigern, meinen Wunsch in dieser Beziehung zu erfüllen, so bestimme ich, daß ihr das Vermögen fünf Jahre lang vorenthalten wird, von dem Tage meines Todes an gerechnet!‹«

Ein tiefes Schweigen folgte. Mr. Smith sah, wie sich der Ausdruck in Poltavos Gesicht änderte. Zuerst war der Graf wütend gewesen, dann erstaunt und nun argwöhnisch. Mr. Smith hätte viel darum gegeben, in der Seele dieses Abenteurers lesen zu können.

Wieder erhob sich die Stimme des Rechtsanwalts.

»›Frank Doughton vermache ich die Summe von tausend Pfund, um ihn bei den Nachforschungen nach den Erben des Tollington-Vermögens zu unterstützen. Mr. T. B. Smith, dem bekannten Beamten von Scotland Yard, den ich kennengelernt habe und dessen Fähigkeiten ich aufs höchste schätze, vermache ich ebenfalls die Summe von tausend Pfund als Belohnung für die vielen Dienste, die er der Menschheit und der Zivilisation geleistet hat. Ich bestimme ferner, daß er an dem Tage, an dem er Montague Fallock, den größten und gefährlichsten Feind der menschlichen Gesellschaft, entlarvt, abermals tausend Pfund von den Treuhändern meines Vermögens ausgezahlt erhalten soll.‹«

Der Rechtsanwalt sah von dem Dokument auf.

»Auch die Ausführung dieses Abschnittes hängt von gewissen Voraussetzungen ab, Mr. Smith.«

Der Detektiv lächelte.

»Das verstehe ich vollkommen«, sagte er ruhig. »Obwohl Sie es wahrscheinlich nicht verstehen«, fügte er so leise hinzu, daß es niemand hören konnte.

Diesen Absatz des Testaments hatte er noch nicht gekannt, denn die letzte Fassung des Schriftstücks war erst einige Tage vor dem Unglücksfall, der dem Leben Gregory Farringtons ein Ende gesetzt hatte, ausgefertigt worden.

Es waren noch einige Bestimmungen zu verlesen. Ein paar Schmuckstücke hatte Mr. Farrington seinem lieben Freund, dem Grafen Ernesto Poltavo, vermacht. Damit endete das Testament.

»Ich habe nur noch zu sagen«, bemerkte der Rechtsanwalt, als er sorgsam seine Brille abnahm und in das Futteral steckte, »daß auf der Bank Mr. Farringtons eine große Geldsumme deponiert ist. Es ist aber Sache des Gerichtshofes, zu entscheiden, inwieweit dieses Geld dazu verwendet werden muß, die Schulden zu begleichen, die durch die Amtsführung des Verstorbenen als Leiter einer öffentlichen Gesellschaft entstanden sind. Das heißt, es ist eine Frage der Rechtsprechung, ob das Privatvermögen des verstorben Mr. Farrington ganz oder teilweise beschlagnahmt werden wird, um die Gläubiger zu befriedigen.«

Als er geendet hatte, setzten sofort lebhafte Diskussionen ein. Poltavo ging mit schnellen Schritten zu dem Rechtsanwalt, und die beiden sprachen ein paar Augenblicke miteinander. Dann wandte sich Graf Poltavo plötzlich um und verließ das Zimmer. Der Detektiv hatte den Vorgang beobachtet und war ihm gefolgt. Er holte ihn in der Halle ein.

»Kann ich ein paar Worte mit Ihnen sprechen, Graf?« fragte er. Sie gingen zusammen die Treppe hinunter und traten auf die Straße. »Sie sind durch das Testament sehr überrascht worden?«

Graf Poltavo hatte sich wieder vollkommen in der Gewalt. Wenn man jetzt sein lächelndes Gesicht sah und seine ruhigen Worte hörte, hätte man nicht annehmen können, daß ihn die Verlesung des Testamentes irgendwie beeindruckt hätte.

»In gewisser Weise bin ich erstaunt, das muß ich zugeben. Ich verstehe nicht ganz, warum mein Freund Farrington Bestimmungen getroffen hat, die –« Er zögerte.

»Sie meinen: die die Zukunft Miss Grays betreffen?« vollendete Mr. Smith den Satz.

Plötzlich verlor Poltavo seine Selbstbeherrschung wieder und schrie Mr. Smith förmlich an, obwohl sein Zorn sich nicht gegen diesen Beamten richtete.

»Dieser gemeine Hund«, rief er wütend, »mir so etwas anzutun! Aber das kann nicht sein, und das darf nicht sein – ich sage es Ihnen! Diese Frau bedeutet mehr für mich, als Sie sich denken können! Kann ich einmal privat mit Ihnen reden?«

»Ich dachte mir, daß Sie diesen Wunsch vielleicht hätten.«

Mr. Smith hob die Hand und gab ein kaum wahrnehmbares Zeichen. Ein Auto, das ihnen auf der anderen Seite der Straße langsam gefolgt war, fuhr plötzlich quer über die Straße und hielt neben dem Gehsteig.

Mr. Smith öffnete die Tür, und Graf Poltavo stieg ein. Der Detektiv folgte ihm, ohne dem Chauffeur weitere Anweisungen zu geben. Der Wagen fuhr durch West End, bis er schließlich vor Scotland Yard hielt.

Als sie in das Büro von Mr. Smith eintraten, hatte Poltavo

seine Fassung wiedergewonnen. Er ging in dem Zimmer auf und ab, hatte die Hände in die Hosentaschen gesteckt und den Kopf gesenkt.

»Nun, was wollten Sie mir sagen?« begann Mr. Smith, der an seinem Schreibtisch Platz genommen hatte.

»Ich hätte Ihnen sehr viel zu sagen«, erwiderte Poltavo ruhig. »Und ich überlege gerade, was mehr in meinem Interesse liegt: jetzt zu sprechen oder noch länger zu schweigen.«

»Ihr Schweigen würde sich wohl auf die Tatsachen beziehen, die Sie über Mr. Farrington wissen?« fragte Mr. Smith leichthin. »Vielleicht kann ich Ihnen bei dieser schweren Arbeit ein wenig helfen.«

»Ich glaube nicht. Sie können unmöglich so viel über diesen Mann wissen wie ich. Ich beabsichtigte ursprünglich«, sagte er dann frei heraus, »Ihnen viel mitzuteilen, was Sie sehr in Erstaunen gesetzt hätte. Aber ich halte es für ratsam, noch einen oder zwei Tage zu warten, um einigen Leuten, die an dieser Sache interessiert sind, die Möglichkeit zu geben, ihr Unrecht wiedergutzumachen. Ich muß sofort nach Paris fahren.«

Mr. Smith entgegnete nichts. Es hatte keinen Zweck, jetzt auf eine Mitteilung zu drängen. Er war fest überzeugt, daß Poltavo noch sprechen würde, wenn er auch im Augenblick seine Selbstbeherrschung wiedererlangt hatte. Mr. Smith konnte warten und begnügte sich damit, seinen unerwarteten Gast zu unterhalten.

»Ein sonderbarer Platz«, meinte der Graf, als er sich in dem Zimmer umsah. »Dies ist also Scotland Yard! Das Polizeipräsidium, vor dem sich alle Verbrecher fürchten, das selbst die Verbrecherwelt Polens kennt.«

»Ja, es ist wirklich ein eigenartiger Ort. Soll ich Sie einmal zu der interessantesten Stelle führen?«

»Ich wäre Ihnen zu großem Dank verpflichtet.«

Mr. Smith führte ihn den Gang entlang, klingelte nach dem Fahrstuhl und fuhr mit Poltavo in den dritten Stock. Dort befand sich am Ende eines langen Korridors ein großer Saal, in dem Aktenschrank neben Aktenschrank stand.

»Das ist unsere Registratur«, erklärte der Detektiv. »Sie ist besonders für Sie von großem Interesse, Graf.«

»Warum gerade für mich?« fragte Poltavo lächelnd.

»Weil ich annehme, daß Sie sich für die Entdeckung von Verbrechern interessieren«, erwiderte Mr. Smith gleichgültig.

Er ging scheinbar ziellos eine lange Reihe von Schränken entlang, aber plötzlich blieb er stehen.

»Hier finden Sie zum Beispiel die Akten eines merkwürdigen Mannes.« Er zog, ohne lange zu suchen, eine Schublade auf, ließ seine Finger über einen großen Stoß von Mappen gleiten und nahm eine davon heraus. Dann winkte er den Grafen zu sich an einen polierten Tisch, der in der Nähe des Fensters stand, und zog zwei Stühle heran. »Nehmen Sie doch, bitte, Platz. Ich werde Sie mit einem der kleineren Verbrecher bekannt machen.«

Graf Poltavo beugte sich interessiert vor, als Mr. Smith die Mappe öffnete, zwei Aktenstücke herausnahm und sie auf den Tisch legte.

Er schlug das erste auf: die Fotografie eines militärisch aussehenden Mannes in russischer Uniform lag obenauf. Poltavo sah sie und blickte auf. Sein Gesicht zuckte.

»Das war der Militärgouverneur von Polen«, sagte Mr. Smith leichthin. »Er wurde vor Jahren von einem Mann ermordet, der sich als sein Sohn ausgab.«

Der Graf hatte sich erhoben, er zitterte am ganzen Körper.

»Ich habe ihn niemals gesehen«, stammelte er. »Es ist sehr schwül – Sie haben keine Ventilation hier.«

»Warten Sie ein wenig.« Der Detektiv nahm das zweite Aktenstück, zog die Fotografie eines schmucken jungen Mannes heraus und legte sie neben die andere.

»Kennen Sie diesen Herrn?«

Er erhielt keine Antwort.

»Es ist das Bild des Mörders. Unglücklicherweise war dies nicht sein einziges Verbrechen. Sie werden bemerken, daß zwei verschiedene Aktenstücke hier liegen, die die Fortschritte unseres jungen Freundes auf dem Weg zum Galgen zeigen.«

Er suchte eine dritte Fotografie heraus, die ein hübsches Mädchen in russischer Bauerntracht zeigte. Die Aufnahme war offensichtlich auf einem Kostümball gemacht worden, denn das feine Gesicht und die zarte Gestalt paßten wenig zu dem Kleid.

»Das ist Prinzessin Lydia Bontasky – ein Opfer seines Verrats. Hier noch ein anderes.«

Das vierte Bild zeigte ein trauriges, von Sorgen bedrücktes Gesicht.

»Diese Frau wurde von unserem hochgemuten jungen Freund angeschossen und starb an ihren Verletzungen. – Hier sind Einzelheiten über einen Bankraub, der vor fünf Jahren von Leuten organisiert wurde, die sich Anarchisten nannten, in Wirklichkeit aber ganz gewöhnliche Verbrecher waren, die keine Achtung vor dem Menschenleben hatten. Aber ich sehe, das interessiert Sie alles nicht.«

Er schloß das Aktenstück und legte es in die Mappe zurück, bevor er den Grafen anschaute, dessen Gesicht totenbleich war.

»Es ist sehr interessant«, stotterte Poltavo.

Er schwankte durch das Zimmer und hatte sich noch nicht erholt, als sie den Gang wieder betraten.

»Hier ist der Ausgang«, sagte Mr. Smith und zeigte auf die breiten Stufen. »Ich rate Ihnen, vorsichtig zu sein, Graf Poltavo. Es wird meine Pflicht sein, Ihre eigene Polizei davon zu unterrichten, daß Sie augenblicklich in diesem Lande weilen. Ob sie etwas unternimmt oder nicht, ist eine zweifelhafte Angelegenheit. Ihre Landsleute sind ja nicht besonders energisch, wenn es sich um Verbrechen handelt, die fünf Jahre zurückliegen. Aber ich warne Sie.« Er ließ seine Hand schwer auf die Schulter des anderen fallen. »Wenn Sie sich mir in den Weg stellen, werden Sie in Schwierigkeiten kommen, die viel ernstere Folgen für Sie haben.«

Drei Minuten später trat Poltavo wie ein Schlafwandler aus Scotland Yard hinaus. Er rief das erste Taxi an, das vorüberkam, und fuhr nach Hause. Nach zehn Minuten verließ er seine Wohnung wieder mit einem Handkoffer.

Er fuhr zu dem Grand-Marylebone-Hotel.

Inspektor Ela, der jede seiner Bewegungen überwachte, folgte ihm in einem anderen Wagen. Er wartete, bis Poltavo das Hotel betreten hatte, stieg dann in einiger Entfernung von der Tür aus und ging nachlässig zu dem Eingang.

Es war nichts von Poltavo zu sehen.

Ela schlenderte durch den Korridor hinunter in den großen Palmenhof. Von hier führte ein anderer Eingang zur Marylebone Road. Ela eilte durch die große Drehtür zum Vestibül.

Ja, der Portier hatte den Herrn gesehen: Er hatte ein Auto angerufen und war vor einer knappen Minute abgefahren.

Ela verwünschte sich selbst, daß er so töricht gewesen war.

Er berichtete Mr. Smith telefonisch von dem Resultat seiner Verfolgung. Der Detektiv war wenig erfreut.

»Ich glaube trotzdem zu wissen, wo wir ihn fassen können«, sagte er zu Ela. »Erwarten Sie mich am Waterloo-Bahnhof, wir müssen den 6-Uhr-Zug nach Great Bradley erreichen.«

11

»Sie möchten Mr. Moole sprechen?« fragte Dr. Fall.

»Ja«, erwiderte Poltavo, der am Eingang des »geheimnisvollen Hauses« stand.

Nach einem kurzen, prüfenden Blick ließ ihn der Doktor ein und schloß die Tür hinter ihm.

»Sagen Sie mir, was Sie wünschen!« Er hatte die sonderbare Handbewegung Poltavos gesehen – das Paßzeichen, das ihm schon zu vielen sonderbaren Leuten Zugang verschafft hatte.

»Ich möchte Farrington sehen!« erwiderte Poltavo kühl.

»Farrington!« Dr. Fall zog die Augenbrauen hoch.

»Ja – spielen Sie doch keine Komödie, Fall. Ich muß ihn dringend sprechen. Ich bin Poltavo.«

»Das weiß ich«, sagte Dr. Fall ruhig. »Aber warum Sie hierherkommen und glauben, daß der verstorbene Mr. Farrington ein Bewohner dieses Hauses sei, kann ich nicht verstehen. Sie befinden sich hier in einer Irrenanstalt, nicht in einem Totenhaus«, sagte er mit grimmigem Humor.

Aber er führte ihn trotzdem die Treppe hinauf zu dem Wohnzimmer im ersten Stock.

»Um was handelt es sich?« fragte er dort.

Poltavo hielt es für richtiger, sein Erlebnis mit Mr. Smith zu erzählen, als den wahren Grund seines Besuches zu enthüllen.

Fall hörte ihm schweigend zu.

»Ich zweifle sehr daran, daß er Sie sehen will. Er ist in seiner schlechtesten Verfassung. Aber ich will einmal zu ihm gehen und mich nach seinen Wünschen erkundigen.«

Zehn Minuten später kehrte er zurück und winkte Poltavo. Er führte ihn zu dem Zimmer, in dem der bettlägerige Mr. Moole untergebracht war.

Ein Mann wandte sich um, als die beiden eintraten. Es war tatsächlich Farrington – derselbe Farrington, der an jenem Abend aus der Loge im Jollity-Theater verschwunden war.

Der große Mann nickte nur kurz.

»Warum sind Sie hierhergekommen und haben die Hälfte aller Detektive Londons auf meine Spur gehetzt?« fragte er barsch.

»Ich glaube nicht, daß Sie es nötig haben, sich um die Detektive Londons zu kümmern.« Poltavo sah Dr. Fall von der Seite an. »Ich möchte Sie allein sprechen.«

Farrington gab dem Arzt einen Wink, und Dr. Fall verließ den Raum.

Poltavo ging nun mit schnellen Schritten auf Farrington zu.

»Ich möchte wissen – Sie verräterischer Hund –, was Ihr verrücktes Testament bedeuten soll!«

»Sie können sich auch setzen«, erwiderte Farrington kühl. »Es ist Zeit, daß Ihnen klar wird, Poltavo, daß ich nicht der Mann bin, von dem man Rechenschaft verlangt, warum er dies oder jenes getan hat. Ich gestatte keinem Menschen, wer es auch immer sei, so mit mir zu sprechen, wie Sie es tun.«

»Sie wissen, daß Sie in meiner Hand sind«, sagte Poltavo großspurig. »Ist Ihnen bewußt, daß Ihr ganzes Kartenhaus einfällt, wenn ich nur den kleinen Finger hebe?«

»Wenn Sie alles wüßten, was ich weiß, würden Sie Ihre Zunge im Zaum halten. Setzen Sie sich – was wollen Sie denn eigentlich?«

»Warum haben Sie die Bestimmung in Ihr Testament eingefügt, daß Doris diesen niederträchtigen Doughton heiraten soll?«

»Ich hatte guten Grund, das zu tun.«

»Dann klären Sie mich darüber auf«, rief Poltavo wütend.

»Das fällt mir gar nicht ein!« Farrington lachte böse. »Es genügt, wenn ich Ihnen sage, daß ich das Glück des Mädchens im Auge hatte. Haben Sie denn noch nicht verstanden«, fuhr er schnell fort, »daß das einzige in meinem Leben, was unantastbar und gut ist, die Liebe zu meiner Nichte ist? Ich will sie glücklich sehen, und ich weiß, daß sie nur mit Doughton wirklich ganz glücklich werden kann.«

»Sie sind verrückt«, fuhr Poltavo auf. »Sie ist schon halb in mich verliebt.«

»In Sie?« Farrington kniff die Augen zusammen. »Das ist ganz unmöglich.«

»Warum soll das unmöglich sein?« fragte Poltavo laut und heftig und schlug ärgerlich auf den Tisch.

»Aus vielen Gründen. Sie sind nicht einmal würdig, ihr Untergärtner zu sein, viel weniger ihr Mann. Sie sind – verzeihen Sie meine Offenheit – ein Erpresser, ein Dieb, ein Mörder, ein Fälscher und ein Bankräuber, soviel ich weiß.« Er lächelte. »Ja, ich habe Ihrer Erzählung vorhin interessiert zugehört. Ich habe hier alle Einrichtungen, die es möglich machen, unbeobachtet jedes Gespräch zu belauschen. Aber glücklicherweise hatte ich es in Ihrem Fall nicht nötig, mich noch näher zu informieren. Ich habe einen ebenso vollständigen Bericht über Ihre Vergangenheit wie unser Freund Smith. Und ich sage Ihnen, Poltavo, daß ich eher tot sein möchte, als Ihnen Doris ausliefern, obwohl ich Sie als meinen Agenten enorme Summen verdienen lasse, wenn Sie Hand in Hand mit mir arbeiten.«

Ein häßliches Lächeln zeigte sich auf Poltavos Zügen.

»Ist das Ihr letztes Wort?«

»Ja. Wenn Sie einen guten Rat von mir annehmen wollen, so begnügen Sie sich damit. Lassen Sie alles so, wie es ist, Poltavo. Sie sind im Begriff, ein großes Vermögen zu erwerben. Lassen Sie nicht eine vollkommen unangebrachte Liebelei oder einen noch weniger angebrachten Ehrgeiz hineinspielen, wodurch Sie sich Ihre ganze Stellung verderben.«

»Sie würden mir nie gestatten, Doris zu heiraten, was auch immer geschehen könnte?«

»Das war der Sinn meiner Worte.«

»Aber nehmen wir einmal an« – Poltavo strich seinen Schnurrbart und lächelte höhnisch –, »ich könnte Sie dazu zwingen?«

Farringtons Stirn legte sich in Falten.

»Wie wollen Sie denn das machen?« fragte er.

»Nehmen wir einmal an, ich zöge aus der Tatsache Nutzen, daß Doris Gray, ein gefühlvolles junges Mädchen, die sympathischer Verehrung wohl zugänglich ist und sich schon halb in mich verliebt hat – also nehmen wir einmal an, ich würde mir diese Tatsache zunutze machen, und wir würden gegen Ihren Willen heiraten?«

»Das wird Ihnen schlecht bekommen«, entgegnete Farrington böse. »Es wird Ihnen sogar leid tun, daß Sie mir damit gedroht haben.«

»Ich drohe Ihnen nicht nur«, rief Poltavo zornig, »ich werde meine Drohung auch ausführen! Wenn Sie mir in den Weg treten, so tun Sie das auf eigene Gefahr.« Er zeigte die geballte Faust.

Farrington sah ihn mit einem langen, ernsten Blick an, als ob er die wahre Gesinnung des Polen erforschen wollte.

»Ich wünschte, es wäre nicht so gekommen«, sagte er halb zu sich selbst. »Ich hoffte, einen brauchbaren Menschen aus Ihnen zu machen, Poltavo, aber ich sehe, daß ich mich in Ihnen getäuscht habe. Ich hatte mir eingebildet, daß Gefühle nie eine Rolle in unseren Beziehungen spielen würden. Oder wollen Sie Doris des Geldes wegen heiraten – wollen Sie ihr Vermögen haben?« fragte er plötzlich.

Poltavo schüttelte den Kopf.

»Ihr verdammtes Geld!« sagte er hitzig. »Ich will das Mädchen haben! Jeden Tag erscheint sie mir wertvoller und begehrenswerter.«

»Andere Frauen waren Ihnen auch schon teuer«, erwiderte Farrington leise und erregt. »Aber wie lange haben sie sich Ihrer wandelbaren Zuneigung erfreuen dürfen? Solange es Ihnen paßte! Und wenn Sie genug hatten, haben Sie sie im Stich gelassen und fortgeworfen, als ob sie Ihnen nie etwas bedeutet hätten. Ich kenne Ihr Vorleben genau. Ich möchte jetzt nur noch Gewißheit haben, ob Sie im Ernst sprechen, denn wenn das der Fall ist . . .« Er machte eine Pause.

»Nun, was geschieht dann?« fragte Poltavo herausfordernd.

»Dann werden Sie dieses Haus nicht lebend verlassen.«

Farrington sagte das in einem so sachlichen Ton, daß die volle Bedeutung seiner Worte dem Polen nicht sofort klar wurde.

Poltavo lächelte, aber plötzlich erstarrten seine Züge. Mit einer unvermutet raschen Bewegung griff er an seine Hüfte, zog eine Pistole aus der Tasche und richtete sie auf Farrington.

»Versuchen Sie keinen Ihrer Tricks«, rief er. Sein Atem ging schnell. »Ich bin auf alles vorbereitet, Farrington! Sie machen einen Fehler, wenn Sie mir drohen wollen.«

»Ich mache nicht solche Fehler wie Sie«, erwiderte Farrington lächelnd. »Schießen Sie doch Ihre Pistole ab, wenn Sie können. Ich habe aber den Eindruck, daß keine Patronen im Magazin sind.«

Ein Blick auf die Waffe genügte Poltavo, um ihn davon zu überzeugen, daß Farrington die Wahrheit gesprochen hatte. Er wurde bleich.

»Nun«, sagte er plötzlich liebenswürdig, »wir wollen diesem unvernünftigen Streit ein Ende machen. Ich bin ja eigentlich hierhergekommen, um zu sehen, was ich für Sie tun könnte.«

»Sie sind hergekommen, um meine Zustimmung zu Ihren Wünschen, Doris betreffend, zu erzwingen! Die Sache hätte besser ausgehen können.« Er klingelte, und Dr. Fall kam nach einigen Augenblicken herein.

»Geben Sie dem Grafen etwas zu essen, bevor er das Haus verläßt. Er geht nach London zurück.«

Der sachliche Ton, in dem Farrington seinen Auftrag gab, brachte Poltavo wieder zu sich; namenlose Furcht hatte ihn befallen. Es lag eine seltsame Drohung in der Stille dieses großen Hauses. Aber allmählich gewann er seine Fassung wieder, und sein Selbstbewußtsein kehrte zurück, als er in der Tür stand.

»Haben Sie sich jetzt wegen Doris entschieden?« fragte er.

»Das sollte Ihnen doch klargeworden sein«, erwiderte Farrington.

»Nun, dann ist es gut.«

Poltavo folgte Dr. Fall den Gang entlang. Der Arzt öffnete eine kleine Tür, die zu einer erleuchteten Fahrstuhlkabine führte. Poltavo ging hinein, und die Tür schloß sich automatisch hinter ihm.

»Wie bringe ich den Fahrstuhl in Gang?« fragte er durch das Eisengitter.

»Das besorge ich von der Außenseite«, entgegnete Dr. Fall liebenswürdig und drückte auf einen elektrischen Knopf.

Der Lift bewegte sich nach unten. Poltavo kam an der Stahltür des ersten Geschosses und an der Stahltür des Parterres vorbei, aber der Fahrstuhl hielt nicht an. Er fuhr immer tiefer und tiefer, langsam und gleichmäßig bewegte er sich nach unten. Schließlich kam er zum Stillstand, und zwar vor einer Tür, die aus einer großen Anzahl dünner horizontaler Stahlstangen bestand. Als er anhielt, öffnete sich die Tür geräuschlos. Alle Sinne Poltavos waren jetzt wach. Er, den noch keiner an Intrigen und Verrat überboten hatte, war nun selbst ein Opfer eines Verrats geworden. Er verließ den Fahrstuhl noch nicht, sondern bereitete sich auf alle Möglichkeiten vor. Schnell zog er einen Bleistift aus der Tasche und kritzelte hastig einige Worte auf die Holzwand der Kabine. Dann trat er in das Halbdunkel hinaus.

Er sah sich in einem großen Raum, in dem ein Bett und Stühle standen. Über einem Tisch brannte ein düsteres Licht. Eine Anzahl elektrischer Schalter an der gegenüberliegenden Wand schien angebracht zu sein, um den Raum noch mehr erhellen zu können. Er überlegte, daß er sich ja wieder durch den Fahrstuhl nach oben retten konnte, wenn es zum Äußersten kommen sollte. Er durchsuchte seine Taschen mit fieberhafter Hast. Gewöhnlich trug er für den Notfall eine oder zwei Patronen lose bei sich, und er fand auch in seiner obersten Westentasche zwei Stück. Eilig lud er die Pistole damit. Die Patronen konnten nur von seiner Aufwartefrau aus seiner Pistole genommen worden sein; wahrscheinlich wurde sie von Farrington bezahlt und hatte die Bewohner des »geheimnisvollen Hauses« auch von seiner Abreise benachrichtigt.

Es war ja nur zu natürlich, daß der mächtige und kluge Farrington nichts dem Zufall überließ. Poltavo war wütend auf sich selbst, daß er sich so leicht in Sicherheit hatte wiegen lassen. Es war hell genug, daß er quer durch den Raum gehen konnte. Er drehte einen Schalter an der Wand an, und drei Lampen flammten an dem anderen Ende auf. Als er auch die übrigen Lichter eingeschaltet hatte, war das Zimmer fast taghell erleuchtet.

Die Wände dieses unterirdischen, künstlerisch ausgestatteten Raumes waren rot gestrichen. In der Ecke stand eine kleine Messingbettstelle; die Luft war frisch und rein. An den Wänden befanden sich in gleichen Abständen Luftschächte und Ventilatoren.

Es war eigentlich kein unangenehmes Gefängnis, dachte Poltavo. Er war noch dabei, den Raum genauer zu untersuchen, als er ein Geräusch hinter sich hörte und sich umdrehte. Die Stahltür des Liftes hatte sich geschlossen. Er kam gerade noch zurecht, um zu sehen, wie der Fußboden der kleinen Kabine nach oben verschwand. Wieder fluchte er über sich selbst, daß er so unvorsichtig und töricht gewesen war. Er hätte einen Stuhl in die Tür stellen können, so daß sie sich nicht schließen konnte – das wäre doch die einfachste Vorsichtsmaßregel gewesen! Aber die Möglichkeiten, die dieses »geheimnisvolle Haus« in sich barg, waren ihm noch nicht voll zum Bewußtsein gekommen.

Vielleicht waren die Stühle auch befestigt. Er versuchte, den einen aufzuheben, und sah, daß sein Verdacht unbegründet war. Nur ein einziger Stuhl war am Boden befestigt – der große Sessel, der am Kopfende des Tisches stand. Er war massiv und schwer gebaut und mit starken Klammern festgehalten.

In einer Ecke entdeckte er eine vergitterte Tür und vermutete, daß sie zu einem kleineren Aufzug gehöre.

Mit dieser Annahme hatte er recht, denn während er die Öffnung noch betrachtete, tat sich eine Fallklappe in der Decke auf, und eine kleine Plattform senkte sich geräuschlos herunter, auf der ein Tablett mit allerhand Gerichten stand. Er nahm es heraus, stellte es auf den Tisch und betrachtete es. Zwischen den Schüsseln lag ein kleiner, mit Bleistift geschriebener Zettel:

»Sie können unbesorgt die Speisen zu sich nehmen, die wir Ihnen hinunterschicken. Dr. Fall verbürgt sich persönlich für ihre

Güte und wird das, wenn notwendig, in Ihrer Gegenwart beweisen. Wenn Sie etwas wünschen, so finden Sie eine kleine Klingel an der Unterseite des Tisches.«

Poltavo schaute auf das Essen. Er war entsetzlich hungrig. Er mußte zwar damit rechnen, daß es vergiftet war, aber die Leute hier hatten ihn ohnehin so vollkommen in ihrer Gewalt, daß er sich deswegen keine Sorgen zu machen brauchte. So stärkte er sich denn an den wohlschmeckenden Gerichten, ohne den geringsten Schaden dabei zu nehmen. Als er fertig war, besann er sich auf die Klingel. Nach kurzem Suchen fand er sie auch an der Ecke des Tisches und drückte sie. Er hatte nicht lange zu warten, dann hörte er ein schwaches Summen und ging quer durch den Raum zu der geschlossenen Tür des Fahrstuhls. Er hatte seine Pistole bereit, seine Blicke waren auf die dunkle viereckige Öffnung gerichtet, durch die er den Raum betreten hatte. Aber plötzlich hörte er, daß jemand seinen Namen rief.

Er wandte sich um. Dr. Fall stand mitten im Zimmer. Es war nicht zu erkennen, wie er dorthin gekommen war.

»Ich hoffe, daß ich Sie nicht zu sehr erschreckt habe«, sagte der Arzt mit einem ruhigen Lächeln. »Ich kam nicht den Weg, den Sie erwarteten. Es gibt drei verschiedene Zugänge zu diesem Raum, und sie sind alle drei gleichmäßig schwer zu finden.«

»Darf ich Sie fragen, was dieser Gewaltakt zu bedeuten hat?«

»Ihr vorwurfsvoller Ton zeugt von Ihrem Selbstbewußtsein.« Dr. Fall setzte sich gelassen an den Tisch, nahm seine Zigarrentasche heraus und hielt sie seinem unfreiwilligen Gast hin.

»Ach, Sie rauchen nicht – das tut mir leid –, möchten Sie lieber Zigaretten haben?«

»Ich danke Ihnen, ich habe genügend Zigaretten bei mir.«

Der Doktor schnitt erst in aller Ruhe die Spitze seiner Zigarre ab und entzündete sie, bevor er sprach.

»Ich bewundere Ihre Kaltblütigkeit. Das Wort ›Gewaltakt‹ hört sich etwas komisch aus Ihrem Munde an, Graf, aber ich führe nur Mr. Farringtons Befehle aus, wenn ich Ihnen Ihre jetzt unglückliche Lage erkläre. Sie haben unseren Freund durch Ihr Verhalten sehr verärgert, und er ist im Augenblick entschlossen, Sie strenge zu behandeln und an Ihnen dasselbe harte

Urteil zu vollziehen, das er an zwei Leuten vollstrecken mußte, die bei dem Bau dieses Hauses beschäftigt waren, einen Erpressungsversuch gegen ihn wagten und drohten, ihn zu verraten.«

»Davon weiß ich nichts.«

»Dann sind Sie einer der wenigen Menschen in London, die keine Kenntnis davon haben«, entgegnete Dr. Fall lächelnd. »Einer der beiden war ein Architekt, der andere einer von den tüchtigen Leuten, wie man sie manchmal auf dem Festland trifft. Er konnte ebensogut in der Rolle eines Elektroinstallateurs als eines Kellners auftreten. Die beiden waren engagiert, um bei der Erbauung des Hauses zu helfen. Sie waren mit einer Anzahl anderer Arbeiter aus Italien hergebracht worden, und man hatte ihnen einen Teil der Arbeiten übertragen. Aber sie waren mit der glänzenden Bezahlung, die sie erhielten, nicht zufrieden und wollten durch Erpressung noch größere Summen an sich bringen. Ihr Vorgehen führte schließlich dazu, daß sie eines Abends am Brakely Square den Tod fanden.«

»Hat Farrington sie getötet?« fragte Poltavo atemlos.

»Das will ich nicht gerade behaupten«, erwiderte Dr. Fall gewandt. »Ich habe nur gesagt, daß sie starben. Es war ihr Unglück, daß sie unabhängig voneinander handelten. Sie stritten heftig miteinander, als sie herausfanden, daß sie beide in derselben Absicht gekommen waren, da sie den geheimnisvollen Bauherrn des Hauses als Gregory Farrington, einen hochachtbaren Millionär, erkannten, bei dem sich eine Erpressung lohnte.«

»Das war also die letzte Ursache dieses Vorfalls«, sagte Poltavo nachdenklich. »Ich war wirklich mit Blindheit geschlagen, daß ich den Zusammenhang nicht gleich erkannte. Sie wurden vor Farringtons Haus erschossen – wer außer ihm sollte denn die Tat begangen haben?«

»Ich habe Ihnen nur gesagt, daß die beiden einen frühzeitigen Tod fanden, weil sie sich Vorteile von Mr. Farrington verschaffen wollten, die er ihnen unter keinen Umständen zubilligen konnte. Und Sie, Graf Poltavo, laufen Gefahr, das Schicksal dieser Leute zu teilen.«

»Ich war schon in schwierigeren Lagen«, meinte Poltavo lächelnd, aber er fühlte sich nicht wohl.

»Prahlen Sie nicht«, erwiderte der Doktor ruhig. »Ich möchte doch stark bezweifeln, ob Sie sich jemals in Ihrem Leben in einer so schlimmen Situation wie dieser befanden. Wir haben eigentlich die Absicht, Sie zu töten. Ich sage Ihnen das ganz frei heraus, denn Mr. Farrington will in dieser Beziehung kein Risiko auf sich nehmen. Er ist aber bereit, Ihnen noch eine Chance zu geben, solange Sie davon überzeugt sind, daß er Macht genug hat, Sie zu bestrafen. Ob Sie noch weiter am Leben bleiben, hängt ganz von Ihnen selbst ab. Es liegt ihm fern, irgendwelche Eide, Versprechungen oder Beteuerungen von Ihnen zu verlangen – er will Sie wieder freilassen und Ihnen die Versicherung geben, daß Sie gut belohnt werden, wenn Sie ihm treu dienen. Wenn Sie das aber nicht tun und ihn enttäuschen, werden Sie auf die schönste Art umgebracht werden. Habe ich mich Ihnen verständlich machen können?«

»Allerdings.« Poltavos Hand, die eine Zigarette zum Mund führte, zitterte ein wenig.

»Ich möchte noch hinzufügen –«, fuhr der Doktor fort, als plötzlich ein schrilles Klingelzeichen in dem unterirdischen Raum ertönte. Dr. Fall erhob sich, ging ruhig zu der Wand und legte sein Ohr an eine bestimmte Stelle. Poltavo konnte nicht sehen, wodurch sie sich von der Umgebung unterschied, aber er vermutete, daß dort ein Geheimtelefon angebracht war.

»Bitte?« Dr. Fall lauschte. »Es ist gut«, sagte er dann.

Er wandte sich an Poltavo und sah ihn erstaunt an.

»Es wird Sie sicher interessieren, daß das ganze Haus umstellt ist. Offensichtlich sind die Polizisten Ihrer Spur gefolgt.«

Freudige Erregung blitzte in den Augen des Polen auf.

»Das ist sehr schlimm für Sie«, sagte er dann lachend.

»Noch schlimmer für Sie, denke ich.« Dr. Fall ging langsam zu dem äußersten Ende des Raumes.

»Halt!« rief Poltavo plötzlich. Der Arzt wandte sich um und sah sich von der Mündung einer Pistole bedroht.

»Ich möchte Ihnen versichern«, sagte der Graf höhnisch, »daß die Pistole jetzt mit zwei Patronen geladen ist, die ich in meiner Westentasche fand. Auf jeden Fall bin ich genügend –«

Er sprach nicht weiter, denn plötzlich war der Raum verdunkelt. Alle Lichter schienen von einer unsichtbaren Hand auf ein Zeichen hin ausgelöscht zu sein. Ein höhnisches Lachen kam aus der Richtung, wo Dr. Fall gestanden hatte.

»Schießen Sie doch!«

Aber die beiden Patronen waren Poltavo zu wertvoll, um sie im Dunkeln aufs Ungewisse zu verschwenden. Er wartete. Nach einiger Zeit hörte er ein Klicken, und das Zimmer lag wieder hellerleuchtet. Aber er befand sich allein darin. Er zuckte die Schultern, es blieb ihm nichts anderes übrig, als zu warten.

Wenn Mr. Smith ihm hierher gefolgt war und das Haus mit Polizei umstellt hatte, so durfte er hoffen, aus seiner unglücklichen Lage befreit zu werden. Und sollte dies nicht der Fall sein, so hatte er das Versprechen Farringtons, ihn unter gewissen Bedingungen freizulassen.

Er hörte das leise Geräusch eines herunterkommenden Fahrstuhls. Diesmal kam es aus dem Schacht, den er selbst benützt hatte. Der Lift hielt in Fußbodenhöhe, und die Stahltür öffnete sich einladend. Die Chance durfte er sich nicht entgehen lassen, denn alles andere war besser als ein weiterer Aufenthalt in diesem unterirdischen Raum.

Er trat hinein und zog die Tür hinter sich zu. Zu seinem Erstaunen funktionierte der Mechanismus, und als das Schloß einschnappte, bewegte sich der Fahrstuhl langsam aufwärts. Zwei elektrische Lampen brannten an der Decke der kleinen Kabine. Sie erschienen gefährlich, da man ihn beobachten konnte. Er hob sich auf die Zehenspitzen und zerschmetterte die beiden Birnen mit dem Griff seiner Pistole, dann kauerte er sich im Dunkeln zusammen, den Finger am Abzug der Pistole, auf alles gefaßt.

Mr. Smith befand sich oben in der Halle, und hinter ihm waren drei entschlossene Beamte aus Scotland Yard zu sehen. Dr. Fall stand vor dem Detektiv, ruhig und höflich wie immer.

»Es steht Ihnen selbstverständlich frei, das ganze Haus zu durchsuchen«, sagte er. »Es steckt keinerlei Geheimnis hinter dem Besuch des Grafen Poltavo. Er gehört zu den vielen Leuten, die von ihrer Neugierde hierhergelockt werden. Im Augenblick betrachtet er die wunderbaren Einrichtungen unseres Hauses.«

Mr. Smith fühlte, daß etwas Wahres in dieser Erklärung lag, obgleich ihm der ironische Ton des Arztes nicht entgangen war.

»Würden Sie die Güte haben, mir Graf Poltavo zu zeigen?«

»Mit Vergnügen!« In diesem Augenblick öffnete sich die Lifttür, und Poltavo trat mit der Pistole in der Hand heraus.

Er sah die Gruppe und erkannte die Zusammenhänge. Er mußte sich jetzt sofort entscheiden, wessen Partei er ergreifen wollte. Aber sein Entschluß war schnell gefaßt. Er wußte, daß er bei der Polizei keine Freunde hatte, nur durch Farrington und seinen Einfluß konnte er gefördert werden.

»Sie haben eine interessante Waffe in der Hand, Graf«, sagte Mr. Smith bedeutungsvoll. »Habe ich recht mit der Vermutung, daß Sie die Kunstschätze dieses Hauses nur in Furcht um Ihr Leben betrachtet haben?«

»Durchaus nicht.« Poltavo ließ die Pistole in seine Tasche gleiten. »Ich war nur kurz vorher damit beschäftigt, mich im Pistolenschießen zu üben. Hier unten befindet sich ein wunderbarer Schießstand. Wirklich eine interessante Sache. Sie sollten ihn sich auch einmal ansehen.«

Dr. Fall wandte keinen Blick von dem Gesicht seines früheren Gefangenen, und Poltavo las eine fast unmerkliche Zustimmung in den dunklen Augen.

»Unter gewöhnlichen Umständen würde ich mir nicht die Mühe machen, Ihren Schießstand anzusehen«, entgegnete Mr. Smith lächelnd, »weil ich weiß, daß Sie nicht die Wahrheit sagen, Graf Poltavo. Ich bin sogar überzeugt, daß Sie äußerst dankbar für unser Kommen sein sollten. Aber jetzt erscheint es mir vielleicht doch ratsam, mich einmal da unten umzusehen. Dieser Teil des Hauses hat sich bis jetzt meiner Beobachtung entzogen.«

Dr. Fall zuckte die Achseln.

»Es ist ja in Wirklichkeit kein Schießstand, aber da die bewohnten Räume so weit entfernt liegen, benützen wir den Platz manchmal zu diesem Zweck. Ich habe nicht das geringste dagegen einzuwenden, wenn Sie ihn einmal besichtigen wollen.«

Mr. Smith trat in den Fahrstuhl, der im Dunkel lag, da Poltavo die beiden elektrischen Lampen zerschlagen hatte.

»Ich werde allein hinunterfahren«, erklärte er.

Dr. Fall schloß die Tür, und der Lift glitt nach unten.

Sie warteten eine Weile oben. Dr. Fall konnte von seinem Platz aus die Tür unten schließen und den Lift wieder heraufbringen. Dies hatte ja Poltavo soeben an sich selbst erfahren. Aber in diesem Fall unterließ es der Arzt, irgend etwas an dem Mechanismus vorzunehmen. Nach einigen Minuten kam der Fahrstuhl wieder nach oben, und Mr. Smith trat heraus.

»Ich danke Ihnen, ich habe alles gesehen«, sagte er mit einem bedeutsamen Blick auf Poltavo. »Dies ist wirklich ein außergewöhnliches Haus, Dr. Fall.«

»Es steht Ihnen jederzeit frei, es zu besichtigen«, erwiderte Dr. Fall mit einem düsteren Lächeln.

Mr. Smith spielte abwesend mit der elektrischen Taschenlampe, die er noch in der Hand hielt, und steckte sie dann in die Tasche. Er grüßte durch ein Kopfnicken und ging quer durch die Eingangshalle. Aber plötzlich drehte er sich um und wandte sich noch einmal an Poltavo.

»Als Sie hier in die Falle gegangen waren und glaubten, daß es Ihnen schwer werden würde, wieder herauszukommen, waren Sie so vorsichtig, eine Botschaft aufzuschreiben, die Ihren Befreiern einen Fingerzeig geben sollte. Diese Botschaft hat nun ihren Zweck erfüllt«, sagte er lächelnd, als er die Bestürzung in Poltavos Gesicht sah. »Sie täten gut, Ihren Freund zu bitten, daß er sie entfernt.«

Er nickte den beiden noch einmal zu und verließ das Haus. Die drei Beamten folgten ihm.

»Was meinte Mr. Smith?« fragte Dr. Fall schnell.

»Ich – ich«, stammelte Poltavo verlegen, »ich schrieb nur ein paar Worte an die Wand der Kabine – nichts Belastendes für Sie, mein lieber Doktor, nur eine Zeile, die besagte, daß ich dort unten gefangengehalten würde.«

Der Arzt eilte fluchend in den Fahrstuhl. Er steckte ein Streichholz an, um die Schrift Poltavos zu lesen. Glücklicherweise war nichts darin enthalten, was das große Geheimnis des Hauses verriet, aber es war gerade genug, um den Argwohn der Polizei, besonders dieses unermüdlichen Detektivs, zu wecken.

»Sie haben uns in böse Verlegenheit gebracht«, sagte er streng zu Poltavo. »Nehmen Sie sich in acht, daß Sie uns nicht weiter kompromittieren. Einmal vergeben wir Ihnen, aber wenn wir uns ein zweites Mal über Sie zu beklagen haben, wird es schlimme Folgen für Sie haben.«

12

Die entfernte Kirchturmuhr von Little Bradley hatte gerade ein Uhr geschlagen, als Mr. Smith aus dem Schatten der Hecke an der Ostseite des »geheimnisvollen Hauses« hinaustrat und langsam auf die Straße zuging. Zwei Männer, die sich dort im Dunkeln niedergeduckt hatten, erhoben sich schweigend und gingen ihm entgegen.

»Ich glaube, ich habe eine Stelle gefunden«, sagte Mr. Smith leise. »Es sind tatsächlich elektrische Alarmsignale oben auf den Mauern angebracht und elektrische Drähte durch alle Hecken gezogen. Aber man kann die Alarmsignale an einer Stelle umgehen.«

Er führte die anderen den Weg zurück zu dem Platz, von dem er soeben gekommen war.

»Sehen Sie, hier ist es«, erklärte er.

Er berührte einen äußerst dünnen Draht mit dem Finger.

Einer seiner beiden Begleiter ließ das Licht seiner elektrischen Lampe darauf fallen.

»Ich kann den Strom an dieser Stelle ablenken«, sagte er dann und zog einen langen Draht aus der Tasche. Zwei Minuten später konnten sie dank seiner schnellen Arbeit sicher die Mauer übersteigen und kamen geräuschlos auf der anderen Seite auf den Boden.

»Wir müssen vorsichtig sein, daß wir dem Wachtposten nicht in die Arme laufen«, flüsterte Mr. Smith. »Er ist auf seinem Rundgang um das Haus. Ich glaube auch, daß über dem Rasen Alarmdrähte gespannt sind.«

Er befestigte einen Aufsatz auf seiner elektrischen Lampe und untersuchte den Boden sorgfältig, als er vorwärtsging. Der Aufsatz war so angebracht, daß das Licht nur auf die Stelle des Bodens fiel, die er jeweils betrachtete.

»Sehen Sie, hier läuft schon ein Draht«, sagte er plötzlich.

Die drei stiegen vorsichtig über den fast unsichtbaren Draht, der nur einige Zoll vom Boden entfernt war und in regelmäßigen Abständen durch aufrechtstehende Isolierglocken getragen wurde.

»Jeden Abend nach Sonnenuntergang legen sie diese Drähte. Ich habe sie dabei beobachtet«, erklärte Mr. Smith. »In der Nähe des Hauses befindet sich noch ein zweiter.«

Sie fanden auch diesen und stiegen behutsam darüber.

»Hinlegen!« flüsterte der Detektiv plötzlich.

Die drei Leute legten sich flach zu Boden.

Mr. Ela konnte im ersten Augenblick nicht erkennen, um was es sich handelte, aber plötzlich sah er eine Gestalt, die sich langsam vorwärtsbewegte. Es war der Wachtposten, der zwischen ihnen und dem Hause vorbeischritt. Selbst bei dem schwachen Licht konnte Ela das Gewehr über der Schulter des Mannes sehen. Sie warteten in atemloser Spannung, bis er um die nächste Ecke verschwunden war, dann eilten sie über den Rasen, der sie noch von dem Hause trennte. Mr. Smith trug einen Leinenbeutel bei sich, griff jetzt hinein und zog ein Kaninchen daraus hervor, das heftig zappelte.

»Mein kleiner Freund«, sagte er leise, »du mußt dich opfern.«

Er stieg die Stufen zu der Eingangshalle hinauf. Der Stahlvorhang hing vor der Haustür, er reichte beinahe bis zu der Stahlmatte herunter, auf der man sich die Füße reinigte. Jetzt ließ Smith das Kaninchen frei. Das erschrockene Tier machte erst einen vergeblichen Versuch, nach rückwärts auf den Rasen zu entkommen, hüpfte dann aber langsam, fast zögernd, auf die Tür zu, und als Mr. Smith es durch eine Handbewegung aufscheuchte, berührte es mit dem Kopf den Stahlvorhang, um nach dort zu entfliehen. In diesem Augenblick fuhren blaue elektrische Funken aus den Drähten, und das unglückliche Tier rollte zusammengekrümmt an Mr. Smith vorbei auf den geschotterten Weg. Der Detektiv stieg eilig hinunter und nahm es auf – es war tot. Er bemerkte, daß die Kopfhaare versengt waren.

»Meine Vermutung war richtig«, sagte er leise. »Es ist ein elektrischer Schutzvorhang. Jeder, der ihn bei dem Versuch, in das Haus zu kommen, berührt, büßt es mit dem Tode. Nun kommen Sie dran, Johnson.«

Der dritte Mann legte ein Paar Gummischuhe an, die er aus seiner Tasche nahm, stülpte ein Paar dicke Gummihandschuhe über und stieg die Stufen empor. Er beugte sich vor und versuchte den Vorhang herunterzuzerren, aber das war nicht möglich. Dann nahm er die einzelnen Stahlfäden vorsichtig zusammen. Ihm konnte nichts geschehen, da die Bekleidung seiner Füße und Hände ihn genügend isolierte. Aber er ging äußerst behutsam vor, damit der Vorhang nicht einen anderen Teil seines Körpers berührte. Er zog ihn beiseite und band die Stahldrähte mit starken Gummibändern zusammen. Als ihm das geglückt war, ging Mr. Smith zur Tür. Er hatte in der Zwischenzeit ebenfalls starke Gummigaloschen und Gummihandschuhe angelegt. Bei seinem früheren Besuch hatte er beobachtet, daß das Schloß der Tür von verhältnismäßig einfacher Konstruktion war. Ihr Eindringen konnte nur verhindert werden, wenn die Bewohner des Hauses die Tür verriegelt und mit einer Sicherheitskette versehen hatten. Aber offenbar verließen sie sich auf den Schutz des elektrischen Vorhangs.

Nach kurzer Zeit konnte der Detektiv mit einem Dietrich öffnen. Er trat in die Halle und lauschte. All seine Sinne waren wach und angespannt, ob nicht eine Alarmklingel aufschrillte.

Aber es blieb alles ruhig. Ela und Johnson folgten ihm. »Es ist besser, daß Sie hier bleiben«, sagte er. »Wir müssen uns auf den Glücksfall verlassen, daß der Wachtposten nicht sieht, daß wir den Vorhang aufgebunden haben. Vielleicht dauert es auch noch einige Zeit, bis er wieder zur Haustür kommt.«

Sie untersuchten in größter Eile die Halle, fanden aber keine Anzeichen von elektrischen Kabeln und Drähten, die auf Alarmvorrichtungen hätten schließen lassen. Mr. Smith schlich sich leise nach oben, die beiden anderen blieben als Wachtposten unten. Auf jedem Treppenpodest blieb er stehen und horchte, aber es herrschte tiefste Stille. Ohne Zwischenfall erreichte er den dritten Stock.

Er erkannte den langen Gang wieder – ein Kratzer an der Wand neben der Lifttür, den er sich bei seinem ersten Besuch gemerkt hatte, zeigte ihm, daß er auf dem richtigen Wege war.

Ohne Zögern ging er schnell den Gang entlang, bis er an die große Tür aus Rosenholz kam, die in das Zimmer des kranken Mr. Moole führte. Er drückte die Klinke vorsichtig herunter – sie gab ein wenig nach, und er trat geräuschlos näher. Behutsam öffnete er dann auch die innere Tür. Der Raum war nur mäßig beleuchtet – von einer Nachtlampe, wie Mr. Smith annahm. Er drückte die Tür weiter auf, um das Zimmer besser übersehen zu können, und blieb erstaunt stehen. Dies war nicht der Raum, den er früher gesehen hatte!

Er stand in einem prächtig eingerichteten Arbeitszimmer, dessen Wände mit Rosenholzpaneel bedeckt waren. Ein Mann saß am Schreibtisch und schrieb eifrig bei dem Licht einer abgeblendeten Tischlampe. Den Rücken hatte er der Tür zugekehrt. Als der Detektiv jetzt die Tür aufriß, sprang der Mann plötzlich auf, wandte sich um und trat auf den mitternächtlichen Eindringling zu. Mr. Smith sah, daß er sein Gesicht hinter einer schwarzen Maske verborgen hatte.

Als der Mann den Detektiv in der Tür stehen sah, streckte er die Hand aus, und plötzlich lag der Raum im Dunkeln. Die Tür, die Mr. Smith offenhielt, schloß sich mit einer so unwiderstehlichen Gewalt, daß er nach draußen in den Gang geschoben wurde, der plötzlich hell erleuchtet war. Mr. Smith wandte sich um und schaute in das lächelnde Gesicht Dr. Falls. Der große Mann mit dem blassen, ausdruckslosen Gesicht sah ihn ein wenig spöttisch an. Er war vollständig angekleidet.

Mr. Smith konnte nicht einmal vermuten, woher er gekommen war. Wie durch ein Wunder war er plötzlich aufgetaucht.

»Welchem Umstand verdanke ich die Ehre dieses Besuches, Mr. Smith?« fragte er in seiner trockenen, nüchternen Art.

»Ich war nur neugierig«, erwiderte der Detektiv kühl. »Ich wollte mir gern noch einmal Ihren Mr. Moole aus der Nähe ansehen.«

»Wie sah er denn aus?« fragte der Doktor mit einem schwachen Lächeln.

»Unglücklicherweise habe ich mich im Stockwerk geirrt, und anstatt Ihren Freund zu sehen, habe ich, ohne es zu wollen, einen Herrn gestört, der aus Gründen, die er selbst am besten kennt, sein Gesicht verborgen hält.«

Dr. Fall runzelte die Stirn.

»Ich kann Sie nicht verstehen.«

»Vielleicht gehen wir noch einmal in das Zimmer – dann werden Sie mich besser verstehen.«

Er hörte ein merkwürdiges Geräusch und nahm eine erschütternde Bewegung unter seinen Füßen wahr, als ob ein schwerer Traktor dicht an dem Hause vorbeiführe.

»Was hat das zu bedeuten?«

»Das ist eine der unangenehmen Folgen, die man auf sich nehmen muß, wenn das Haus über einem alten Erzschacht liegt«, erwiderte der Doktor leichthin. »Aber was Ihre merkwürdigen Halluzinationen betrifft«, fuhr er fort, »so würde ich sie doch gern zerstören und Ihnen die Wirklichkeit zeigen.«

Er ging langsam in den Raum zurück, den Mr. Smith soeben verlassen hatte. Die Tür öffnete sich, als er sie berührte, aber das Zimmer war dunkel. Dr. Fall drehte einen Schalter an.

»Treten Sie bitte näher.«

Mr. Smith folgte ihm. Es war derselbe Raum, den er damals betreten hatte. In der Mitte lag wieder der dunkelblaue Teppich, auf dem die silberne Bettstelle stand. Er sah auch den Patienten mit seinem ausdruckslosen, gelben Gesicht. Die Wände waren mit Paneel aus Myrtenholz verkleidet, derselbe elektrische Kronleuchter hing von der Decke herunter.

Mr. Smith war bestürzt und fuhr sich mit der Hand über die Stirn.

»Sie sehen, daß Sie das Opfer Ihrer überreizten Phantasie geworden sind. Sie haben Dinge gesehen, die nicht vorhanden sind. Ich muß annehmen, daß Sie vorhin geträumt haben.«

»Sie mögen annehmen, was Sie wollen«, erwiderte Mr. Smith höflich. »Ich würde mir gern die Räume, die über und unter diesem Zimmer liegen, einmal ansehen.«

»Ich werde sie Ihnen gern zeigen. Oben befindet sich ein Abstellraum. Kommen Sie bitte mit.«

Er führte den Detektiv in das obere Stockwerk, schloß die Tür des Raumes auf, der direkt über dem Zimmer lag, das sie eben verlassen hatten, und ging hinein. Der Raum war nicht möbliert und hatte einen einfachen Holzfußboden und gestrichene Wände. Das hohe Oberlicht zeigte, daß der Arzt die Wahrheit gesagt hatte.

»Sie scheinen das Zimmer nicht zu benützen.«

»Wir halten auf Ordnung und Sauberkeit«, sagte der Doktor lächelnd. »Nun sollen Sie auch noch den unteren Raum sehen.«

Als sie die Treppe hinuntergingen, hörten sie dasselbe merkwürdige Geräusch, das sie schon vorher wahrgenommen hatten. Die Wände zitterten.

»Das ist unheimlich, nicht wahr? Als ich es zum erstenmal hörte, war ich ganz konsterniert. Aber es hat weiter nichts zu bedeuten.«

Im zweiten Stock betraten sie den Raum, der unmittelbar unter dem Zimmer des kranken Mr. Moole lag. Es war ein hübsches Schlafzimmer.

»Das ist unser Reserve-Schlafzimmer«, erklärte Dr. Fall ruhig. »Es wird nur selten gebraucht.«

Mr. Smith konnte nichts Verdächtiges entdecken.

»Ich hoffe, daß Sie nun zufriedengestellt sind und daß Ihre Freunde unten nicht ungeduldig werden«, sagte der Arzt, als er ihn wieder hinausführte.

»Sie haben die beiden gesehen?«

»Natürlich, ich bemerkte sie, kurz nachdem Sie in die Halle getreten waren. Sie sehen, Mr. Smith, daß wir nicht so gewöhnliche Dinge wie Alarmglocken oder dergleichen verwenden. Wenn sich die Eingangstür öffnet, flammt ein rotes Licht über meinem Bett auf. Unglücklicherweise saß ich in dem Augenblick Ihrer Ankunft gerade in meinem Nebenzimmer an der Arbeit. Ich mußte zufällig in mein Schlafzimmer gehen, um ein Schriftstück zu holen, und sah das Licht. Obwohl ich Sie also nicht von Anfang an beobachten konnte, war es Ihnen doch nicht möglich, viel zu unternehmen, was ich nicht gesehen hätte. Ich werde Ihnen das alles zeigen, wenn Sie so liebenswürdig sind, mich in mein Zimmer zu begleiten.«

»Das würde mir sehr interessant sein.«

Mr. Smith war begierig, alles kennenzulernen, was mit dem »geheimnisvollen Haus« und seinen Bewohnern zusammenhing. Dr. Falls Zimmer lag im ersten Geschoß, unmittelbar über der Eingangshalle. Es war ein einfaches Arbeitszimmer. Eine zweite Tür führte zu einem gemütlichen, aber verhältnismäßig luxuriös eingerichteten Schlafzimmer. Neben dem Bett des Doktors stand ein runder Ständer, der wie eines dieser gebräuchlichen, nutzlosen Möbelstücke aussah, die von den Frauen in den Vorstädten benützt werden, um Palmen darauf zu stellen.

»Schauen Sie einmal hinein.«

Der Detektiv beugte sich darüber.

Der Pfeiler war innen hohl, und ein wenig tiefer war eine Fläche zu sehen, die zunächst einem quadratischen Stück Silberpapier glich. Aber bei genauerer Betrachtung schien sie sich zu bewegen. Mr. Smith konnte zwei Gestalten darauf unterscheiden, die er sofort als Ela und Johnson erkannte.

»Es ist eine Erfindung von mir«, erklärte Dr. Fall. »Ich dachte schon einmal daran, sie mir patentieren zu lassen. Eine Anzahl von Spiegeln wirft das Bild nach oben auf einen Schirm, der so lichtempfindlich ist, daß sogar das Bild Ihrer beiden Freunde hier oben erscheint, obwohl sie in der halbdunklen Halle stehen.«

»Ich danke Ihnen«, sagte Mr. Smith.

Es blieb ihm nichts übrig, als einen Mißerfolg so gelassen als möglich hinzunehmen. Er war vollständig aus der Fassung gebracht.

»Es wird Ihnen schwerfallen, die Tür zu öffnen«, meinte Dr. Fall liebenswürdig, als sie nach unten kamen.

»Darin werden Sie sich wohl irren«, entgegnete Mr. Smith lächelnd.

Der Arzt blieb stehen, um das Licht anzudrehen, und die beiden enttäuschten Beamten beobachteten neugierig die Umgebung.

»Wir haben die Tür angelehnt gelassen.«

»Trotzdem wird es schwierig für Sie sein hinauszukommen. Öffnen Sie doch bitte einmal die Tür.«

Ela versuchte es, aber es war ihm unmöglich, die schweren eichenen Flügel zu bewegen.

»Sie ist auf elektrischem Wege festgestellt«, sagte Dr. Fall. »Sie können sie nach keiner Richtung hin bewegen. Dies ist auch eine geniale Idee von mir, für die ich an einem der nächsten Tage um ein Patent nachsuchen werde.«

Er nahm einen Schlüssel aus der Tasche und steckte ihn in eine kaum sichtbare Öffnung des Eichenpaneels in der Halle. Sofort öffnete sich die Tür langsam.

»Ich wünsche Ihnen eine recht gute Nacht«, verabschiedete sich Dr. Fall, als die anderen vor der Haustür standen. »Und ich hoffe, daß wir uns wiedersehen.«

»Darauf können Sie sich verlassen«, erwiderte Mr. Smith grimmig, »wir werden uns wiedersehen.«

13

Doris Gray befand sich in großer Verlegenheit. Sie war in einer geradezu tragischen Lage. Selbst jetzt war sie nicht sicher, daß ihr Vormund wirklich tot war. Aber ob er nun unter den Toten oder unter den Lebenden weilte, er hatte ihr eine Aufgabe gestellt, deren Lösung ihr entsetzlich schien.

Frank Doughton war ihr lieb und angenehm, aber vielleicht war sie noch zu jung, hatte noch zu wenig Lebenserfahrung und kannte sich selbst nicht genug, um ihre Gefühle richtig beurteilen zu können. Außerdem hatte dieser höfliche und weltgewandte Graf Poltavo, der ihr so interessante Geschichten aus den Hauptstädten fremder Länder erzählte, großen Einfluß auf sie gewonnen. Seine faszinierende Unterhaltungsgabe, seine Gewandtheit und Vertrautheit mit allen Lebenslagen hatten tiefen Eindruck auf sie gemacht. Und im Augenblick hätte sie nicht mit Bestimmtheit sagen können, ob sie dem jungen Engländer oder diesem Weltmann den Vorzug gab.

Als sie es sich genau überlegte, schien ihr doch Frank der weniger Begehrenswerte zu sein. Der Befehl, der in dem Testament ausgedrückt war, und das Bewußtsein, unter einem gewissen

Zwang handeln zu müssen, waren die Ursachen, daß sie sich dagegen auflehnte und die Einhaltung der Testamentsbestimmungen als eine Opferung ihrer Freiheit empfand.

In Wirklichkeit wollte sie überhaupt niemanden heiraten. Es war ja nicht so schlimm, wenn ihr das Vermögen noch nicht ausgehändigt wurde. So hatte sie wenigstens fünf Jahre Zeit, sich über ihre Gefühle Frank Doughton gegenüber klarzuwerden. Sie hatte ihn gern. Er war immer ritterlich und höflich zu ihr. Sie fühlte sich stark zu ihm hingezogen, aber sie wußte, daß sie ihm nicht die Liebe schenken konnte, die sie dem Mann ihrer eigenen Wahl entgegengebracht hätte.

An einem schönen Aprilmorgen ging sie im Green-Park spazieren. Sie war in einer ausgeglichenen Stimmung, denn die Bäume standen in frischem Grün, und die Blumenbeete schillerten in allen Farben. Als sie aufschaute, sah sie, daß Frank ihr entgegenkam. Er schien sehr begeistert zu sein und kam mit schnellen Schritten auf sie zu.

»Ich habe eine gute Nachricht für Sie«, rief er impulsiv.

»Wir wollen uns ein wenig setzen«, erwiderte sie mit einem freundlichen Lächeln und lud ihn ein, auf einer nahen Bank neben ihr Platz zu nehmen. »Welche guten Nachrichten haben Sie denn für mich?«

»Sie erinnern sich doch daran, daß Mr. Farrington mir den Auftrag gab, den unbekannten Erben der Tollington-Millionen aufzuspüren?«

Sie nickte.

»Nun – ich habe ihn gefunden«, sagte er triumphierend. »Es ist etwas ungewöhnlich, daß es mir geglückt ist, denn ich bin kein Detektiv. Ich habe Mr. Farrington schon vor langer Zeit gesagt, daß ich niemals erwartete, in dieser Sache etwas herauszubekommen, was ihm von Nutzen sein könnte. Mr. Farrington konnte mir auch keine bestimmten Anhaltspunkte geben, mit deren Hilfe ich meine Nachforschungen hätte beginnen können. Der alte Tollington hatte einen Neffen, den Sohn seiner verstorbenen Schwester, und dieser ist der Erbe des großen Vermögens. Tollingtons Schwester war mit einem reichen Bankmann in Chikago verlobt, aber am Tage vor der Hochzeit verschwand sie mit einem Engländer, von dem ihre Familie nur wenig wußte. Sie vermutete, daß er ein Abenteurer war, der in den Vereinigten Staaten seine zerrütteten Geldverhältnisse wieder aufbessern wollte. Aber offensichtlich war er kein gewöhnlicher Mann, denn er lehnte es nicht nur ab, sich mit den Eltern des Mädchens in Verbindung zu setzen, obwohl er wußte, daß sie unheimlich reich waren, sondern er erlaubte auch nicht, ihnen seinen wirklichen Namen mitzuteilen. In Chikago hielt er sich offenbar unter einem angenommenen Namen auf. Von dem Augenblick seines Verschwindens an verloren sie seine Spur. Gerüchtweise hörten sie, daß er nach England zurückgegangen sei und sich dort durch eigene Kraft und Anstrengung eine Stellung geschaffen habe. Diese Nachricht wurde später bestätigt. Tollingtons Schwester schrieb regelmäßig an ihre Eltern, aber sie erwähnte niemals ihren neuen Familiennamen oder ihre Adresse. Die Eltern antworteten ihr durch Annoncen in der Londoner ›Times‹. Sie kannten zwar ihren Wohnsitz, aber alle Bemühungen, wieder mit ihr in Verbindung zu kommen, waren vergeblich. Auch als ihre Eltern starben und ihr Bruder aufs neue die Nachforschungen aufnahm, hatte er keinen besseren Erfolg. Sie sehen«, fuhr Frank etwas naiv fort, »daß es ganz unmöglich ist, jemanden ausfindig zu machen, wenn man nicht einmal seinen Namen kennt.«

»Das verstehe ich vollkommen«, erwiderte Doris lächelnd. »Und haben Sie nun Erfolg gehabt, wo alle anderen versagten?«

»Soweit bin ich leider noch nicht«, sagte er lachend. »Aber ich habe folgendes entdeckt. Der Mann, der vor siebzig Jahren die Vereinigten Staaten mit der Schwester des alten Tollington verließ, lebte einige Jahre in Great Bradley.«

»Ist das nicht der Wohnort von Lady Constance Dex?«

Er nickte.

»Es scheinen alle Leute dort zu wohnen«, sagte er traurig. »Selbst unser Freund«, fügte er zögernd hinzu.

»Wen meinen Sie?«

»Ihr Freund Poltavo weilt jetzt auch dort. Er ist der ständige Gast Dr. Falls. Haben Sie denn noch nichts von dem ›geheimnisvollen Haus‹ gehört? Jedermann in England weiß doch davon.«

»Es tut mir leid, daß es mir noch unbekannt ist. Aber erzählen

Sie nur weiter. Wie haben Sie denn herausgefunden, daß er in Great Bradley lebte?«

»Das war ein reiner Glückszufall. Ich wohnte doch selbst einige Jahre dort, auch Ihren Onkel lernte ich dort kennen – ich war damals noch ein kleiner Junge. Aber nicht meine Bekanntschaft mit Great Bradley hat mir geholfen. Haben Sie nicht neulich in der Zeitung gelesen, daß man beim Abbruch eines alten Postgebäudes eine Anzahl von Briefen fand, die offenbar durch die Ritze im Boden eines alten Briefkastens gefallen waren und infolgedessen nicht bestellt wurden?«

»Ja – die Briefe waren vierzig oder fünfzig Jahre alt, nicht wahr?«

Er nickte.

»Einer dieser Briefe war an Tollington gerichtet und trug die Unterschrift seiner Schwester. Ich habe ihn heute morgen in der Hauptpost gesehen. Mir war nämlich zufällig eine Nachricht in die Hände gefallen, die an die Redaktion meiner Zeitung geschickt wurde. Unser Korrespondent in Great Bradley hatte eine Liste der Adressen erhalten und uns eingesandt. Ich sah also, daß einer der Briefe an George Tollington in Chikago adressiert war, und fuhr daraufhin nach Great Bradley. Das Entgegenkommen eines hohen Beamten machte es mir möglich, den Brief zu kopieren. Er war nur kurz.«

Frank zog ein Blatt Papier heraus und las den Inhalt vor:

Lieber George,
ich wollte Dir nur mitteilen, daß wir alle wohlauf sind und daß es uns gut geht. Ich habe Deine Zeilen in der »Times« gelesen und freute mich sehr, wieder etwas von Dir zu hören. Henry läßt Dich bestens grüßen.

Deine Schwester Annie

»Natürlich ist das keine erschütternde Entdeckung, es ist aber immerhin ein Anhaltspunkt«, meinte er gleichsam entschuldigend, als er den Bogen wieder zusammenfaltete und in die Tasche steckte. »Ich vermute zwar, daß in Great Bradley dauernd viele Frauen gewohnt haben, die den Vornamen Annie trugen, aber auf alle Fälle ist es doch etwas.«

»Da haben Sie recht.«

»Für mich hat – oder vielmehr hatte es sogar eine große Bedeutung. Ich hatte einen Vertrag mit Ihrem Onkel geschlossen, der durch die anderen Treuhänder des Vermögens bestätigt wurde. Wirklich, es hatte für mich eine große Bedeutung«, wiederholte er.

Sie schaute schnell zu ihm auf.

»Meinen Sie Geld?« fragte sie.

»Nein, etwas anderes«, sagte er leise. »Doris, ich hatte bisher noch keine Gelegenheit, Ihnen zu sagen, wie leid es mir tut, daß diese Bestimmung in dem Testament Ihres Onkels steht. Es ist ein entsetzlicher Gedanke für mich, daß Sie durch den Wunsch Ihres Onkels gezwungen werden könnten, etwas zu tun, was Ihnen zuwider ist.«

Sie wurde rot und wandte ihren Blick von ihm ab.

»Ich – ich möchte keinen Vorteil aus dieser Bestimmung ziehen«, fuhr er schüchtern fort, »ich möchte nur, daß Sie glücklich werden. Sie sollen nur zu mir kommen, wenn Sie mich wirklich aufrichtig lieben.«

Sie antwortete ihm nicht, sondern seufzte schwer.

»Ich hatte gehofft, Ihnen eines Tages selber alle materiellen Vorteile bieten zu können, die ein Mann der geliebten Frau zu Füßen legt.«

»Glauben Sie, daß ich mich davon hätte beeinflussen lassen?« fragte sie schnell.

»Sie hätten dann nicht denken können, daß ich Sie Ihres Vermögens wegen liebe. Sie wären dann vielleicht eher davon überzeugt gewesen, daß ich von einer Heirat mit Ihnen nichts anderes erhoffte, als die Liebe der anbetungswürdigsten Frau, die ich auf der Welt kenne.«

In ihren Augen glänzten Tränen.

»Ich bin mir selbst ein Rätsel, Frank, wie ich es Ihnen sein muß. Sie sind mir teuer, aber ich bin nicht sicher, daß meine Zuneigung zu Ihnen so groß ist, wie Sie es wohl wünschen möchten.«

»Gibt es einen anderen Menschen, dem Sie Ihre Liebe schenken würden?« fragte er nach einer Pause.

Sie vermied seinen Blick und spielte mit der Seidenquaste ihres Sonnenschirms.

»Nein, niemanden – ganz bestimmt nicht.«

»Auch nicht vorübergehend?« fragte er hartnäckig.

»Es gibt im Leben stets Menschen, von denen man sich vorübergehend angezogen fühlt. Frank, ich glaube, Sie haben ebensoviel Chancen wie jeder andere.« Sie zuckte die Schultern. »Ich spreche so, als ob ich ein wertvoller Preis wäre, um den man sich bemühen muß, aber ich versichere Ihnen, daß ich nicht so fühle. Ich habe keine große Meinung von mir und meinen Fähigkeiten und bin mir niemals bescheidener vorgekommen als in diesem Augenblick.«

Er ging mit ihr bis zum Ende des Parkes und geleitete sie zu einem Auto. Dann beobachtete er den Wagen noch, bis er in dem lebhaften Verkehr außer Sicht kam.

Doris Gray wurde von ihren Stimmungen hin und her geworfen. Es bedurfte eines starken Eindrucks, um ihr klarzumachen, welchen Weg sie gehen mußte. Poltavo hatte großen Einfluß auf sie gewonnen. Sein Gesicht, seine Stimme, die ganze Atmosphäre, die ihn umgab, waren ihr ständig gegenwärtig.

Sie erreichte ihr Heim am Brakely Square und wollte schnell in ihr Zimmer gehen, aber der Hausmeister hielt sie mit wichtiger Miene an.

»Ich habe einen Brief für Sie, Miss Gray, der sehr dringend ist. Der Überbringer bat darum, daß er Ihnen so bald wie möglich übergeben werden sollte.«

Sie nahm den Umschlag aus seiner Hand – die Adresse war mit Maschine geschrieben. Sie riß das Kuvert auf und fand ein zweites darin, das ebenfalls eine maschinengeschriebene Aufschrift trug.

»Lesen Sie diesen Brief, wenn Sie ganz allein sind. Schließen Sie die Tür ab und vergewissern Sie sich, daß niemand in der Nähe ist.«

Sie zog die Augenbrauen zusammen. Welches Geheimnis mochte er enthalten? Aber sie tat doch, was man von ihr verlangte, ging in ihr Zimmer, öffnete den zweiten Umschlag und nahm ein Schreiben heraus, das nur wenige Zeilen enthielt. Sie atmete schwer und erbleichte, denn sie erkannte die Handschrift sofort. Der Brief, den sie in ihrer zitternden Hand hielt, lautete:

Ich wünsche, daß Du Frank Doughton innerhalb von sieben Tagen heiratest. Mein ganzes Vermögen, ja mein Leben hängt vielleicht hiervon ab.

Gregory Farrington

Unten standen noch ein paar dick unterstrichene Worte:
Verbrenne das Schreiben sofort, wenn Dir etwas an meiner Sicherheit gelegen ist.

Mr. Smith trat entschlossen in das Büro seines Vorgesetzten.

»Gibt es etwas Neues?« fragte Sir George und schaute auf.

»Ich kann Ihnen alles sagen, was ich weiß, und noch viel mehr, was ich nicht weiß, sondern nur vermute.«

»Erzählen Sie mir zuerst die Tatsachen, dann Ihre Vermutungen.«

»Tatsache eins«, begann der Detektiv, nahm einen Stuhl, zog ihn an den Tisch und zählte die einzelnen Punkte an seinen Fingern ab. »Gregory Farrington lebt. Der Mann, dessen Leiche wir in der Themse auffischten, ist zweifellos derjenige, der bei dem Einbruch im Zollamt durch einen Schuß getötet wurde. Ich schließe daraus, daß Gregory Farrington der zweite Mann war, der sich an dem Verbrechen beteiligte. Der Plan, den Koffer von Dr. Goldworthy zu stehlen, war sehr fein ausgeklügelt. Der Koffer enthielt allem Anschein nach ein Tagebuch, das Gregory in die Gewalt einer Frau brachte, die ihn unendlich schädigen konnte.«

»Meinen Sie Lady Constance Dex?« fragte Sir George interessiert.

»Ja, das ist die Dame. Farrington war verantwortlich für den Tod ihres Geliebten, und er ist auch an dem Unglück ihres Lebens schuld. Er erzählte George Doughton von ihrer Vergangenheit. Doughton, der hohe moralische Anforderungen stellte, war aufs tiefste verletzt und ging sofort nach Afrika, ohne sich noch einmal mit ihr in Verbindung zu setzen oder überhaupt festzustellen, wieweit sie schuldig war. Das Tagebuch mußte Lady Dex vollständig über alles aufklären, und Farrington, durch seine Agenten in Afrika aufs beste informiert, hatte allen Grund zu verhüten, daß dieses Dokument in die Hände der Frau kam, die sich erbarmungslos an ihm rächen würde.«

»Kann man das beweisen?« fragte Sir George.

»Durchaus.« Mr. Smith nahm einige Schriftstücke aus seiner Tasche und legte sie auf den Schreibtisch. »Ich habe hier die Kopie des Briefes, den der verstorbene Mr. Doughton an Lady Constance schrieb. Ich brauche wohl nicht zu sagen, wie ich in den Besitz dieses Schriftstücks kam, aber meine Abteilung ist nicht wählerisch in ihren Methoden –«

»Das weiß ich«, sagte Sir George mit einem leichten Lächeln. »In dem Pfarrhaus ist vor zwei Tagen eingebrochen worden, und vermutlich war der neugierige Dieb Ihr eigener Privatsekretär Sikes.«

»Sie haben nicht unrecht«, erwiderte Mr. Smith gutgelaunt. »Tatsache zwei: Gregory Farrington und der internationale Erpresser Montague Fallock sind miteinander identisch.«

»Ist das wirklich Ihre Meinung?«

»Gewiß! Der interessante Abschnitt in dem Testament des verstorbenen Mr. Farrington bestätigt meine Ansicht. Das Testament war besonders zu dem Zweck abgefaßt, mich irrezuführen. Vor kurzem sind erst wieder Briefe aufgetaucht, die die Unterschrift Montague Fallocks tragen und von prominenten Persönlichkeiten in erpresserischer Weise Geld fordern. Dies bestätigt meine Annahme.«

»Wo hält sich Montague Fallock zur Zeit auf?«

»Er wohnt im ›geheimnisvollen Haus‹.«

»Dann scheint es mir aber doch sehr leicht, ihn dingfest zu machen«, meinte Sir George erstaunt. »Haben Sie in dieser Angelegenheit schon etwas unternommen?«

Mr. Smith schüttelte den Kopf.

»Es ist nicht so einfach, wie Sie denken. Das ›geheimnisvolle Haus‹ birgt mehr Rätsel, als wir im Augenblick lösen können. Es wurde von einem geschickten und in technischen Dingen außerordentlich bewanderten Mann eingerichtet, wie es Farrington zweifellos ist. Das Hauptmotiv für die Erbauung war wohl, ihm einmal Gelegenheit zu geben, sich im Notfall der Gefangennahme und Bestrafung zu entziehen. Ich bin mir darüber klar, daß ein Versuch, das Haus zu überfallen, nur dazu führen würde, daß der Vogel ausfliegt. Wir müssen geduldig warten.«

»Ich kann eigentlich nicht recht verstehen«, sagte Sir George nach einer Weile, »warum er unter so dramatischen Umständen verschwunden ist.«

»Das ist noch am ehesten zu erklären. Er fürchtete sich, er wußte, daß ich ihn als den gesuchten Montague Fallock identifiziert hatte; er wußte auch, daß ich ihn stark verdächtigte, die beiden Männer am Brakely Square erschossen zu haben. Sehen Sie denn nicht, wie alles ineinandergreift? Er brachte von den verschiedensten Städten des Festlandes und zu verschiedenen Zeiten Handwerker nach Great Bradley, die das Haus fertigzustellen hatten. Obgleich er den Bau vor dreißig Jahren begann, ist das Haus erst in den letzten Jahren fertig geworden, und die letzten Einbauten waren die wesentlichsten. Ich habe herausgebracht, daß die beiden Leute, die am Brakely Square erschossen wurden, unabhängig voneinander engagiert waren, um bestimmte Änderungen an dem Hause vorzunehmen und gewisse Maschinen darin einzubauen.

Farrington hörte, wie die beiden miteinander stritten, das hat er selbst zu Protokoll gegeben. Er stand in der Nähe der Tür und sah, wie sie ihre Pistolen zogen. Nun hielt er den Augenblick für gekommen, sich dieser drohenden Gefahr zu entledigen. Er erschoß sie vom Hausflur aus, schloß die Haustür hinter sich und legte die Pistole in eine Schublade seines Schreibtisches. Er war zeitig genug wieder unten, um die Polizisten bei ihrer Ankunft zu empfangen und ihnen zu erzählen, wie sehr er erschrocken sei. Ich roch den Pulvergeruch sofort, als ich sein Haus betrat. Der Geruch von Cordit ist nicht zu verkennen, besonders, wenn der Schuß in einem so engen Raum wie einem Hausflur abgefeuert wird. Lady Dex war ebenfalls dort. Sie muß Zeugin der Schießerei gewesen sein.«

»Warum kam sie denn dorthin?«

»Entweder um Farrington seine Verbrechen vorzuhalten oder

um sich zu vergewissern, ob die Geschichte, die George Doughton ihr in seinem Brief berichtet hatte, auf Wahrheit beruhte.«

»Aber warum konnte denn Farrington nicht auf einfacherem Weg verschwinden? Warum mußte er überhaupt verschwinden?« fragte Sir George. »Er hatte doch in der City allgemein Kredit, außerdem verwaltete er das Vermögen seiner Nichte. Er konnte doch Ihren Verdacht entkräften; jedenfalls scheint es mir nicht seine Art gewesen zu sein, sich durch solche Kleinigkeiten aus der Fassung bringen zu lassen.«

»In diesem Punkt bin ich meiner Sache auch nicht ganz sicher. Ich muß zugeben, daß sein Verschwinden mit seinem sonst bekannten Charakter nicht in Einklang zu bringen ist. Er hatte das Verfügungsrecht über das Vermögen seiner Nichte, der er zweifellos sehr zugetan war. Ihre Erbschaft ist übrigens im nächsten Monat fällig. Ich glaube nicht, daß das irgend etwas mit der Angelegenheit zu tun haben könnte. Wenn er sich an ihrem Geld vergriffen haben sollte oder wenn er das ihm anvertraute Vermögen bei Spekulationen verloren hätte, könnte man das verstehen, aber sein Tod würde dann das Geld auch nicht wieder herbeischaffen.«

»Was werden Sie nun unternehmen?«

»Ich halte das ›geheimnisvolle Haus‹ unter dauernder Bewachung und habe alle Vorsichtsmaßregeln ergriffen, damit sich Farrington nicht irgendwie bedroht fühlt. Ich mache sogar den Versuch, ihn wieder herauszulocken. Wenn ich ihn erst einmal außerhalb des Hauses habe, müßte er ungewöhnlich schlau sein, um dann noch zu entkommen.«

»Und Poltavo?«

»Der ist augenblicklich in der Stadt«, erklärte Mr. Smith. »Ich glaube, daß wir verhältnismäßig leicht mit ihm fertig werden. Er ist offenbar ein Agent unseres Freundes Farrington. Und er ist entsetzlich stolz und eingenommen von sich selbst!«

14

Es war so, wie Mr. Smith gesagt hatte. Poltavo war von seinem kurzen Aufenthalt in Great Bradley zurückgekommen, verkehrte wieder in der Gesellschaft und hatte dabei mehr Glück als jemals vorher.

Über seine pekuniäre Lage war man immer im Zweifel gewesen, und vorsichtige Leute hatten gezögert, bevor sie diesen gewandten Mann zu sich einluden. Man wußte auch nicht genau, ob er den Adelstitel mit Recht führte. Im Gothaer Adelskalender waren ungefähr sechs Familien Poltavo aufgeführt, und Graf Ernesto konnte jeder dieser Familien entstammen, denn die polnische Aristokratie war nicht scharf umgrenzt, und es war aus diesem Grunde unmöglich, festzustellen, zu welcher Familie er eigentlich gehörte. Er selbst beantwortete alle Fragen, die in dieser Beziehung an ihn gerichtet wurden, mit einem geheimnisvollen Lächeln, aus dem man alles mögliche entnehmen konnte.

Aber als er jetzt nach kurzer Abwesenheit nach London zurückkehrte, konnte man ihn nicht mehr vom gesellschaftlichen Verkehr ausschließen, weil er nicht das genügende Geld besessen hätte. Am Tage seiner Rückkehr mietete er ein Haus in Burlington Gardens, kaufte zwei Automobile und zahlte eine Extrasumme in bar, damit sie zu einem früheren Termin geliefert würden. Er vergab große Aufträge an viele Geschäfte, um sich selbst und seine Wohnung besser auszustatten. In achtundvierzig Stunden war sein Heim so kostbar eingerichtet, daß man annehmen mußte, der Besitzer hätte stets in dieser Umgebung gelebt.

Poltavo hatte seine Lektion erhalten und viel dabei gelernt. Es war ein unangenehmes Erlebnis gewesen, obwohl er Dr. Fall und Mr. Farrington nicht dafür verantwortlich machen konnte. Aber die Tatsache, daß er dem Tod ins Angesicht geschaut hatte, machte ihn nervös und störte sein Gleichgewicht.

»Sie müssen mir trauen, mein Freund«, sagte er zu sich selbst, als er vor seinem neuen Schreibtisch in seinem neuen Arbeitszimmer saß, in dem es noch nach frischer Farbe roch. »Sie mögen mir trauen, solange ich es für ratsam halte. Aber seien Sie sicher, daß ich niemals wieder zu Ihnen in das ›geheimnisvolle Haus‹ gehen werde.«

Er war mit einer großen Geldsumme zurückgekommen, um die Aufträge und Pläne seines Herrn auszuführen. Über das ganze Land waren ungefähr hundert Agenten verteilt, über die Poltavo nun allerhand Aufschlüsse erhalten hatte. Manche von ihnen wußten nicht, um was es sich handelte, andere waren eingeweiht, einige bekleideten hohe Stellungen, viele waren Dienstboten und Angestellte. Zweifellos war »der schlechte Ruf« eine sehr nützliche Einrichtung.

Farrington hatte aus dem Verkauf der Zeitungen nicht viel Gewinn gezogen. In manchen Jahren hatte er sogar mit Verlust gearbeitet. Aber er zahlte ständig sehr gut für Beiträge, die ihm eingesandt wurden, ja er bot Preise, die das sonst übliche Durchschnittshonorar weit überschritten.

Männer und Frauen, die sich an anderen rächen wollten, sandten ihm Berichte ein, die veröffentlicht wurden, wenn der Betreffende nicht ungeheure Schweigesummen zahlte.

Häufig liefen Artikel und Beiträge ein, die man unmöglich drucken konnte. Trotzdem wurden die Einsender reichlich belohnt. Es handelte sich bei solchen Mitteilungen gewöhnlich um Fehltritte im Leben einer Frau oder eines Mannes.

Meistens warteten die Einsender solcher Angaben, die sie mit viel Mühe zusammengestellt hatten, umsonst auf deren Veröffentlichung. Aber die unglücklichen Opfer dieser Verrätereien erhielten ein oder zwei Tage später von dem geheimnisvollen Mr. Montague Fallock einen Brief, der ihnen zu ihrem Schrecken Sünden vorhielt, die ihrer Meinung nach nur ihnen selbst bekannt waren. Es kam ihnen natürlich nicht in den Sinn, das kleine unbedeutende Blättchen, das manchmal Eingang in die Zimmer der Dienstboten fand, mit den außerordentlich hohen Forderungen dieses Erpresserkönigs in Verbindung zu bringen. In den meisten Fällen zahlten sie denn auch.

Aber nicht nur Dienstboten versorgten Montague Fallock mit Material für seine heimtückische Arbeit. Heruntergekommene Männer und Frauen fanden hier Gelegenheit, sich an begünstigteren Mitmenschen zu rächen, von denen sie einmal direkt oder indirekt beleidigt worden waren. Manchmal kamen auch anonyme Mitteilungen an die Redaktion. Wenn die angegebenen Tatsachen genügend Erfolg versprachen, schickte Fallock einen seiner Spürhunde aus, um nachzuforschen, wieweit sie auf Wahrheit beruhten. Dann folgte ein liebenswürdiger Brief, es wurde eine Verständigung vorgeschlagen, und der Unglückliche mußte zahlen und litt außerdem Schaden an seiner Gesundheit.

Denn dieser völlig skrupellose Mann zerstörte mehr als nur sichtbares Vermögen – er handelte mit menschlichem Lebensglück. Fast ein halbes Dutzend Selbstmorde wurden von Scotland Yard auf Briefe zurückgeführt, die die bedauernswerten Opfer am Morgen erhielten und in ihrer Verzweiflung verbrannten, bevor sie ihrem Leben ein Ende machten.

Das Büro dieser kleinen Zeitung lag im obersten Geschoß eines großen Geschäftshauses in der Fleet Street. Ein Hinterzimmer enthielt die ganze Redaktion, und ein verschlossener Mann bildete das ganze Personal. Er hatte die Pflicht, die Korrespondenz in Empfang zu nehmen und im Gepäckraum eines Londoner Bahnhofs abzugeben. Eine Stunde später wurde sie dort von einem anderen Boten abgeholt und zu einem weiteren Bahnhof gebracht. Dann kam sie in den Besitz des Mannes, der für den Inhalt des Blattes verantwortlich war. Manche der Briefe enthielten Beiträge einwandfreier Art, die von mehr oder weniger bekannten Schriftstellern verfaßt waren. Fallock oder Farrington brauchte diese Artikel, nicht nur um der Zeitung den Anschein der Wohlanständigkeit zu geben, sondern auch um ihre Spalten zu füllen.

Er selbst schrieb stets zwei Seiten klug zusammengestellte Informationen über die große Gesellschaft, die harmlos waren.

In jedem Paket von Briefen fanden sich gewöhnlich ein oder zwei Schreiben, die dem Erpresser die Möglichkeit gaben, die Leute zu schädigen, die von ihren Dienstboten oder Freunden verleumdet wurden. Eine ständige Annonce in der Zeitung versprach allen, die brauchbares Material einsandten, eine Belohnung von fünf Pfund. Und die Tatsache, daß Farrington manchmal fast tausend Pfund in der Woche für solche Informationen zahlte, sprach für die moralischen Qualitäten gewisser Menschen.

Farrington konnte mit seiner Wahl zufrieden sein. Poltavo war ein gelehriger Schüler, er war schlau und gewandt in solchen Dingen. In seinem großen Arbeitszimmer sortierte er hinter verschlossenen Türen die Korrespondenz und hing dabei seinen eigenen Gedanken nach.

Wenn er seine Rolle gut spielte, war seine Zukunft gesichert. Die Folgen seiner jetzigen Beschäftigung, das Elend, das er über viele unschuldige Menschen brachte, machten ihm keine großen Gewissensbisse. Er war mit seiner Stellung äußerst zufrieden. Er hatte einen guten, wenig gefährlichen Beruf gefunden, der noch große Summen abzuwerfen versprach. Während seines kurzen Aufenthaltes in dem »geheimnisvollen Haus« war er von Farrington auf die Notwendigkeit hingewiesen worden, jede Kleinigkeit zu beachten.

»Wenn Sie fünf Schilling aus einem Arbeiter herausholen können, so tun Sie es. Wir können auch nicht die kleinsten Summen auslassen.«

Poltavo schenkte deshalb den schlecht und fehlerhaft geschriebenen Briefen aus Ostlondon dieselbe Aufmerksamkeit, die er den meist ebenso schlecht geschriebenen Verleumdungen der Dienstboten aus dem Westen zuwandte, die von einem Fehltritt ihres Herrn auf einem Familienlandsitz im Norden berichteten. Poltavo arbeitete alle Eingänge systematisch durch und legte einen Brief nach links, einen anderen nach rechts. Der linke Stoß enthielt Stoff, der in der Zeitung veröffentlicht werden konnte, der rechte eignete sich zu weiterer Bearbeitung.

Plötzlich hielt er in seiner Beschäftigung inne und schaute zur Decke empor.

»Also, sie muß Frank Doughton innerhalb einer Woche heiraten«, sagte er zu sich selbst.

Farrington hatte darauf bestanden, seine Pläne durchzuführen, da er wußte, daß er die Macht dazu hatte. Und Poltavo hatte dieses Ultimatum in aller Demut angenommen.

»Ich muß meine Nerven verloren haben. In einer Woche soll sie verheiratet sein! Muß ich dieses graziöse, schöne Mädchen wirklich aufgeben? Mit ihrem Vermögen – oder ohne ihr Vermögen?« Er lächelte hämisch. »Nein, mein Freund, ich glaube,

Sie sind etwas zu weit gegangen. Sie hängen zu sehr von meiner Ergebenheit ab. Ernesto, du mußt einen schnellen Entschluß fassen, was zwischen heute und Montag geschehen soll.«

Das Telefon neben ihm summte. Er nahm den Hörer ab.

»Hallo?« sagte er, dann erkannte er die Stimme.

»Können Sie mich morgen besuchen?« fragte Doris.

»Ich kann sofort kommen, wenn Sie es wünschen.«

Sie zögerte einen Augenblick.

»Wenn Sie jetzt kommen könnten, würde ich sehr froh sein. Ich bin in großer Aufregung.«

»Hoffentlich haben Sie keine Sorgen?« fragte er ängstlich.

»Ich habe einen Brief von gewisser Seite bekommen«, erwiderte sie bedeutungsvoll.

»Ich verstehe. Jemand wünscht, daß Sie etwas tun sollen, was Ihnen widerstrebt.«

»Das kann ich Ihnen nicht sagen«, erklärte sie, aber er hörte Angst aus ihrer Stimme. »Kennen Sie den Inhalt des Briefes?«

»Ja, ich kenne ihn. Ich selbst war der unglückliche Überbringer dieser Mitteilung.«

»Was halten Sie davon?« fragte sie nach einer Pause.

»Sie wissen doch am besten, wie ich darüber denke«, antwortete er leidenschaftlich. »Erwarten Sie denn, daß ich mit dieser Forderung übereinstimmen soll?«

Die Heftigkeit seiner Stimme erschreckte sie, und sie gab sich die größte Mühe, ihn wieder zu beruhigen.

»Kommen Sie morgen«, sagte sie hastig. »Ich würde die Sache gern mit Ihnen besprechen.«

»Ich werde sofort bei Ihnen sein.«

»Es ist vielleicht besser, wenn Sie erst –«, sagte sie zögernd.

»Nein, ich komme sofort.« Er hängte den Hörer wieder an.

In diesem Augenblick lehnte er sich gegen die Tyrannei seines Auftraggebers auf und vergaß alle Gefahren, die ihm von dem »geheimnisvollen Hause« drohten. Er erkannte nur mit dem Instinkt eines wilden Tieres, dem die Beute weggenommen wurde, daß dieser Mann ihm einen unerträglichen Verlust zumutete.

*

Kurze Zeit später war er bei Doris Gray. Sie war bleich, verwirrt und aufgeregt. Schwere, dunkle Schatten lagen unter ihren Augen und zeugten von einer schlaflos verbrachten Nacht.

»Ich weiß wirklich nicht, was ich tun soll«, begann sie. »Ich habe Frank gern – ich kann Ihnen gegenüber doch offen sagen, was ich fühle, Graf Poltavo?«

»Sie können mir unbedingt vertrauen«, erwiderte er ernst.

»Und doch ist er mir nicht so lieb, daß ich ihn heiraten könnte.«

»Warum wollen Sie es dann tun?«

»Wie könnte ich dieser Aufforderung nicht nachkommen?« Sie hielt ihm den Brief hin.

Er nahm ihn lächelnd aus ihrer Hand, ging zu dem Kaminfeuer und warf ihn in die glühenden Kohlen.

»Ich fürchte, Sie befolgen die allereinfachsten Vorsichtsmaßregeln und Instruktionen nicht«, meinte er scherzend.

Irgend etwas an seinem Verhalten stieß sie ab. Er dachte also mehr an seine eigene Sicherheit und an seine Verpflichtung Farrington gegenüber als an sie. Es war ein merkwürdig inkonsequenter Gedanke in ihrer augenblicklichen Lage, aber er war ihr nun einmal gekommen, und er hatte Einfluß auf ihre späteren Handlungen.

»Nun hören Sie mir einmal zu«, sagte er mit seinem freundlichen Lächeln. »Sie dürfen sich deswegen keine Sorgen machen. Gehen Sie ruhig Ihren eigenen Weg, und gestatten Sie mir, die Sache mit Farrington in Ordnung zu bringen. Er ist ein starrköpfiger und ehrgeiziger Mann; vielleicht will er Sie aus einem bestimmten Grund mit Doughton verheiraten. Über diesen Punkt werde ich mich noch genauer informieren. In der Zwischenzeit denken Sie nicht mehr daran, überlassen Sie nur alles mir.«

»Ich fürchte, das kann ich nicht. Wenn ich nicht einen zweiten Brief von meinem Vormund erhalte, der den ersten widerruft, muß ich seinem Wunsch nachkommen. Es ist schrecklich, einfach schrecklich, daß ich in eine so entsetzliche Lage gebracht werde!« Sie rang verzweifelt die Hände. »Wie kann ich ihm denn dadurch helfen, daß ich Frank Doughton heirate? Wie kann ich ihn dadurch retten? Können Sie mir das erklären?«

Er schüttelte den Kopf.

»Haben Sie sich schon mit Mr. Doughton in Verbindung gesetzt?«

»Ja, ich habe ihm geschrieben«, erwiderte sie zögernd. »Wollen Sie die Kopie meines Briefes lesen?«

Ein Ausdruck des Unmutes zeigte sich in seinem Gesicht, aber er unterdrückte diese Aufwallung.

»Ich würde sie gern lesen«, sagte er höflich.

Sie reichte ihm ein Blatt Papier.

»Mein lieber Frank«, lautete das Schreiben, »aus einem Grund, den ich Ihnen nicht erklären kann, ist es notwendig, daß die Hochzeit, die mein Onkel so sehr wünscht, im Lauf der nächsten Woche stattfindet. Sie kennen meine Gefühle Ihnen gegenüber, Sie wissen, daß ich Sie nicht liebe und daß ich diese Ehe nicht schließen würde, wenn es nach meinen Wünschen ginge. Aber ich bin nun gezwungen, im Gegensatz zu meinen eigenen Überzeugungen zu handeln. Es fällt mir sehr schwer, Ihnen dies alles zu sagen, aber ich kenne Ihren vornehmen, großzügigen Charakter, Ihre Freundlichkeit und Güte, und ich weiß, daß Sie den Aufruhr der Gefühle verstehen werden, der mich jetzt bestürmt.«

Poltavo legte den Brief auf den Tisch zurück. Er ging im Zimmer auf und ab, ohne ein Wort zu sagen. Dann wandte er sich ihr plötzlich zu.

»Madonna«, sagte er mit weichem, südländischem Akzent (er hatte seine Jugend in Italien verlebt), »wenn ich an Frank Doughtons Stelle wäre, würden Sie dann auch zögern?«

Sie sah ihn bestürzt an, und er erkannte sofort, daß er einen Fehler gemacht hatte. Er hatte ihr Vertrauen und ihre Sympathie mit einem tieferen Gefühl verwechselt, das sie ihm nicht entgegenbrachte. In diesem einen Blick las er mehr, als sie selbst wußte, nämlich, daß sie im Innersten ihres Herzens Frank erwählt hatte. Er hob die Hand, um ihr die Antwort zu ersparen.

»Sie brauchen es mir nicht zu sagen«, meinte er lächelnd. »Vielleicht werden Sie später einmal klar erkennen, daß in der Liebe des Grafen Poltavo die größte Verehrung lag, die Ihnen jemals gezollt wurde, denn Sie sind die große Liebe meines Lebens, die frei ist von Niedrigkeit und anderen Motiven.«

Seine Stimme zitterte, und vielleicht glaubte er im Augenblick selbst an seine Worte. Er hatte ähnlich schon zu anderen Frauen gesprochen, die er längst vergessen hatte.

»Wir müssen nun auf Mr. Doughtons Antwort warten«, sagte er dann kurz.

»Ich habe seine Antwort schon erhalten – er hat mich angerufen.«

Poltavo lächelte.

»Ein typischer Engländer – beinahe ein Amerikaner in seiner Eile. Wann wird denn nun das glückliche Ereignis stattfinden?« fragte er scherzend.

»Bitte, sprechen Sie nicht so« – sie hob ihre Hände und bedeckte ihr Gesicht –, »ich weiß selbst jetzt noch nicht, ob ich die Kraft haben werde, die Wünsche meines Onkels zu erfüllen.«

»Wann?« fragte er noch einmal.

»In drei Tagen – Frank wird eine besondere Genehmigung erhalten. Wir werden –« Sie zögerte. »Wir werden nach Paris gehen«, sagte sie dann und errötete dabei. »Aber Frank wünscht, daß wir –«, sie hielt wieder inne, sprach dann aber beinahe trotzig weiter, »daß wir getrennt leben sollen, obwohl es uns nicht möglich sein wird, diese Tatsache geheimzuhalten.«

»Ich verstehe. In diesem Punkt zeigt Mr. Doughton ein Feingefühl, das ich in hohem Maße anerkennen muß.«

Wieder packte sie ein gewisser Widerwille gegen seine Art. Die väterliche Anmaßung in seinem Ton und seine Einbildung waren durch nichts gerechtfertigt. Daß er Franks Verhalten in dieser selbstherrlichen Weise billigte, empfand sie beinahe als eine Unverschämtheit.

»Haben Sie schon darüber nachgedacht«, fragte er nach einer Weile, »was wohl geschehen würde, wenn Sie Frank Doughton nicht heiraten und den Wunsch Ihres Onkels nicht erfüllen würden? Wissen Sie, welches Unglück ihn dann treffen würde?«

»Ich weiß es nicht«, sagte sie offen. »Ich ahne jetzt dunkel seinen wirklichen Charakter. Ich dachte immer, er sei ein freundlicher und wohlwollender Mann gewesen. Nun weiß ich aber, daß er –« Sie hielt inne, und Poltavo vollendete den Satz, den sie soeben begonnen hatte.

»Sie wissen jetzt, daß er ein Verbrecher ist, ein Mann, der seit Jahren die Furcht und die Leichtgläubigkeit seiner Mitmenschen in der brutalsten Weise ausnützt. Das muß für Sie eine furchtbare Entdeckung gewesen sein, Miss Gray. Aber schließlich werden Sie ihm verzeihen, daß er Ihnen Ihr Vermögen gestohlen hat.«

»Ach, es ist alles so schrecklich – mit jedem Tag wird es mir klarer. Meine Tante, Lady Dinsmore, hatte recht.«

»Lady Dinsmore hat immer recht«, sagte er leichthin. »Das ist ein Vorrecht ihres Alters und ihrer Stellung. Aber inwiefern hatte sie denn recht?«

»Ich glaube nicht, daß es schön von mir ist, Ihnen das zu sagen, aber ich muß es tun. Sie glaubte, daß Mr. Farrington in dunkle Geschäfte verwickelt war. Sie hat mich von Zeit zu Zeit gewarnt.«

»Wirklich eine bewunderungswürdige Frau.« Es lag eine leise Ironie in seinem Ton. »In drei Tagen«, fuhr er dann nachdenklich fort. »Nun, in drei Tagen kann sich noch viel ereignen. Ich muß gestehen, daß ich gerne wissen möchte, was geschieht, wenn diese Heirat nicht stattfindet.«

Er wartete nicht auf ihre Antwort, sondern verließ mit einer kurzen Verbeugung das Zimmer.

»Drei Tage«, wiederholte er, als er nach Hause zurückging. Warum hatte Farrington so große Eile, das Mädchen zu verheiraten, und warum hatte er ausgerechnet diesen armen Journalisten als Gatten für sie ausgewählt?

Dieses Rätsel zu lösen, würde viel Arbeit und Mühe kosten.

Zwei der drei Tage waren Frank Doughton wie im Traum vergangen. Er konnte nicht an die Möglichkeit glauben, daß dieses Glück wirklich auf ihn wartete. In seine Freude mischte sich jedoch die bittere Erkenntnis, daß er eine Frau heiratete, die nicht den Wunsch hatte, mit ihm vereinigt zu sein.

Aber in seinem Optimismus und in dem Überschwang seines starken Gefühls sagte er sich, daß sie es noch lernen werde, ihn zu lieben. Er hatte ein unbegrenztes Zutrauen zu sich selbst und arbeitete hart in diesen Tagen, nicht nur an seinen Zeitungsartikeln, sondern auch an der Verwertung der Tatsachen, die er durch den Brief an den verstorbenen Tollington erfahren hatte. Alle Kirchenbücher hatte er durchgesehen, um die Frauen mit dem Namen Annie zu entdecken, die dort während der fraglichen Zeit eingetragen waren. Seine Nachforschungen wurden sehr erschwert, weil Hunderte solcher Frauen existierten. Dazu kam, daß verheiratete Frauen, die in gedrückten Vermögensverhältnissen lebten, nicht ihren wirklichen Namen angaben. Andererseits gab es Frauen, die in den Listen den Namen Annie führten, in Wirklichkeit aber ganz anders hießen.

Er hatte einen oder zwei Anhaltspunkte, denen er eifrig nachging. Im Augenblick mußte er aber diese Arbeit im Stich lassen und all seine Energie auf die wichtige Tatsache konzentrieren, daß er in Kürze heiraten wollte. Außerdem hatte er eine Serie von Artikeln abzuliefern und mit fieberhaftem Fleiß an ihrer Fertigstellung zu arbeiten.

Zwei Abende vor seiner Hochzeit hatte er den letzten Artikel in die Redaktion am Themseufer gebracht und dem Herausgeber persönlich überreicht.

Dieser gratulierte dem verlegenen jungen Mann lächelnd.

»Ich vermute, daß wir nun lange auf Artikel von Ihnen werden warten müssen?« sagte er beim Abschied.

»Meine Frau wird sehr reich sein«, erwiderte Frank ruhig, »aber das wird keinen Einfluß auf meine Tätigkeit haben. Ich habe nicht die Absicht, einen Pfennig von ihrem Vermögen anzunehmen.«

Der Redakteur klopfte ihm auf die Schulter.

»Da haben Sie recht«, stimmte er ihm zu. »Der Mann, der sich von dem Einkommen seiner Frau ernähren läßt, hat aufgehört zu leben.«

»Das klingt ja fast wie eine Grabschrift«, sagte Frank.

Es war neun Uhr, als er die Treppe des Gebäudes hinunterging. Er hatte noch nicht zu Abend gegessen und wollte in einem Restaurant in Soho noch eine einfache Mahlzeit zu sich nehmen, bevor er sich schlafen legte. Er hatte einen arbeitsreichen Tag hinter sich, und am nächsten Morgen gab es noch mehr für ihn zu tun.

Vor dem Zeitungsgebäude hielt ein hübsches Auto, dessen Lackierung im Licht der elektrischen Lampen glänzte. Frank wollte gerade daran vorbeigehen, als der Chauffeur ihn anrief.

»Entschuldigen Sie, mein Herr«, sagte er und faßte an seine Kappe, »sind Sie Mr. Doughton?«

»Ja, das ist mein Name«, erwiderte Frank erstaunt, da er den Mann nicht kannte.

»Ich habe den Auftrag, Sie abzuholen, mein Herr.«

»Warum denn – und zu wem?« fragte Frank verwundert.

»Zu Sir George Frederick«, sagte der Chauffeur respektvoll.

Frank kannte den Namen dieses Parlamentsmitglieds und versuchte, sich zu besinnen, ob er diesen Mann schon persönlich kennengelernt hätte.

»Aber warum soll ich denn zu Sir George kommen?«

»Er möchte Sie fünf Minuten sprechen.«

Es war kein Grund vorhanden, dieser Bitte nicht nachzukommen. Außerdem brachte ihn das Auto ein gutes Stück Weges, den er doch gehen mußte. Frank öffnete also die Tür des Wagens und stieg ein. Als er sie aber geschlossen hatte, fand er, daß er nicht allein war.

»Was hat das –«, begann er, als eine starke Hand ihn an der Kehle packte und auf den gepolsterten Sitz schleuderte.

Der Wagen fuhr langsam an, beschleunigte seine Geschwindigkeit aber immer mehr, als er am Themseufer mit dem Gefangenen entlangfuhr.

15

Lady Constance Dex erhob sich nach einer schlaflosen Nacht, die sie in dem Pfarrhaus von Great Bradley verbracht hatte. Sie ging hinunter und setzte sich zu ihrem Bruder an den Frühstückstisch. Der Reverend Jeremiah Bangley war durch ihr Erscheinen völlig verblüfft. Er war ein untersetzter, wohlwollend aussehender Mann, mit sich und der Welt zufrieden. Er war ebenso häufig in London wie in seiner Pfarrei und gehörte zu den Menschen, die auch außerordentliche Ereignisse als einen

Teil des normalen Lebens betrachten. Ein Erdbeben in Little Bradley, das seine Kirche und den größten Teil seiner Gemeinde verschlungen hätte, würde ihn nicht mehr interessiert haben als das Knospen der Bäume oder die Frühlingsblüte in seinem großen, von starken Mauern umgebenen Garten. Aber jetzt war er doch sehr erstaunt.

»Du kommst zum Frühstück, Constance? Ich habe dich seit vielen Jahren nicht mehr an diesem Tisch gesehen!«

»Ich konnte nicht schlafen«, erwiderte sie, während sie von dem Tablett auf dem Seitentisch ein knuspriges Stückchen Schinken auf ihren Teller legte. »Ich werde mit meiner Mappe nach Moor Cottage gehen.«

Ihr Bruder runzelte die Stirn, als er das hörte.

»Ich hatte schon immer den Gedanken, daß Moor Cottage nicht gerade das beste Geschenk war, das dir der verstorbene Mr. Farrington machte.« Er schwieg eine Weile, damit sie sich dazu äußern sollte, aber sie entgegnete nichts. »Es liegt so verlassen an der Grenze des Moors, ganz entfernt von belebten Plätzen – ich fürchte, meine liebe Constance, daß du dort eines Tages noch von einem bösen Landstreicher oder Verbrecher überfallen wirst.«

Es war viel Wahres in seinen Worten. Moor Cottage war ein kleines, hübsches Wohnhaus, das von dem Eigentümer des »geheimnisvollen Hauses« zur selben Zeit wie das Haus selbst erbaut worden war. Er hatte die Absicht, es als Sommerhaus zu benützen. Und sicher war man dort ungestört, denn der Weg, der dort hinführte, wurde kaum von anderen Leuten benützt, seitdem die Bradley-Minen nicht mehr in Betrieb waren.

Vor vielen Jahren, als man den Boden unter dem Moor nach Zinn und Blei absuchte und ihn nach allen Seiten hin unterminierte, lag Moor Cottage inmitten eines geschäftigen Betriebes. Die baufälligen Überbleibsel der Ansiedlungen der Bergarbeiter waren auf der anderen Seite des Hügels noch zu sehen, ebenso in etwa fünfhundert Meter Entfernung der graue, hohe Schornstein des alten Kraftwerkes.

Aus irgendeinem Grunde hatte der Eigentümer des »geheimnisvollen Hauses« dieses kleine Bauwerk gerade hier errichten lassen, obgleich es fast drei Kilometer von seinem eigentlichen Wohnsitz entfernt lag, und er hatte weder Kosten noch Mühe gescheut, um es im Innern aufs beste einzurichten.

Lady Constance Dex hatte von Mr. Farrington und seinen Freunden manche Geschenke erhalten. Es hatte eine Zeit gegeben, in der er nicht genug für sie tun konnte. Er hatte sie mit Beweisen seiner Achtung und Verehrung geradezu überschüttet. Moor Cottage war vielleicht die kostbarste seiner Gaben gewesen. Hierher konnte sie sich zurückziehen, um sich in den schönen, mit Eichenholz getäfelten Räumen an die glücklichen Tage zu erinnern, die sie in Great Bradley verlebt hatte.

»Es liegt ein wenig einsam«, sagte sie lächelnd zu ihrem Bruder. Sie gab nicht viel auf seine Meinung. Er war etwas phlegmatisch und betrachtete alle Dinge von einem gewissen Durchschnittsstandpunkt aus. »Aber du weißt doch, Jerry, daß ich mir ganz gut helfen kann; außerdem ist Brown in der Nähe, wenn ich jemanden nötig haben sollte.«

Er nickte und widmete sich wieder der Lektüre der »Times«, in der er durch ihr Erscheinen gestört worden war.

»Ich habe nichts dagegen einzuwenden«, sagte er hinter seiner Zeitung. Plötzlich ließ er sie wieder sinken.

»Wer ist eigentlich dieser Mr. Smith?«

Sie horchte interessiert auf.

»Von welchem Mr. Smith sprichst du denn?«

»Soviel ich weiß, ist er Detektiv; er hat Great Bradley in der letzten Zeit häufig mit seinem Besuch beehrt. Vielleicht ist in dem ›geheimnisvollen Haus‹ etwas nicht in Ordnung?«

»Was sollte das sein? In den letzten zehn oder zwanzig Jahren ist dort nichts Außergewöhnliches passiert.«

Er zuckte die breiten Schultern.

»Ich bin mit diesem Haus niemals ganz einverstanden gewesen.«

Sie beendete ihr eiliges Frühstück und erhob sich.

»Du bist noch niemals mit einer Sache einverstanden gewesen, Jerry.« Sie klopfte ihm auf die Schulter, als sie an ihm vorüberging. Dann schaute sie durch das Fenster. Der Wagen, den sie hatte kommen lassen, wartete vor der Tür. Brown, der sich durch nichts aus der Ruhe bringen ließ, saß auf dem Bock.

»Zum Mittagessen bin ich wieder zurück«, verabschiedete sie sich von ihrem Bruder.

Jeremiah Bangley schaute ihr nach und sah, daß sie mit einer Mappe in den Wagen einstieg. Darin lagen die Briefe und Tagebücher, die Dr. Goldworthy ihr vom Kongo mitgebracht hatte, aber davon wußte er nichts.

In der Einsamkeit von Moor Cottage fand Lady Constance die ruhige Umgebung, in der sie die Worte verstand, die sich wie mit Feuerschrift in ihre Seele einbrannten.

In dem Landhaus wohnten keine Dienstboten. Wenn sie dort gewesen war, sandte sie gewöhnlich einen ihrer Leute hin, um alles wieder für einen neuen Besuch in Ordnung zu bringen.

Sie schloß eine kleine Tür auf, die unter einem mit Grün bewachsenen Bogen hindurchführte.

»Sie können das Pferd ausspannen – ich bleibe mindestens zwei Stunden hier«, sagte sie zu dem wartenden Kutscher.

Der Mann berührte grüßend seinen Hut. Er war an die Ausflüge hierher gewöhnt und besaß die ruhige Ausdauer der Leute seines Berufes. Er lenkte den Wagen zur Rückseite des Anwesens, das vollständig von einem Zaun umgeben war. Dort lag ein kleiner Stall, der aber niemals benützt wurde. Er spannte das Pferd aus, schnallte ihm den Hafersack um und setzte sich nieder, um seine Lieblingszeitung zu lesen, ein kleines Blatt, das von den Vergehen und Ausschweifungen der oberen Zehntausend berichtete. Er war kein gerade schneller Leser, und die Lektüre bot genügend Stoff, um ihn drei bis vier Stunden zu beschäftigen.

Nach einer Stunde glaubte er, die Stimme seiner Herrin zu hören, die ihn rief. Er sprang auf, eilte zu der Tür des Hauses und horchte.

Als er aber nichts hören konnte, ging er wieder zu seinem Ruhesitz zurück und las weiter. Schließlich hatte er vier Stunden gewartet und war sehr hungrig geworden. Seine Geduld war erschöpft, was man ja auch verstehen und entschuldigen konnte.

Langsam erhob er sich, schirrte das Pferd wieder an und fuhr mit dem Wagen ostentativ vor das Fenster des kleinen Wohnzimmers, das Lady Constance Dex als Arbeitszimmer benützte. Nachdem eine weitere halbe Stunde vergangen war, ohne daß sich jemand meldete, stieg er von seinem Bock hinunter und klopfte an die Tür.

Es antwortete niemand.

Er klopfte noch einmal heftiger, aber wieder ohne Erfolg.

Besorgt trat er an das Fenster und schaute hinein. Der ganze Boden war mit verstreuten Papieren bedeckt, ein Stuhl war umgeworfen, ein Tintenfaß umgestoßen. Aus alledem entnahm sein an Ordnung gewöhnter Sinn, daß hier etwas Ungewöhnliches geschehen sein mußte.

In diesem Augenblick kam ein Auto schnell über den Hügel aus der Richtung des Pfarrhauses gefahren. Mit einem Ruck hielt es vor dem Hause an, und Mr. Smith sprang heraus.

Brown hatte ihn schon im Pfarrhaus gesehen und begrüßte ihn nun wie einen vom Himmel gesandten Rettungsengel.

»Wo ist Lady Constance?« fragte Mr. Smith schnell.

Der Mann zeigte mit zitterndem Finger auf das Haus.

»Sie muß irgendwo da drinnen sein«, sagte er furchtsam. »Aber sie antwortet mir nicht und . . . und das Zimmer scheint ganz in Unordnung zu sein.« Er führte den Detektiv zum Fenster.

Mr. Smith schaute hinein – seine schlimmsten Befürchtungen waren bestätigt.

»Treten Sie zurück!«

Er hob seinen Ebenholzstock und schlug das Fenster ein; gleich darauf zog er den Fensterriegel von innen zurück, und ein paar Sekunden später hatte er sich in den Raum geschwungen. Er eilte von Zimmer zu Zimmer, aber es war nichts von Lady Constance zu entdecken. Auf dem Fußboden des Arbeitszimmers lag ein Stück eines Spitzenkragens, das offensichtlich von ihrem Kleid abgerissen war.

»Hallo«, sagte Ela, der Mr. Smith gefolgt war, und zeigte auf den Tisch. Auf einem Blatt Papier war der Abdruck einer blutigen Hand zu sehen.

»Farrington war hier«, erwiderte Mr. Smith kurz. »Aber wie ist er wieder hinausgekommen?«

Er verhörte den Kutscher eingehend, aber Brown blieb fest.

»Nein, mein Herr, es ist ganz unmöglich, daß jemand das Haus verließ, ohne daß ich ihn gesehen hätte. Ich konnte nicht nur das Haus von meinem Sitz aus überblicken, sondern auch die ganze Umgebung bis zur Spitze des Hügels.«

»Gibt es nicht noch irgendeinen anderen Platz, wo sie sich aufhalten könnte?«

»Es ist nur noch das Hintergebäude da«, entgegnete Brown, nachdem er einen Augenblick nachgedacht hatte. »Früher haben wir dort immer den Wagen untergestellt, aber heutzutage tun wir das nicht mehr, besonders nicht bei gutem Wetter.«

Das Hintergebäude bestand aus einer großen Wagenremise und einem kleinen Stall. Es war kein Schloß an den Türen, und Mr. Smith konnte sie ohne weiteres öffnen. In einer Ecke lag ein Strohhaufen, der offensichtlich für den Kutscher bestimmt war, wenn er den Raum einmal benützen sollte.

Mr. Smith ging hinein, beugte sich plötzlich mit einem Ausruf nieder, ergriff eine Gestalt am Kragen und riß sie auf die Füße.

»Wollen Sie mir höflichst erklären, was Sie hier machen?«

Aber dann schwieg er erstaunt, denn sein schläfriger Gefangener war niemand anders als Frank Doughton.

»Es ist eine merkwürdige Geschichte, die Sie mir da erzählen«, meinte Mr. Smith.

»Das gebe ich gern zu«, sagte Frank lächelnd. »Aber ich bin so müde, daß ich nicht weiß, wieviel ich Ihnen schon mitgeteilt habe und was ich noch nicht berichtet habe.«

»Sie haben erzählt, daß man Sie gestern abend entführte, daß Sie zuerst durch London, dann in unbestimmter Richtung aufs Land fuhren und daß Sie in den frühen Morgenstunden entkamen, indem Sie aus dem langsam fahrenden Wagen sprangen.«

»Ja, das stimmt. Ich habe nicht die geringste Ahnung, wo ich bin. Vielleicht können Sie mir das sagen?«

»Sie sind in der Nähe von Great Bradley«, erwiderte Mr. Smith lächelnd. »Ich wundere mich, daß Sie Ihre Heimat nicht wiedererkennen – Sie haben doch, soviel ich weiß, Ihre Jugend in dieser Gegend verlebt?«

Frank schaute sich erstaunt um.

»Warum hat man mich denn hierhergebracht?«

»Das müssen wir erst noch herausbringen. Meine Meinung ist –«

»Glauben Sie, daß man mich in das ›geheimnisvolle Haus‹ bringen wollte?« unterbrach ihn der junge Mann.

Mr. Smith schüttelte den Kopf.

»Das ist wohl unwahrscheinlich. Ich vermute eher, daß unser Freund Poltavo diesen kleinen Schachzug auf eigene Faust unternommen hat. Er ließ Sie wohl hierher entführen, um den Verdacht auf die Bewohner des ›geheimnisvollen Hauses‹ abzuwälzen. Aber sagen Sie mir doch, wie Sie in dieses Stallgebäude kamen.«

»Obwohl ich todmüde war, nahm ich all meine Kraft zusammen, und es gelang mir, meinen Verfolgern zu entkommen. Aber nach diesem harten Lauf fühlte ich mich vollkommen erschöpft. Ich kam zu diesem Haus, das weit und breit die einzige menschliche Wohnung zu sein schien, und nachdem ich vergeblich versucht hatte, die Bewohner zu wecken, ging ich einfach hier herein, legte mich hin und schlief sofort ein.«

Mr. Smith hatte nichts an seiner Erzählung auszusetzen. Die verworrene Lage wurde durch diesen Vorfall noch schwieriger.

»Hörten Sie keinen Ruf, während Sie hier lagen?«

»Nein.«

»Haben Sie auch nichts von einem Streit in dem Haus gehört?« Er erklärte Frank Doughton das merkwürdige Verschwinden der Lady Constance Dex.

»Sie muß noch im Hause sein«, meinte Frank.

Sie gingen zusammen dorthin zurück und nahmen ihre Nachforschungen wieder auf. Im Obergeschoß fanden sie ein Schlafzimmer und einen daran anstoßenden Baderaum; im Erdgeschoß lag außer dem Arbeitszimmer, das sie schon vorher durchsucht hatten, ein kleines, hübsch ausgestattetes Zimmer, in dem ein Klavier stand. Aber all ihre Bemühungen waren ergebnislos – Lady Constance Dex war verschwunden, als ob sich die Erde geöffnet und sie verschlungen hätte. Es war auch keine Falltür in dem ganzen Gebäude zu finden.

Mr. Smith war aufs höchste erstaunt.

»Es ist doch eine Erfahrungstatsache«, sagte er zu Ela, »daß körperliche Dinge Raum einnehmen. Lady Constance muß also irgendwo sein! Sie kann sich doch nicht in Dunst aufgelöst haben! Und ich werde dieses Haus nicht eher verlassen, als bis ich sie gefunden habe.«

Ela dachte tief nach und runzelte die Stirn, als er die Unordnung auf dem Schreibtisch betrachtete.

»Erinnern Sie sich an das kleine Medaillon, das Sie bei dem Ermordeten am Brakely Square fanden?« fragte er plötzlich.

Mr. Smith nickte und zog es aus der Westentasche hervor, denn er hatte es seither immer bei sich getragen.

»Wir wollen uns das Ding noch einmal ganz genau ansehen, besonders die Inschrift«, meinte Ela.

Sie zogen zwei Stühle an den Tisch und prüften das kleine, runde Papierstückchen, das sie im Innern des Medaillons gefunden hatten.

Mor: Cot.
Gott schütz dem Kenig.

Ela schüttelte hilflos den Kopf.

»Ich bin ganz sicher, daß wir ein gutes Stück weiterkommen, wenn wir diese Inschrift verstehen. Aber betrachten Sie doch einmal die erste Zeile. Mor: Cot. – das soll sicher Moor Cottage heißen.«

»Alle Wetter, da haben sie recht! Darauf bin ich noch gar nicht gekommen. Sicher hatte der Mann, dem das Medaillon gehörte, das Geheimnis von Moor Cottage entdeckt und wollte damit unseren Freund erpressen. Aber die patriotische Zeile darunter ist mir unverständlich.«

»Die hat auch etwas zu bedeuten. Es kann auch eine Geheimschrift sein. Sie sehen, daß sie recht vulgär abgefaßt ist. Er schreibt Kenig und macht grammatikalische Fehler.«

Sie warteten vor Moor Cottage, während der Kutscher nach dem Pfarrhaus und von dort zur Stadt fuhr. Jeremiah Bangley traf nach kurzer Zeit ein. Er war sehr ruhig; die Tatsache, daß seine Schwester verschwunden war, schien ihn nicht im mindesten zu überraschen, obwohl er konstatierte, daß es ein außerordentliches Ereignis sei.

»Ich habe Constance stets gewarnt, sich allein hier aufzuhalten, und ich könnte mir es auch niemals verzeihen, wenn Brown nicht in der Nähe gewesen wäre.«

»Wissen Sie irgendeine Erklärung?«

Der Pfarrer schüttelte den Kopf. Er kannte das Haus überhaupt nicht und hatte es noch nie betreten. Er sagte, daß er nicht neugierig sei, und es war ja auch bekannt, daß er sich nicht viel um die Angelegenheiten anderer Leute kümmerte.

Die Beamten der Ortspolizei kamen eine halbe Stunde später unter Führung eines Polizeiinspektors, der gerade auf der Station war, als die Anzeige erstattet wurde.

»Es ist wohl ratsam, daß ich diesen jungen Mann mitnehme«, meinte er und zeigte auf Frank.

»Aber warum denn?« fragte Mr. Smith ruhig. »Was kann es Ihnen nützen, ihn zu verhaften? Es liegt keinerlei Verdachtsmoment gegen Mr. Doughton vor, und ich bin bereit, persönlich dafür zu bürgen, daß er zur Verfügung steht, wenn er verlangt wird. – Sie fahren am besten in die Stadt zurück«, wandte er sich liebenswürdig an Frank. »Sie müssen sich vor allem ausschlafen. Dieses Abenteuer ist gerade keine geeignete Vorbereitung für Ihre Hochzeit. Wenn ich recht unterrichtet bin, soll sie doch morgen stattfinden?«

Frank nickte.

»Ich möchte nur wissen, ob Ihre Entführung etwas damit zu tun hat. Kennen Sie jemand, der ein Interesse daran hat, die Hochzeit zu verhindern?«

Frank zögerte.

»Es fällt mir schwer, einen Menschen zu verdächtigen, aber Poltavo –«

»Poltavo?« wiederholte Mr. Smith schnell.

»Er hatte gewisse Absichten auf Miss Gray.«

Es war ihm peinlich, daß Doris' Name in diesem Zusammenhang erwähnt werden mußte.

»Poltavo hat ja schließlich guten Grund, sich über die bevorstehende Hochzeit zu ärgern«, meinte Mr. Smith humorvoll.

»Erzählen Sie mir aber noch, was sich eigentlich in dem Auto zugetragen hat.«

Frank berichtete in kurzen Worten, welche Umstände zu seiner Gefangennahme geführt hatten.

»Als ich mich in ihren Händen befand«, fuhr er fort, »spielte ich erst eine Weile tot. Der Wagen fuhr mit unglaublicher Geschwindigkeit. Jeder Fluchtversuch hätte nur den Erfolg haben können, daß ich mich schwer verletzte. Sie machten kein Hehl aus ihrer Absicht. Solange wir noch durch Londoner Stadtgebiet fuhren, brannte die Deckenlampe, und die Vorhänge waren heruntergezogen. Die beiden Burschen waren maskiert und offenbar Ausländer. Einer saß mir gegenüber. Während der ganzen Nacht lag ein Revolver auf seinen Knien, und er ließ mir keine Unklarheit darüber, daß er die Waffe sofort gebrauchen würde, wenn ich die geringsten Schwierigkeiten machte.

Ich wußte nicht, in welcher Richtung wir fuhren, aber plötzlich waren wir auf freiem Felde. Sie ließen das eine Fenster herunter, ohne den Vorhang zu lüften. Aber der frische Duft der Felder strömte herein, und ich wußte, daß wir schon weit von London entfernt sein mußten.

Dann muß ich eingenickt sein, denn als ich aufwachte, dämmerte der Tag schon. Ich verhielt mich ganz ruhig und überdachte meine Lage.

Die beiden Männer waren auch eingeschlafen. Ich sah mich vorsichtig um, der Wagen fuhr jetzt ziemlich langsam. Offenbar hatten sie dem Chauffeur Weisung gegeben, während der Nacht die Geschwindigkeit zu vermindern. Ich sah die inneren Handgriffe der Tür und überlegte mir, nach welcher Seite ich fliehen könnte. Ich entschied mich für die Tür an meiner rechten Seite, die mir zunächst lag, nahm all meine Energie und Kraft zusammen, stand plötzlich auf, öffnete die Tür und sprang hinaus. Ich habe genug Erfahrung durch den Verkehr auf Londoner Autobussen und kann auf den Boden springen, ohne gleich auf die Nase zu fallen.

Ich befand mich auf einer Heide, die keine Deckung bot. Aber in etwa achthundert Meter Entfernung sah ich ein kleines Gehölz und eilte darauf zu. Glücklicherweise mußte ich eine Mulde passieren. So kam es, daß ich schon außer Sicht war, bevor die beiden Männer den Chauffeur, der wahrscheinlich gar nichts bemerkt hatte, von meiner Flucht verständigen konnten. Erst als ich auf der anderen Seite der Mulde wieder herauskam, sahen sie mich, und einer von ihnen muß auch nach mir geschossen haben, denn ich hörte eine Kugel an meinen Ohren vorbeischwirren. Das ist alles. Es war noch ein glücklicher Ausgang für ein Abenteuer, das zuerst recht gefährlich aussah.«

Jeremiah Bangley lud Frank ein, mit ihm zum Pfarrhaus zurückzufahren. Der junge Journalist verabschiedete sich von Mr. Smith, der die Nachforschungen nach Lady Constance weiter fortsetzte. Aber auch eine nochmalige eingehende Untersuchung der Räume blieb erfolglos.

»Als einzige Erklärung bleibt nur übrig«, sagte Mr. Smith etwas deprimiert, »daß Lady Constance das Haus verlassen hat, während der Kutscher in seine Zeitung vertieft war. Vielleicht erwartet sie uns im Pfarrhaus und hat nur einen Spaziergang gemacht.«

Aber er wußte genau, daß es nicht so war. Die verschlossenen Tore, vor allem die Spuren des Kampfes, der in dem Arbeitszimmer stattgefunden haben mußte, und der blutige Handabdruck wiesen darauf hin, daß es sich hier um ein Verbrechen handelte.

»Auf jeden Fall befindet sich Lady Constance hier in dieser Gegend in einem Umkreis von nicht mehr als sechs bis acht Kilometern«, sagte er grimmig, »und ich werde sie finden, selbst wenn ich das ›geheimnisvolle Haus‹ Stein für Stein abbrechen müßte.«

16

Doris Grays Hochzeitsmorgen dämmerte herauf. Die Sonne ging strahlend auf, es war ein herrlicher Tag. Doris saß am Fenster und schaute auf die Gärten am Brakely Square hinunter. Sie hatte die Hände um die Knie geschlungen. Ihre Stimmung war nicht die beste, sie war bedrückt und aufgeregt. Glücklicherweise waren so viele andere Dinge mit der Hochzeit verknüpft, daß sie nicht viel Zeit hatte nachzudenken. Von Frank hatte sie am letzten Abend ein Telegramm erhalten, das zu ihrem Erstaunen in Great Bradley aufgegeben war. Aus einem unbestimmten Gefühl heraus war sie ärgerlich darüber, daß er London verlassen hatte. Es kränkte sie, daß er selbst am Vorabend seiner Hochzeit noch in seine Arbeit vertieft war. Sie vermutete, daß ihn seine Nachforschungen nach dem Tollington-Erben wieder nach Great Bradley geführt hatten. Wenigstens den letzten Tag vor der Hochzeit hätte er doch in ihrer Nähe zubringen müssen, damit sie ihn erreichen konnte, wenn sie ihn brauchte oder um Rat fragen wollte. Plötzlich tauchte der unangenehme Gedanke in ihr auf, daß er sich in seiner Stellung als ihr zukünftiger Gatte schon zu sicher fühlte. Poltavo dagegen war ihr sehr behilflich gewesen. Sie hatte mit ihm am Nachmittag des vorigen Tages Tee getrunken. Dezent und zurückhaltend hatte er es vermieden, ihre Hochzeit überhaupt zu erwähnen, ebensowenig hatte er von sich selbst gesprochen. Aber alles, was er nicht mit Worten ausdrückte, sagten seine Blicke. Sie fühlte Mitleid mit ihm, denn sie zweifelte nicht an der Echtheit seiner Gefühle. Poltavo schnitt an diesem Tage sehr gut ab.

Ein Dienstmädchen weckte Doris aus ihren Träumereien und brachte sie zur nüchternen Wirklichkeit zurück.

»Mr. Debenham ist gekommen, gnädiges Fräulein. Ich habe ihn in das Wohnzimmer geführt.«

»Ach, das ist der Rechtsanwalt – ich werde sofort hinunterkommen.«

Mr. Debenham ging nachdenklich in dem Raum auf und ab, als sie eintrat.

»Ich vermute, daß Ihnen bekannt ist, daß ich Ihrer Trauung beiwohnen muß«, sagte er, als er ihr die Hand gab. »Ich muß Ihnen die Schlüssel zu dem Safe Ihres Bankdepots übergeben. Hier ist eine Aufstellung über den genauen Geldbetrag, der sich dort befinden muß.«

Bei diesen Worten legte er eine Abrechnung auf den Tisch.

»Sie können in einer freien Stunde ja einmal hineinsehen, aber rund gerechnet beträgt das Vermögen, das Ihnen Ihr verstorbener Vater hinterließ, achthunderttausend Pfund. Es ist in erstklassigen Wertpapieren angelegt, wahrscheinlich werden Sie auch noch finden, daß eine große Summe von Dividenden auf Ihre Papiere fällig ist. Der verstorbene Mr. Farrington hat diese etwas ungewöhnliche Art der Aufbewahrung gewählt, um Ihr Geld sicherzustellen, obgleich ich ihm einen entgegengesetzten Rat gab. Ich möchte Ihnen noch mitteilen, daß er mich vor ungefähr sechs Jahren darüber um Rat fragte. Ich war damals gegen die Festlegung des Geldes, aber die Ereignisse haben mir unrecht gegeben, denn gleich darauf muß er große Verluste an der Börse gehabt haben, wie seine Bücher ausweisen. Ich möchte bemerken, daß ein Mann mit einer weniger starken Energie als Mr. Farrington unter den damaligen Verhältnissen leicht in Versuchung hätte kommen können.

Ich habe mich jetzt nur noch meiner Verantwortung zu entledigen. Ich bin hierhergekommen, um Sie vorher noch einmal zu sehen und zu fragen, ob Ihr Onkel Ihnen etwas von der großen Tollington-Erbschaft gesagt hat. Er war einer der Treuhänder, obwohl er nicht direkt etwas mit der Verwaltung zu tun hatte.«

Sie sah erstaunt auf.

»Es ist merkwürdig, daß Sie diese Frage an mich stellen. Mr. Doughton bemüht sich, den Erben dieses Vermögens zu finden.

»Das ist mir bekannt. Ich frage nur deshalb, weil ich eine Nachricht von den anderen Treuhändern in Amerika erhalten habe. Es tut mir leid, daß die Nachforschungen Ihres Gatten erfolglos sein werden, wenn er den Erben nicht innerhalb der nächsten achtundvierzig Stunden entdeckt.«

»Warum denn?« fragte sie verwundert.

»Die Bestimmungen des Testaments sind sehr eigenartig«, erklärte Mr. Debenham. »Das Tollington-Vermögen, wie Sie vielleicht wissen —«

»Ich weiß wirklich nichts davon«, unterbrach sie ihn.

»Dann will ich es Ihnen erzählen«, sagte er lächelnd. »Das Vermögen soll zu gleichen Teilen an den Erben und dessen Gattin fallen.«

»Wenn er nun aber nicht mit einer Frau gesegnet ist?« fragte sie belustigt.

»In diesem Fall fällt das Geld automatisch an die Frau, die der Erbe eventuell heiratet. Aber das Testament bestimmt, daß der Erbe zwanzig Jahre nach dem Tode Tollingtons gefunden sein muß. Und dieser Termin läuft morgen ab.«

»Armer Frank!« sagte sie kopfschüttelnd. »Und er gibt sich doch die größte Mühe. Er hatte ja auch schon einige Erfolge. Wenn er also bis morgen diesen geheimnisvollen Erben nicht ausfindig gemacht hat, bekommt er nichts für all seine Anstrengungen?«

»Ich glaube kaum, daß er etwas erhält. Die Belohnung ist für den Mann ausgesetzt, der innerhalb der festgesetzten Zeit den Tollington-Erben ermittelt. Ich bin eigentlich nur gekommen, weil ich wußte, daß Mr. Doughton an der Sache interessiert ist, und weil«, er zögerte einen Augenblick, »weil ich dachte, daß Ihr Onkel Sie vielleicht ins Vertrauen gezogen hat.«

»Sie meinen, daß er mir gesagt hätte, wer der Gesuchte sei? Glauben Sie denn, daß er das wußte und aus irgendeinem Grunde geheimhielt?«

»Bitte, seien Sie mir nicht böse«, erwiderte der Rechtsanwalt schnell. »Ich möchte nichts gegen Mr. Farrington sagen, aber ich weiß, daß er ein sehr kluger und berechnender Mann war. Ich nahm an, daß er Ihnen vielleicht doch verschiedenes anvertraut hätte, so daß Sie in der Lage gewesen wären, Ihren zukünftigen Gatten bei seinen Bemühungen zu unterstützen.«

Aber sie schüttelte wieder den Kopf.

»Ich habe keinerlei Kenntnis von dieser Sache. Mein Onkel hat mir niemals etwas Näheres darüber mitgeteilt. Er war sehr verschlossen, wenn es sich um geschäftliche Dinge handelte. Und doch bin ich davon überzeugt, daß er mich sehr gern gehabt hat.« Ihre Augen füllten sich mit Tränen. Aber sie war nicht traurig, weil sie sich an seine Güte erinnerte, sondern weil er sie zu einer so demütigenden Handlung zwang, bei der ihr eigenes Herz nicht mitsprechen durfte. Sie fühlte sich unaussprechlich erniedrigt und bedrückt.

»Das war alles, was ich Ihnen mitzuteilen hatte«, erklärte Mr. Debenham. »Ich werde Sie später noch auf dem Standesamt wiedersehen?«

Sie nickte.

»Darf ich der Hoffnung Ausdruck geben«, sagte er in seiner umständlichen Weise, »daß Sie sehr glücklich werden und daß sich in Ihrer Ehe alle Hoffnungen erfüllen mögen, die Sie daran knüpfen?«

»Ich weiß kaum, welche Hoffnungen ich haben sollte«, erwiderte sie müde.

Der gute Mr. Debenham schüttelte traurig den Kopf, als er zu seinem Büro zurückging.

Hatte es schon jemals eine so nüchterne und prosaische Trauung gegeben wie die ihre? Doris legte sich diese Frage vor, als sie in den Wagen stieg, der sie zum Standesamt bringen sollte. Wie andere junge Mädchen hatte auch sie sich diesen wunderbaren Tag in den herrlichsten Farben ausgemalt, wenn sie unter den Klängen der Orgel am Arm ihres Vormundes Gregory Farrington die Stufen hinaufschreiten würde. Und sie hatte von einer vollkommen glücklichen und beseligenden Ehe geträumt. Jetzt aber stand sie vor der Wirklichkeit, ihre Träume waren vernichtet. Sie, die Erbin eines großen Vermögens, eines der schönsten Mädchen Londons, fuhr nun in einem Mietauto zu einer stillen Trauung.

Frank wartete vor dem Eingang des düsteren Amtsgebäudes auf sie. Auch Mr. Debenham und einer seiner Angestellten, den er als Trauzeugen mitgebracht hatte, waren schon zugegen. Doris war Mrs. Doughton geworden, bevor sie sich ganz darüber klar wurde, was eigentlich geschah.

»Nun bleibt nur noch eines zu tun«, sagte der Rechtsanwalt, als sie wieder draußen in dem hellen Sonnenlicht der Straße standen. Er schaute auf seine Uhr.

»Wir wollen jetzt gleich zur London-Safe-Deposit-Bank fahren, und wenn Sie mir die Vollmacht geben, so werde ich für Sie in aller Form von dem Vermögen Besitz ergreifen und es meinen Bankiers übergeben. Ich glaube, diese Angelegenheit muß ordnungsgemäß erledigt werden.«

Doris war damit einverstanden.

Frank war während der Fahrt schweigsam, er machte nur ein

paar nebensächliche Bemerkungen über den Verkehr auf den Straßen. Doris fühlte dankbar seine Zurückhaltung. Ihr Gemüt war in wirrem Aufruhr. Sie war jetzt verheiratet – diese eine Tatsache nahm alle ihre Gedanken in Anspruch –, verheiratet mit einem Mann, den sie zwar ganz gern hatte, den sie aber nicht liebte. Sie war mit einem Mann verheiratet, den ein anderer für sie ausgesucht hatte, zum Teil gegen ihren Willen. Sie sah ihn heimlich an. Auch er war in einer gedrückten, freudlosen Stimmung. Das war ein aussichtsreicher Anfang ihrer Ehe! Wie würde alles enden?

Der Wagen hielt vor einer düsteren Granitfassade, und sie stiegen aus. Mr. Debenham bezahlte den Chauffeur, dann stiegen sie zusammen die steinernen Treppen zu den Gewölben der Bank hinunter.

Es gab noch einen kurzen Aufenthalt, als Mr. Debenham erklärte, in wessen Vollmacht er gekommen sei. Während die Beamten in ihren Büchern nachschlugen, erschien auch Poltavo auf der Bildfläche.

Er beugte sich über Doris' Hand und behielt sie etwas länger in der seinen, als es Frank lieb sein konnte. Er flüsterte einige nichtssagende Glückwünsche und begrüßte Mr. Debenham durch ein Kopfnicken.

»Graf Poltavo ist hier auf Wunsch Ihres verstorbenen Onkels anwesend«, sagte der Rechtsanwalt. »Ich erhielt einige Tage vor seinem Verschwinden einen Brief, in dem er mir dies mitteilte.«

Frank nickte unzufrieden, aber er war doch großzügig genug, sich in die Lage dieses Mannes zu versetzen, und gab sich Mühe, freundlich gegen ihn zu sein.

Ein uniformierter Beamter führte sie durch viele lange Korridore zu einem besonderen Gewölbe, das durch eine schwere eiserne Gittertür abgeschlossen war. Der Beamte öffnete, und sie traten in die kleine Steinkammer, die von Deckenlampen erleuchtet war.

Das einzige Möbelstück in diesem Raum war ein kleiner Geldschrank, der in der einen Ecke stand. Der Rechtsanwalt drehte den Schlüssel in dem Schloß fachgerecht um, und die Stahltür tat sich auf. Mr. Debenham versperrte die Öffnung, so daß sie nicht in das Innere des Schrankes sehen konnten. Dann wandte er sich plötzlich aufs höchste erstaunt um.

»Der Schrank ist leer«, sagte er.

»Leer?« rief Doris atemlos.

»Nur dies lag darin.« Er reichte ihr einen kleinen Briefumschlag, den sie mechanisch öffnete. Sie las den Inhalt:

Unglücklicherweise war ich gezwungen, Dein Vermögen für die Durchführung meiner Pläne zu verwenden. Du wirst mich deswegen anklagen, aber verzeihe mir, denn ich habe Dir einen größeren Schatz gegeben als den, den Du verloren hast – einen Gatten –

»Was soll das bedeuten?« fragte sie leise.

Frank nahm den Brief aus ihrer Hand und las ihn zu Ende.

– einen Gatten in der Person Frank Doughtons, und Frank Doughton ist der Erbe der Tollington Millionen, wie es sein Vater vor ihm war. Alle nötigen Schriftstücke, die seine Identität mit dem Erben beweisen, sind in einem versiegelten Kuvert enthalten, das mein Rechtsanwalt verwahrt. Es trägt ein großes C auf der Vorderseite.

Die Unterschrift des Briefes lautete: Gregory Farrington.

Mr. Debenham fand seine Fassung zuerst wieder. Sein praktischer Verstand wandte sich sofort der augenblicklichen Lage zu.

»Ich kann bestätigen, daß ich ein solches Kuvert in Verwahrung habe«, erklärte er. »Mr. Farrington übergab es mir mit der strikten Anweisung, es den Testamentsvollstreckern oder einer anderen Person nicht eher zu übergeben, als bis ich ganz bestimmte Instruktionen von ihm erhalten würde. Ich spreche Ihnen meinen herzlichen Glückwunsch aus, Mr. Doughton.«

Er wandte sich zu dem erstaunten jungen Mann und schüttelte ihm die Hand. Frank hatte wie im Traum zugehört. Er war der Erbe der Tollington-Millionen – er, der Sohn George Doughtons? Und während der ganzen Zeit hatte er nach Mr. Tollingtons Schwester gesucht – nach seiner eigenen Großmutter!

Plötzlich wurde ihm alles klar. Alle Anstrengungen und Nachforschungen hätte er sich vielleicht ersparen können, wenn er den Vornamen der Mutter seines Vaters gewußt hätte!

Er konnte sich nur ganz schwach an diese gutmütige alte

Dame erinnern. Sie starb, als er noch in die Schule ging. Niemals war ihm der Gedanke gekommen, daß diese heitere Frau, die nur wenige Stunden vor ihrem geliebten Mann aus dem Leben schied, in irgendeiner Beziehung zu Tollingtons Schwester stehen könnte, die er so sehr gesucht hatte. Er atmete schwer, als er erkannte, daß sein großes Glück ihn in demselben Augenblick ereilte, in dem seine Frau finanziell ruiniert wurde. Er sah sie an, aber der Schlag war zu schwer für sie, als daß sie seine ganze Tragweite sofort hätte erfassen können.

Liebevoll legte er seinen Arm um ihre Schultern. Poltavo, der nervös an seinem kleinen Schnurrbart drehte, betrachtete die beiden mit gesenkten Augenlidern. Ein häßliches Lächeln spielte um seine Mundwinkel.

»Aber mein Liebling, es ist ja alles gut«, sagte Frank beruhigend. »Dein Vermögen ist sichergestellt – er hat es ja nur zeitweise nötig gehabt.«

»Ach, das ist es nicht«, erwiderte sie mit einem unterdrückten Schluchzen. »Es ist das Bewußtsein, daß mein Onkel dich durch eine List zu dieser Ehe gezwungen hat. Daß er mein Vermögen nahm, kümmert mich nicht. Geld bedeutet mir nicht viel. Aber er hat dich durch einen Trick gefangen und mich als Lockspeise dazu benützt.« Sie bedeckte ihr Gesicht mit den Händen.

Aber in wenigen Augenblicken hatte sie sich wieder gefaßt. Sie sagte nichts mehr und duldete es, daß Frank sie zu dem Wagen führte.

Poltavo sah dem Auto nach, bis es außer Sicht kam. Er lächelte wieder unverschämt und wandte sich an den Rechtsanwalt.

»Wirklich ein schlauer Kopf, dieser Mr. Farrington«, sagte er mit bitterem Ton. Er mußte diesen Mann selbst gegen seinen Willen bewundern.

Mr. Debenham sah ihm fest ins Gesicht.

»Die Gefängnisse dieses Landes sind voll von Leuten, deren Spezialität eine solche Schlauheit ist«, erwiderte er trocken und ließ Poltavo stehen, ohne sich von ihm zu verabschieden.

17

Mr. Smith spielte gerade Golf in Walton Heath, als nach ihm telefoniert wurde.

Er brach sofort auf und traf Ela beim Mittagessen im Ritz-Hotel.

»Jetzt ist alles verständlich«, sagte er. »Das eigenartige Verschwinden Mr. Farringtons ist aufgeklärt.«

»Mir ist aber die endgültige Lösung doch noch ein wenig schleierhaft«, erwiderte Ela unsicher.

»Dann will ich es Ihnen einmal in einfachen Worten erklären«, entgegnete Mr. Smith, als er sich eine Sardine von der Horsd'oeuvre-Platte nahm. »Farrington wußte schon lange, daß George Doughton der gesuchte Tollington-Erbe war. Er kannte dieses Geheimnis seit vielen Jahren. Aus diesem Grund ließ er sich auch in Great Bradley nieder, wo die Doughtons beheimatet waren. Offenbar waren damals die älteren Doughtons schon gestorben, und nur George Doughton, der etwas romantische und unpraktische Wissenschaftler, repräsentierte die Familie.

George hatte sich in die jetzige Lady Constance Dex verliebt, und da Farrington das wußte, tat er alles, um sich bei ihr beliebt zu machen. Er wußte, daß das Vermögen zu gleichen Teilen an Doughton und seine Frau fallen sollte. George Doughton war Witwer und hatte einen Sohn, der damals zur Schule ging. Es ist sehr leicht möglich, daß Farrington den Jungen, der nur in den Ferien nach Great Bradley kam, nicht kannte und keine Ahnung von seiner Existenz hatte.

Die Tatsache, daß dieser Knabe am Leben war, muß seine Absichten geändert haben. Immerhin schien er der Verlobung der beiden nichts in den Weg zu legen, während er einen Plan ausdachte, durch den er einen großen Teil der Tollington-Millionen für sich erwerben konnte. Aber er muß sein Vorhaben noch einmal geändert haben.

Während seines Aufenthalts in Great Bradley wurde ihm die Pflegschaft von Doris Gray anvertraut, und als er sich mehr und mehr für das junge Mädchen interessierte und sie liebgewann, muß er die außerordentlich günstige Chance wahrgenommen haben, die ihm das Schicksal gewissermaßen in die Hände spielte. Diese Liebe zu Doris Gray war einer seiner wenigen schönen Charakterzüge.

Mit teuflischer List und Genialität, mit rücksichtsloser Konsequenz, die an die unheimlichen Taten der Borgias erinnert, plante er zuerst George Doughtons Tod, um dann dessen Sohn mit seinem Mündel zu verheiraten. Er machte die beiden jungjungen Leute miteinander bekannt, gab ihnen Gelegenheit, sich häufig zu sehen, und hoffte, auf diese Weise das gewünschte Resultat zu erzielen.

Aber die Dinge entwickelten sich nicht schnell genug für ihn. Außerdem muß er, wie kürzlich die anderen Treuhänder, plötzlich erfahren haben, daß das Testament einen bestimmten Termin zur Auffindung des Erben setzte. Infolgedessen versuchte er, seine Nichte zu beeinflussen, aber er fand wenig Gegenliebe bei ihr. Er hat sogar den kühnen Trick versucht, Frank Doughton dazu anzustellen, sich selbst zu entdecken! Hiermit verband er eine doppelte Absicht. Einmal mußte der junge Mann dann dauernd mit ihm in Verbindung bleiben, zweitens wurden die anderen Treuhänder zufriedengestellt, die Farrington den Auftrag gegeben hatten, die nötigen Maßnahmen zur Auffindung des vermißten Erben zu ergreifen.

Aber alle Bemühungen, Doris Gray einer Heirat mit Frank Doughton geneigt zu machen, mißlangen. Der Termin näherte sich immer mehr, an dem er das Vermögen des jungen Mädchens aushändigen mußte. Seine Vormundschaft erlosch zufällig zu demselben Zeitpunkt, an dem auch die Frist zur Auffindung des Erben ablief. Farrington wurde also zu einem verzweifelten Schritt getrieben. Aber es gab natürlich auch noch andere Gründe für seine Handlungsweise.

Ausschlaggebend für ihn war auch die Erkenntnis, daß ich ihn verdächtigte, und die Gewißheit, daß Lady Constance ihn verraten würde, sobald sie entdeckte, daß er für den Tod ihres Geliebten verantwortlich war. Aber der Hauptgrund für sein Verschwinden war das Testament, das nach seinem angeblichen Tod eröffnet und verlesen wurde.

In diesem Testament setzte er unumstößlich fest, daß Doris Frank Doughton unverzüglich heiraten sollte. Vermutlich weiß sie jetzt, daß Farrington noch lebt. Wahrscheinlich enthüllte er ihr seine Pläne, soweit sie seinen angeblichen Tod betrafen, weil er von Schrecken erfaßt wurde, daß sie noch zögerte.«

Mr. Smith schaute durch das Fenster auf den Verkehrsstrom, der Piccadilly entlangflutete. Auf seinem Gesicht drückten sich Sorge und Zweifel aus.

»Ich könnte Farrington morgen fassen, wenn ich wollte«, sagte er nach einer Weile, »aber ich möchte nicht nur ihn, sondern seine ganze Organisation in die Hand bekommen.«

»Was halten Sie denn von dem Verschwinden der Lady Constance Dex?« fragte Ela. »Während wir warten, ist sie doch schließlich in Gefahr?«

Mr. Smith schüttelte den Kopf.

»Wenn sie in diesem Augenblick noch nicht tot ist, wird ihr nichts geschehen. Wenn Farrington sie töten wollte – denn er war es, der sie entführt hat –, hätte er es ebensogut in ihrem Hause tun können. Niemand hätte diesen Mord aufklären können. Lady Constance muß warten. Wir müssen dem Glück so lange trauen, bis ich in der Lage bin, den unterirdischen Raum zu inspizieren, wo sie gefangengehalten wird. Ich will dieser Erpresserbande ein für allemal das Handwerk legen, die direkt unter den Augen der Polizei und allen Gesetzen zum Hohn ihr Unwesen treibt. Bevor mir das nicht gelungen ist, will ich nicht mehr ruhig schlafen!«

»Und Poltavo?«

»Auch Poltavo kann noch ein wenig warten«, meinte Mr. Smith lächelnd.

Er zahlte die Rechnung; sie verließen das Hotel und überquerten die Straße. Ein Mann, der scheinbar die Auslagen in den Schaufenstern betrachtete, beobachtete sie, als sie herüberkamen, und folgte ihnen unauffällig. Ein anderer, der auf der entgegengesetzten Seite der Straße entlangkam und ostentativ in einer Zeitung las, kam dicht hinter ihnen her.

Mr. Smith und sein Begleiter erreichten die Cork Street, die verlassen dalag. Nur ein oder zwei Fußgänger waren zu sehen.

Der erste der beiden Verfolger beschleunigte jetzt seine Schritte, griff nach seiner Hüfttasche und zog einen Gegenstand hervor, der in der Aprilsonne aufglänzte. Aber bevor er die Hand erheben konnte, holte der vierte Mann ihn ein, ließ seine Zeitung fallen, schlang mit außerordentlicher Geschicklichkeit einen Arm um den Hals des Mannes, drückte ihm das Knie in den Rücken und entwand ihm die Pistole.

Mr. Smith wandte sich bei dem Lärm des Kampfes sofort um und eilte dem Detektiv zu Hilfe. Der Gefangene war von kleiner Gestalt, hatte scharfgeschnittene Gesichtszüge und war offenbar Italiener. Ein dünner schwarzer Schnurrbart, buschige, dichte Brauen und lebhafte braune Augen, die jetzt haßerfüllt aufloderten, sprachen für seine südliche Heimat.

Die drei Beamten hatten ihn bald durchsucht und entwaffnet und legten ihm kräftige Handschellen an. Bevor sich die unvermeidliche Menge neugieriger Menschen ansammeln konnte, saßen sie schon in einem Auto und fuhren die Vine Street entlang.

Der Mann wurde sofort verhört. Man stellte die üblichen Fragen an ihn, aber er war verstockt und antwortete nicht. Niemand zweifelte daran, daß er die Absicht hatte, Mr. Smith meuchlings zu ermorden. Denn außer der Pistole, mit der er offensichtlich sein Opfer hatte niederschießen wollen, fand man noch ein langes Dolchmesser in seiner Brusttasche. Aber der wichtigste Fund, den man bei ihm machte und der das größte Interesse von Mr. Smith erregte, war ein Blatt Papier, auf dem drei Zeilen in italienischer Sprache standen. Sie wurden sofort übersetzt, und es war daraus zu ersehen, daß dem Mann genaue Instruktionen gegeben waren, wo sich Mr. Smith aufhielt.

»Führen Sie ihn in eine Zelle – ich glaube, wir werden noch hinter diese Sache kommen. Wenn dieser Mann nicht ein von Poltavo gedungener Meuchelmörder ist, dann habe ich mich sehr geirrt!«

Der Gefangene beantwortete keine Frage. Mr. Smith gab es schließlich verzweifelt auf, ihn durch weiteres Verhör zu einem Geständnis zu bringen.

Am nächsten Morgen weckte man den Mann bei Tagesanbruch und bedeutete ihm, sich schnell anzukleiden. Er wurde von zwei Beamten auf die Straße geführt, wo ein Auto wartete, das ihn gleich darauf in schneller Fahrt nach Dover brachte. Zwei Detektive begleiteten ihn auf einen Dampfer und fuhren mit ihm nach Calais. Dort verabschiedeten sie sich freundlich von ihm, überreichten ihm noch hundert Franc und teilten ihm in seiner eigenen Sprache mit, daß er auf Grund eines Befehls des Innenministeriums des Landes verwiesen sei.

Der Mann war froh, wieder auf freiem Fuß zu sein, und benützte den größten Teil des ihm übergebenen Geldes dazu, ein langes Telegramm an Poltavo zu senden.

Mr. Smith, der bestimmt wußte, daß dieses Telegramm kommen würde, wartete in der Empfangsstation der Londoner Hauptpost schon darauf. Man überreichte ihm eine Kopie der Depesche, und er las sie lächelnd.

»Ich danke Ihnen vielmals«, sagte er zu dem Vorstand und reichte ihm das Formular zurück. »Ich gebe es zur Bestellung frei. Ich weiß jetzt alles, was ich wissen wollte.«

Poltavo erhielt die Botschaft eine Stunde später und fluchte nicht wenig über die Unvorsichtigkeit seines Agenten. Das Telegramm war in offener italienischer Sprache abgefaßt, und jeder, der die Sprache beherrschte, konnte es lesen und auch verstehen, wenn er Kenntnis von den Tatsachen hatte, auf die es sich bezog.

Poltavo wartete den ganzen Tag auf einen Besuch der Polizei, und als Mr. Smith gegen Abend bei ihm vorsprach, war er darauf vorbereitet, alles erklären und entschuldigen zu können. Aber er war sehr erstaunt, als man ihn weder um eine Erklärung noch um eine Entschuldigung bat. Die Frage, die Mr. Smith an ihn stellte, berührte eine ganz andere Angelegenheit. Er erkundigte sich nämlich nach Mrs. Doughton und ihrem verschwundenen Vermögen.

»Ich hatte das Vertrauen Mr. Farringtons«, sagte Poltavo, der froh war, daß der Besuch des Detektivs nichts mit der gefürchteten Sache zu tun hatte. »Aber ich war aufs höchste erstaunt, als ich entdeckte, daß der Schrank vollständig leer war. Es war ein böser Schicksalsschlag für die arme junge Dame. Sie ist jetzt mit ihrem Gatten in Paris.«

Mr. Smith nickte.

»Würden Sie so liebenswürdig sein, mir ihre Adresse zu geben?«

»Mit Vergnügen.« Graf Poltavo nahm sein Notizbuch aus einer Schublade.

»Es ist möglich, daß ich morgen selbst nach Paris fahre«, fuhr Mr. Smith fort. »Ich habe die Absicht, das junge Paar aufzusuchen. Es ist zwar nicht sehr korrekt, Jungvermählte auf der Hochzeitsreise zu stören, aber ein Polizeibeamter besitzt Vorrechte!«

Die beiden lächelten sich verständnisinnig an. Poltavo fühlte sich erleichtert, daß der Besuch des Detektivs sich nicht auf seine eigene Person bezog. Er hatte vor diesem hervorragenden Beamten von Scotland Yard einen gewaltigen Respekt, der allerdings zum größten Teil aus Furcht vor ihm bestand. Er maß Mr. Smith Fähigkeiten bei, die dieser Mann vielleicht gar nicht besaß, aber auf der anderen Seite gestand er ihm gewisse Eigenschaften wie List und Schläue nicht zu, die zu den vortrefflichsten Kampfmitteln des Detektivs gehörten. Wer konnte auch annehmen, daß Mr. Smith Poltavo an diesem Abend nur besuchte, um dessen Argwohn zu zerstreuen und ihn in Sicherheit zu wiegen?

Nachdem die üblichen Höflichkeitsphrasen zum Abschied gewechselt waren, trennten sie sich.

Poltavo machte sich an die Ausarbeitung eines neues Falles, der der interessanteste aller Erpressungsversuche werden sollte, die mit Fallock in Verbindung standen.

Er wartete, bis die Tür sich hinter dem Detektiv geschlossen hatte, und beobachtete dann vom Fenster aus, daß er in sein Auto stieg und davonfuhr. Erst dann schloß er die unterste Schublade seines Schreibtisches auf, drückte auf eine Feder in deren Doppelboden und öffnete ein Geheimfach, dem er ein kleines Paket von Briefen entnahm.

Viele der Bogen, die er auf dem Tisch ausbreitete, trugen das Erdbeerblatt und das Wappen der Herzogs von Ambury. Die Briefe zeigten eine wenig flüssige Handschrift, aber sie waren alle sehr wichtig. Der Herzog hatte sich in jungen Jahren mit einer Dame in Gibraltar verheiratet. Sein Regiment lag damals in der Festung, und seine Erbfolge war zu jener Zeit nur eine entfernte Möglichkeit. Die Frau, mit der er sich, wie die Briefe bewiesen, vermutlich unter dem Namen eines Mr. Wilson verheiratet hatte (eine Abschrift der Heiratsurkunde lag auch bei den Schriftstücken), war eine typische, faszinierend schöne Spanierin, aber sie war nicht von hoher Geburt.

Offenbar bereute der Herzog später diesen übereilten Schritt, denn zwei Jahre, nachdem er den Titel erhalten hatte, vermählte er sich mit der dritten Tochter des Earl von Westchester, ohne – soweit Poltavo es übersehen konnte – sich von seiner ersten Frau scheiden zu lassen.

Hier war eine glänzende Sache, die beste, die jemals diesen Erpressern in die Hände gefallen war. Der Herzog von Ambury war einer der reichsten Leute in England, halb London gehörte ihm, und seine Güter lagen in fast allen Grafschaften des Landes verstreut. Wenn jemand in der Lage war, gut zu zahlen, so war er es.

Die Spanierin war gestorben, aber sie hatte einen Sohn aus ihrer Ehe mit dem jetzigen Herzog. Die ganze Frage der Erbschaft des Titels und der Nachfolge wurde von der Veröffentlichung dieser Dokumente betroffen. Alle Beweise für die Einzelheiten des Falles befanden sich in Poltavos Besitz. Eine merkwürdig steife Handschrift füllte die Seiten der Briefe, die vor ihm auf dem Tisch lagen. Sogar eine Kopie der Todesurkunde hatte der verräterische Diener angefertigt. Die Sache war schon im Fluß, und Poltavo hatte unter den Annoncen in der »Times« bereits Antwort auf den Brief erhalten, den er seinem Opfer geschickt hatte.

Die Erwiderung lautete sehr günstig. Es stand nichts von Rechtsanwälten darin, es war auch nicht angedeutet, daß man die Sache der Polizei anzeigen würde. Der Herzog wollte tatsächlich zahlen, er wollte jedes pekuniäre Opfer bringen, um seine Ehre zu retten.

Es handelte sich jetzt nur noch darum, über die Bedingungen einig zu werden. Poltavo hatte die Höhe der Abstandssumme auf fünfzigtausend Pfund festgesetzt. Mit diesem Betrag konnte er England verlassen und ein Leben führen, wie er es sich wünschte, ohne sich jemals wieder in riskante und gefahrvolle Unternehmungen einlassen zu müssen. Nachdem ihm Doris Gray entgangen war, hatte auch der Verkehr in der Gesellschaft keinen Reiz mehr für ihn, und er sehnte sich nach Abwechslung und neuen Abenteuern. Die fünfzigtausend Pfund schienen ihm sicher zu sein. Er hatte zwar ein Abkommen mit Farrington getroffen, wonach er diesem zwei Drittel der Summe auszuzahlen hatte, aber er dachte überhaupt nicht an eine solche Möglichkeit.

Er redete sich ein, daß er Farrington in Wirklichkeit in seiner Gewalt habe. Ein Mann, der sich nicht in der Öffentlichkeit zeigen durfte, war machtlos und konnte ihm nicht gefährlich werden. Er hatte jetzt alle Trümpfe in der Hand. Seine Tätigkeit in London hatte ihm schon etwa zehntausend Pfund eingebracht. Dr. Fall schrieb energische Briefe an ihn, in denen er ihn ersuchte, den Anteil, der für das »Haus« bestimmt war, sofort zu schicken. Aber Poltavo hatte diese Schreiben mit Verachtung behandelt. Er fühlte sich als Herr der Situation, da er den größten Teil des Geldes, das er in der Hand hatte und das nach dem Abkommen nicht ihm allein gehörte, auf eine Pariser Bank überwiesen hatte. Er war auf alle Möglichkeiten gefaßt – und nun stand ihm hier noch ein großer Erfolg bevor. Wenn er das Schweigegeld des Herzogs von Ambury erhalten hatte, konnte er einen Strich unter sein vergangenes Leben ziehen.

Er klingelte. Ein Italiener mit abstoßenden Gesichtszügen trat ein. Es war einer der Agenten, die Poltavo von Zeit zu Zeit engagierte, um Dinge zu erledigen, die unter seiner Würde lagen oder deren Ausführung ihm zu gefährlich erschien.

»Federigo«, sagte Poltavo auf italienisch. »Antonio ist festgenommen und von der Polizei nach Calais abgeschoben worden.«

»Das ist mir bekannt, mein Herr. Er hatte großes Glück. Ich fürchtete schon, daß sie ihn ins Gefängnis stecken würden.«

Poltavo lächelte.

»Das Vorgehen der englischen Polizei ist manchmal ganz unverständlich. Antonio wollte den ersten Chef des Geheimdienstes ermorden, und sie haben ihn freigelassen! Ist das nicht Wahnsinn? Aber Antonio wird auf keinen Fall wieder zurückkommen. Denn wenn die Leute auch zuweilen verrückt sind, werden sie doch nicht so dumm sein, ihn wieder hier landen zu lassen. Ich habe ihm telegrafiert, nach Paris zu gehen und mich dort zu erwarten. Wenn Sie durch einen unglücklichen Zufall jemals in eine Lage wie unser tüchtiger Antonio kommen sollten, so bitte ich mir aber vor allem aus, daß Sie mir keine Telegramme schicken!«

»Darauf können Sie sich verlassen, mein Herr«, erwiderte der Italiener grinsend. »Ich werde Ihnen keine schicken, denn ich kann nicht schreiben.«

»Ein ausgezeichnetes Manko!«

Poltavo nahm ein Kuvert vom Tisch.

»Sie geben diesen Brief einem Manne, der Sie am Branson Square treffen wird. Die genaue Stelle habe ich Ihnen ja schon erklärt.«

Der Italiener nickte.

»Dieser Mann wird Ihnen dafür einen anderen Brief einhändigen. Sie kommen nicht hierher zurück, sondern gehen zu dem Haus Ihres Bruders in der Great Saffron Street. Dort wird ein Mann vor der Tür stehen, der einen langen Mantel trägt. Sie gehen dicht an ihm vorbei und stecken dieses Kuvert in seine Tasche – haben Sie mich verstanden?«

»Jawohl, ich habe mir alles genau gemerkt.«

»Dann gehen Sie, und Gott möge Sie beschützen«, sagte Poltavo fromm, als er diesen Brief abschickte, der den Herzog von Ambury in Schrecken und Verwirrung setzen würde.

Es war schon spät am Abend, als Federigo Freggetti die Great Saffron Street erreichte. Er eilte durch die verlassene Straße, bis er an das Haus seines Bruders kam. In der Nähe der engen Tür stand ein Mann, der auf jemanden zu warten schien. Federigo ging an ihm vorbei, tat so, als ob er strauchelte, entschuldigte sich und ließ dabei den Brief in die Tasche des anderen gleiten. Mit raschem Blick hatte er den Fremden als den Grafen Poltavo erkannt; auf der Straße war niemand zu sehen, und in dem Halbdunkel hätte selbst das schärfste Auge die Übergabe des Briefes nicht beobachten können. Poltavo ging langsam zum Ende der Straße, sprang in ein Mietauto, das dort auf ihn wartete, und erreichte sein Haus, nachdem er den Wagen noch öfter gewechselt hatte, ohne einem der vielen wachsamen Agenten von Scotland Yard in die Arme zu laufen. In seiner Wohnung öffnete er in höchster Spannung den Brief. Würde der Herzog von Ambury die große Summe zahlen, die er von ihm gefordert hatte? Und wenn dies nicht der Fall war, welchen Betrag würde er als Schweigegeld anbieten? Aber schon bei den ersten Worten, die er las, atmete er auf.

Ich bin bereit, die Summe zu zahlen, die Sie von mir verlangen, obgleich ich der Ansicht bin, daß Sie sich eines schweren Verbrechens schuldig machen. Und da Sie zu fürchten scheinen, daß ich Ihnen irgendeinen Streich spielen könnte, wird Ihnen das Geld durch einen alten Landarbeiter von meinem Gut in Lancashire überbracht werden, der nichts von der Sache weiß, die er vermitteln soll. Er wird Ihnen die Summe gegen Übergabe der Trauungsurkunde aushändigen. Wenn Sie einen Treffpunkt angeben, der all Ihren Anforderungen auf Entlegenheit und Sicherheit entspricht, so werde ich den Mann zu diesem Platz schicken, zu einer Zeit, die Sie bestimmen mögen.

Ein triumphierendes Lächeln zeigte sich auf Poltavos Zügen, als er den Brief zusammenfaltete.

»Nun ist es an der Zeit, daß wir uns trennen, Freund Farrington«, sagte er halblaut vor sich hin. »Ich brauche Sie nicht mehr. Der Wert Ihrer Bekanntschaft hat in dem Maße abgenommen, als mein Wunsch nach Freiheit erwacht ist. Fünfzigtausend Pfund«, wiederholte er mit Bewunderung und Freude. »Ernesto, du hast ein ungeahntes Glück! Ganz Europa steht dir offen, und du kannst dieses traurige England verlassen! Ich gratuliere dir, mein Freund!«

Die Frage, wo er den Boten treffen würde, war sehr wichtig. Obgleich er aus dem Brief ersah, daß sein Opfer unter allen Umständen den öffentlichen Skandal vermeiden wollte, mit dem Poltavo gedroht hatte, traute er dem Herzog doch nicht recht. Daß er einen alten Landarbeiter senden wollte, war eine gute Idee, aber wo konnte er mit ihm zusammenkommen? Als er Frank Doughton entführte, beabsichtigte er, ihn in ein kleines Haus zu bringen, das er im Osten Londons gemietet hatte. Die

Fahrt zu dem »geheimnisvollen Haus« war nur ein Scheinma-
növer, um den Verdacht auf Farrington zu leiten und die Poli-
zei von der wirklichen Spur abzulenken. Das Auto sollte nach
London zurückkehren, Frank Doughton, unter dem Einfluß eines
Betäubungsmittels willenlos gemacht, in das kleine Haus in
West-Ham gebracht und dort so lange zurückgehalten werden,
bis die Frist abgelaufen war, die Farrington als Termin für die
Hochzeit festgesetzt hatte.

Aber die Übergabe einer großen Geldsumme in diesem Haus
war eine ganz andere Sache. Es war ja möglich, daß die Polizei
das Haus umstellte. Um sicherzugehen, mußte er einen Platz im
Freien wählen, eine Stelle, die ihm einen klaren Überblick nach
jeder Seite hin ermöglichte.

Sollte er sich nicht noch einmal für Great Bradley entschei-
den? Das wäre in doppelter Hinsicht gut. Wieder fiel dann der
Verdacht auf das »geheimnisvolle Haus«, und er hatte dessen
Hilfsquellen zu seiner Unterstützung, wenn die Sache im letzten
Augenblick schiefgehen sollte. Er konnte ja im schlimmsten Falle
erklären, daß er das Geld für Farrington kassieren wolle.

Ja, Great Bradley und die öde, abschüssige Gegend im Süden
der Stadt wollte er wählen, und er traf alle Vorbereitungen in
diesem Sinne.

18

Drei Tage nach dem Austausch der Briefe ging Graf Poltavo in
dem groben Anzug eines Landedelmanns langsam über die
Hänge im Süden der Stadt bis zum höchsten Punkt, einem großen, sanft ansteigenden Hügel, von dessen Spitze aus man nach
jeder Richtung hin einen weiten Überblick hatte.

Der Himmel war bedeckt, und ein kühler Wind wehte. Man
konnte sicher sein, daß sich bei diesem Wetter keine Spaziergän-
ger in dieser Gegend aufhielten. Zu seiner Linken, halb verborgen durch die Hügelkette und einen graublauen Dunstschleier,
lag Great Bradley mit seinem regen industriellen Leben. Rechts
war die massige, häßliche Fassade des »geheimnisvollen Hauses«

zu sehen, die jedoch halb durch die umgebenden Baumgruppen verdeckt war. Daneben ragte ein Schornstein auf, aus dem dünne Rauchwolken zum Himmel aufstiegen. Hinter diesem lag das alte Maschinenhaus des verlassenen Bergwerks und rechts davon das hübsche, kleine Landhaus, aus dem Lady Constance Dex vor einer Woche so rätselhaft verschwunden war. Es war das Ziel vieler Neugieriger geworden.

Lady Constance Dex war nun schon seit neun Tagen verschwunden. Man hatte sich ihre unerwartete Abwesenheit auf verschiedene Weise zu erklären versucht. Die Polizei von Great Bradley hatte systematisch und mit großer Gründlichkeit alles durchsucht. Nur Mr. Smith und die wenigen Leute, die er in sein Vertrauen zog, waren davon überzeugt, daß sie sich nicht weit von Moor Cottage aufhalten konnte.

Graf Poltavo hatte sich mit einem sehr guten Feldstecher versehen und beobachtete nun sorgfältig alle Straßen, die zu seinem Standort führten. Ein Auto, das aus dieser Entfernung unheimlich klein aussah, fuhr die gewundene weiße Chaussee entlang, etwa zwei Meilen entfernt. Er hielt es im Brennpunkt seines Glases, als es einen Hügel in die Höhe fuhr, auf der anderen Seite wieder in das Tal hinunterglitt und schließlich in einer Staubwolke auf der Straße nach London entschwand. Dann entdeckte er plötzlich den Boten. Quer durch das hügelige Gelände kam die gebeugte Gestalt eines Mannes auf ihn zu, der ab und zu anhielt und sich umschaute, als ob er nicht recht wüßte, welche Richtung er einschlagen sollte. Poltavo hatte sich flach auf den Boden gelegt und sein Glas auf ihn gerichtet.

Er sah einen alten Mann mit weißem Bart und grauem Haar. Er trug einen handgewebten Anzug, keinen Kragen und hielt den Hut in der Hand. Sein Hemd war am Halse geöffnet, er hatte aber ein Halstuch umgebunden. Alle diese Einzelheiten konnte Poltavo durch seinen scharfen Feldstecher erkennen. Er war befriedigt.

Das war kein Mann, der ihn überlisten wollte. Poltavo hatte umfangreiche Vorsichtsmaßregeln getroffen. Auf den drei Wegen, die zu diesem Gelände führten, hatte er in gleichmäßiger Entfernung von seinem Standort drei Automobile aufgestellt. Er war auf alle möglichen Entwicklungen der Lage gefaßt. Wenn er fliehen mußte, konnte er ein Auto erreichen, welchen Weg er auch immer einschlagen mußte, und auf diese Weise konnte er einen großen Abstand zwischen sich und seine Verfolger bringen.

Der Mann kam näher. Poltavo prüfte ihn noch einmal hastig aus kurzer Entfernung und war zufrieden. Dann erhob er sich und ging dem Boten entgegen.

»Haben Sie einen Brief für mich?« fragte er.

Der Alte sah ihn argwöhnisch von der Seite an.

»Ihr Name?« fragte er rauh.

»Mein Name ist Poltavo«, sagte der Pole lächelnd.

Langsam faßte der Bote in seine Tasche und holte einen großen Briefumschlag hervor.

»Sie müssen mir aber erst etwas geben«, forderte er Poltavo auf.

Poltavo händigte ihm ein versiegeltes Paket ein und erhielt dafür den Brief.

Wieder blickte er den alten Mann lächelnd an. Abgesehen von dem langen weißen Bart und den grauen Haaren, die unter dem breitkrempigen Hut hervorquollen, hatte der Mann ein verhältnismäßig jugendliches Gesicht.

»Dies ist ein historischer Augenblick«, sagte Poltavo fröhlich. Er war in der glücklichsten Stimmung seines Lebens. Alle Hoffnungen, die sich an den Inhalt des Briefumschlages knüpften, der nun in seiner Tasche steckte, stiegen wieder vor seinem Geiste auf. »Nennen Sie mir doch Ihren Namen, lieber Freund, damit ich ihn behalte und gelegentlich einmal, nicht jetzt, auf Ihre Gesundheit trinken kann.«

»Mein Name ist T. B. Smith«, sagte der alte Mann langsam, »und ich verhafte Sie unter dem Verdacht der Erpressung.«

Poltavo sprang zur Seite. Sein Gesicht war aschgrau geworden. Er fuhr mit der Hand an seine Pistolentasche, aber bevor er seine Absicht ausführen konnte, hatte ihn der Detektiv gepackt. Zwei starke Arme, die hart wie Stahl zu sein schienen, ergriffen ihn, dann fiel er zu Boden, und Mr. Smith kniete auf ihm. Einen Augenblick war er durch den Schrecken wie gelähmt. Schnell nahm er sich wieder zusammen, aber es war schon zu spät, er fühlte etwas Hartes und Kaltes an seinen Handgelenken. Eine Hand packte ihn am Genick und riß ihn vom Boden auf, so daß er wieder auf seinen Füßen stand. Der Detektiv, dessen weißer Bart beim Kampf zerzaust worden war, machte eine komische Figur, aber Poltavo hatte jetzt keinen Sinn mehr für Humor.

»Habe ich Sie doch erwischt, mein Freund?« fragte Mr. Smith vergnügt, während er seine Verkleidung abnahm und die graue Schminke von seinem Gesicht abwischte.

»Es wird Ihnen schwerfallen, mir etwas zu beweisen«, sagte Poltavo herausfordernd. »Wir sind allein, Sie und ich – und mein Wort gilt ebensoviel wie das Ihre. Was nun den Herzog von Ambury betrifft –«

Mr. Smith lachte laut auf.

»Armer Mann«, erwiderte er nachsichtig, »es gibt überhaupt keinen Herzog von Ambury! Ich dachte mir, daß Sie im englischen Adel nicht Bescheid wüßten. Aber ich hätte nicht geglaubt, daß Sie so schnell in die Falle gehen würden. Die Herzogswürde von Ambury existiert seit zweihundert Jahren nicht mehr, der Titel wird nicht mehr verliehen. Die Briefe wurden von Ambury Castle an Sie adressiert – das ist eine kleine Vorstadtvilla in der Umgebung von Bolton, deren Miete etwa vierzig Pfund im Jahr beträgt. Wir Engländer haben doch eine größere Phantasie, als Sie uns zutrauen, mein lieber Graf«, fuhr er fort. »Sie spielt eine bedeutende Rolle bei den Namen, die unsere weniger bemittelten Mitbürger ihren Häusern geben.«

Er führte seinen Gefangenen quer durch das Hügelgelände.

»Was werden Sie mit mir anfangen?« fragte Poltavo.

»Ich bringe Sie zuerst zur Polizeistation in Great Bradley – von dort lasse ich Sie nach London überführen. Ich habe drei Haftbefehle für Sie, darunter zwei, die auf Ersuchen fremder Regierungen ausgestellt sind, aber ich glaube, die Leute müssen noch ein wenig warten, bis sie Sie wegen Ihrer alten Missetaten zur Rechenschaft ziehen können.«

Ihr Weg führte sie an Moor Cottage vorbei. Mr. Smith erwartete hier in einer Viertelstunde mehrere Polizeibeamte, denn er hatte seine Anordnungen genau auf die Minute getroffen.

Er öffnete die Haustür und schob seinen Gefangenen hinein.

»Wir wollen nicht in das Arbeitszimmer gehen«, sagte er lächelnd. »Vielleicht wissen Sie auch, daß unsere gemeinsame Freundin, Lady Constance Dex, unter ungewöhnlichen Umständen aus diesem Raum verschwunden ist. Da ich Sie aber unter allen Umständen in Gefangenschaft behalten möchte, wollen wir lieber das Wohnzimmer als vorübergehende Zelle wählen.«

Er öffnete die Tür zu dem kleinen Raum, in dem das Klavier stand, und wies mit der Hand auf einen der vielen bequemen Sessel.

»Nun, mein Freund, haben wir eine Gelegenheit, uns gegenseitig zu verständigen. Ich will Ihnen nicht verheimlichen, daß Sie einer sehr schweren Bestrafung entgegengehen. Ich weiß, daß Sie nur ein Agent sind und im Auftrag anderer Leute handeln, aber in diesem besonderen Fall gingen Sie auf eigene Faust vor. Sie haben die weitgehendsten Vorbereitungen getroffen, England zu verlassen.«

Poltavo lächelte.

»Da haben Sie recht«, gab er zu.

»Ich habe all Ihre schönen Koffer gesehen – sie sind wunderbar neu und mit feinen Etiketten versehen. Ich habe sie auch durchsucht.«

Poltavo hatte die Ellbogen auf die Knie gestützt und drehte mit den gefesselten Händen an seinem Schnurrbart.

»Gibt es denn keinen Weg, aus dieser ganzen Affäre wieder herauszukommen?«

»Sie können die Sache viel leichter für sich machen«, erwiderte der Detektiv ruhig.

»Auf welche Weise?«

»Wenn Sie mir alles sagen, was Sie von Farrington wissen, und wenn Sie mir alle Informationen über das ›geheimnisvolle Haus‹ geben, die Sie besitzen. Wo ist zum Beispiel Lady Constance Dex?«

Poltavo zuckte die Schultern.

»Sie ist am Leben, das kann ich Ihnen ja sagen. Ich erhielt einen Brief von Dr. Fall, in dem er mir so etwas andeutete. Ich weiß nicht, wie sie gefangengenommen wurde, auch kenne ich den genauen Sachverhalt nicht. Ich kann Ihnen nur sagen, daß sie wohlauf ist und gut versorgt wird. Farrington mußte sie in Sicherheit bringen – sie hat einmal nach ihm geschossen. Deshalb mußte er auch schneller verschwinden, als er ursprünglich beabsichtigte. Er wußte genau, daß sie weitere Gewaltmaßnahmen gegen ihn ergreifen würde. Über die innere Einrichtung des ›geheimnisvollen Hauses‹ weiß ich wenig oder gar nichts. Farrington ist natürlich –«

»Mit Montague Fallock identisch«, vollendete Mr. Smith. »Das wußte ich schon.«

»Was wollen Sie denn sonst noch von mir wissen?« fragte Poltavo erstaunt. »Ich bin selbstverständlich bereit, Ihnen alles zu sagen, wenn Sie mir die Sache leichtmachen wollen. Der Mann, der dort unter dem Namen Mr. Moole lebt, ist ein halbverrückter alter Landarbeiter, den Farrington vor einigen Jahren zu sich nahm, um ihn seinen Zwecken dienstbar zu machen. Er ist der Mann, der, ohne es zu wissen, als angeblicher Millionär in dem Hause wohnt und dessen Vermögen von Farrington zum Schein verwaltet wird. Das alles ist so arrangiert worden, um den Verdacht zu zerstreuen, der natürlich auf ein Haus fällt, das sonst niemand besucht. Die Bewohner genießen dadurch mehr Sicherheit und Schutz.«

»Das ist mir alles klar«, sagte Mr. Smith. »Es ist, wie Sie sagen, eine geniale Idee. Was wissen Sie von Dr. Fall?«

Poltavo zuckte die Schultern.

»Sie wissen ebensoviel von ihm wie ich. Es gibt aber doch vielleicht noch manche Dinge, die Sie nicht kennen«, fuhr er langsam fort. »Besonders eine Tatsache wäre von ungeheurem Wert für Sie. Sie werden Farrington niemals erwischen.«

»Darf ich fragen, warum?« Mr. Smith war sehr interessiert.

»Das ist mein Geheimnis«, erklärte der Pole, »und ich bin bereit, es Ihnen zu verkaufen.«

»Der Preis?« fragte der Detektiv nach einer Pause.

»Meine Freiheit. Ich werde das Geheimnis nur verraten, wenn Sie mich freilassen«, sagte Poltavo kühn. »Ich weiß, daß Sie großen Einfluß bei der Polizei haben und solche Dinge ermöglichen können, besonders, da noch keine Anklage gegen mich erhoben ist. Außerdem können Sie mich höchstens belangen, weil ich durch einen Trick Geld zu bekommen suchte – und auch das dürfte nur sehr schwer zu beweisen sein. Ich weiß wohl, daß Sie das in Abrede stellen, aber bedenken Sie, daß auch ich eine gewisse Kenntnis des Gesetzes und einige Erfahrungen mit englischen Gerichten habe. Ich fürchte mich nicht vor dem englischen Gesetz und nicht vor dem Urteil, das Ihre Richter über mich verhängen werden. Aber mir graut vor der Auslieferung und der Behandlung, die mir dann zuteil werden wird.« Er zitterte. »Nur weil ich die Auslieferung fürchte, mache ich Ihnen dieses Angebot. Bringen Sie alles für mich in Ordnung, und ich will Ihnen nicht nur das Geheimnis von Farringtons Fluchtplan verraten, sondern Ihnen auch eine vollständige Liste seiner Agenten geben, die Sie sonst nirgends finden werden. Während meines Aufenthaltes in dem ›geheimnisvollen Haus‹ war ich vom Morgen bis zum Abend hauptsächlich damit beschäftigt, die Namen und Adressen dieser Leute auswendig zu lernen.«

Mr. Smith sah ihn nachdenklich an.

»Ihr Vorschlag ist nicht ohne weiteres abzulehnen«, meinte er dann. »Aber ich muß einen Augenblick darüber nachdenken.« Er hörte ein Geräusch auf der Straße und zog den Vorhang beiseite. Ein Wagen war draußen vorgefahren, und einige Beamte von Scotland Yard stiegen aus, unter denen er Ela erkannte.

»Ich werde Sie kurze Zeit hier einschließen, während ich mit meinen Freunden berate.«

Mr. Smith ging hinaus, schloß die Tür von außen ab und steckte den Schlüssel in die Tasche. Draußen traf er Ela.

»Haben Sie ihn?«

»Ja, ich habe ihn gefangen – ich hoffe sogar, die ganze Bande jetzt in meiner Hand zu haben.«

»Und das ›geheimnisvolle Haus‹?«

»Auch das. Es hängt jetzt alles davon ab, was wir mit Poltavo machen. Wenn wir es vermeiden können, ihn vor ein Gericht zu stellen, kann ich diese Verbrecherbande, diese ganze große Organisation, mit einemmal vernichten. Ich weiß, es geht gegen das Gesetz, aber schließlich liegt es im Interesse der öffentlichen Ordnung und des Gesetzes selbst. Wieviel Mann haben wir zur Verfügung?«

»Zur Zeit sind etwa hundertfünfzig Leute in Great Bradley. Die Hälfte davon ist dort stationiert, die andere wird von unseren eigenen Beamten gestellt.«

»Senden Sie einen Mann mit dem Befehl hin, daß sie das ›geheimnisvolle Haus‹ umstellen sollen. Niemand darf das Gebäude verlassen. Alle ankommenden oder abfahrenden Wagen und Autos sind anzuhalten. Vor allem darf kein Wagen aus Great Bradley heraus, bevor seine Insassen nicht aufs genaueste durchsucht worden sind. – Was ist denn das?« Er wandte sich schnell um.

Ein unterdrückter Schrei, der aus dem Hause kam, hatte ihre Unterhaltung unterbrochen.

»Rasch!« rief Mr. Smith.

Er eilte hinein, erreichte die Tür des Wohnzimmers, in dem er den Gefangenen zurückgelassen hatte, schloß mit fester Hand auf und riß die Tür auf.

Der Raum war leer!

19

Farrington hatte sich mit Dr. Fall in dem Büro des letzteren eingeschlossen. Es war ein Ereignis eingetreten, das dem Arzt, den kaum etwas aus der Fassung bringen konnte, doch Sorgen bereitete. Düstere Falten lagen auf seiner Stirn. Farringtons Gesicht war vor Wut verzerrt.

»Sind Sie dessen auch ganz sicher?« fragte er.

»Ganz sicher«, erwiderte Dr. Fall kurz. »Er hat alle Vorbereitungen getroffen, um London zu verlassen. Seine Koffer sind gestern abend vom Charing-Cross-Bahnhof nach Paris geschickt worden. Sein Haus ist vermietet – die Miete hat er sich im voraus zahlen lassen. Seine Möbel sind so gut wie verkauft. Es unterliegt keinem Zweifel, daß er uns betrogen hat.«

»Er sollte es wagen!« stieß Farrington atemlos hervor. Die Adern auf seiner Stirn schwollen an, und nur mit größter Anstrengung unterdrückte er seine leidenschaftliche Aufwallung.

»Ich habe diesen Kerl aus dem Rinnstein aufgelesen; ich habe diesem verhungerten Hund erst eine Existenz geschaffen; ich habe ihm noch eine Chance gegeben, als er sein Leben schon verspielt hatte ... Ich kann nicht daran glauben, daß er so kühn war!«

»Diese Art von Verbrechern nimmt sich alles heraus«, sagte Dr. Fall gelassen. »Sie sehen, er ist ein ganz abscheulicher Vertreter seiner Rasse – er besitzt ihre aalglatte Gewandtheit, ihre Hinterlist und ihre rücksichtslose Energie. Er würde Sie verraten, er würde seinen eigenen Bruder preisgeben. Hat er nicht seinen Vater – vielmehr seinen angeblichen Vater – seinerzeit niedergeschossen? Ich bat Sie gleich, ihm nicht zu trauen, Farrington. Wenn es nach mir gegangen wäre, hätte er das Haus überhaupt nicht mehr verlassen.«

»Um Doris' willen habe ich ihn gehen lassen. Ja, ja«, fuhr er fort, als er den überraschten Blick in den Augen Dr. Falls sah. »Ich brauchte jemand, der Angst vor mir hatte und meine Pläne in dieser Richtung förderte. Die Heirat war notwendig.«

»Sie haben ein wenig sentimental gehandelt, wenn ich meine Meinung sagen darf.«

»Ich will Ihre Meinung nicht hören«, fuhr Farrington auf. »Sie werden niemals begreifen, was ich für dieses Kind empfinde. Ich nahm sie nach dem Tod ihres Vaters zu mir, der einer meiner besten Freunde war. Ich gestehe, daß mich in der ersten Zeit der Gedanke reizte, mir ihr Vermögen anzueignen. Aber als die Jahre vergingen, wurde sie mir immer lieber – sie trug einen neuen und schönen Einfluß in mein Leben, Fall. Es war ein Gefühl, das meinem Dasein bis dahin fremd geblieben war. Ich liebte Doris, und ich liebte sie mehr als Geld oder Macht – und das will viel heißen. Ich wollte alles tun, was zu ihrem Vorteil war, und als meine Spekulationen fehlschlugen und ich mir Geld von ihrem Vermögen lieh, zweifelte ich niemals daran, es mit der Zeit zurückzahlen zu können. Als alles Geld verbraucht war« – er sprach ganz leise – »und ich vor der Tatsache stand, daß ich das einzige menschliche Wesen in der Welt, das ich liebte, finanziell ruiniert hatte, entschloß ich mich zu einem Schritt, den ich von allen meinen Verbrechen am meisten bedauert habe. Ich räumte George Doughton aus dem Weg, um Doris mit dem Erben der Tollington-Millionen verheiraten zu können. Denn ich wußte seit langem, daß Doughton der Mann war, den wir suchten. Ich tötete ihn«, sagte er trotzig, »um der Frau seines Sohnes willen. Es ist eine Ironie des Schicksals!«

Er lachte rauh.

»Poltavo ließ ich gehen, weil ich ihn brauchte, um meine Pläne im Hinblick auf Doris zu fördern. Daß er in dieser Beziehung nichts taugte und wir schlechte Erfahrungen mit ihm gemacht haben, tut nichts zur Sache. Doris ist nun glücklich verheiratet«, sagte er mit Befriedigung. »Wenn sie ihren Gatten auch jetzt noch nicht liebt, so wird sie ihn doch später lieben lernen. Sie achtet Frank Doughton, und jeder Tag wird ihr Zugehörigkeitsgefühl zu ihm stärken, und daraus wird allmählich ihre Liebe erwachsen. Ich kenne Doris, ihre geheimen Gedanken und Wünsche. Sie wird mich vergessen –« Seine Stimme zitterte. »Gott gebe, daß sie mich wirklich vergißt!« Er änderte das Thema schnell. »Haben Sie heute morgen eine Nachricht von Poltavo bekommen?«

»Nichts Besonderes. Er hat sich mit dem einen oder anderen Agenten in Verbindung gesetzt und die üblichen Briefe geschrieben. Unser Mann, der ihn überwacht, sagt aber, daß er eine große Sache vorhat, von der er uns nicht unterrichtet hat.«

»Wenn er uns wirklich betrügt –«

»Was könnten Sie dann tun?« fragte Dr. Fall ruhig. »Er ist jetzt nicht mehr in unserer Hand.«

Ein leises Summen kam aus der einen Ecke des Raumes.

Der Arzt wandte sich bestürzt an Farrington.

»Vom Signalturm – was mag das sein?«

Hoch über dem Haus erhob sich ein viereckiger einzelner Turm, in dem Tag und Nacht ein Wachtposten stationiert war. Fall ging ans Telefon und nahm den Hörer ab. Er sprach einige Worte und horchte dann. Schließlich hängte er wieder an und berichtete.

»Poltavo ist in Great Bradley. Einer unserer Leute hat ihn gesehen und es hierher signalisiert.«

»In Great Bradley?« Farrington kniff die Augen zusammen. »Was tut er denn hier?«

»Was hatte er neulich in seinem Wagen hier zu schaffen, als er

Frank Doughton entführte?« fragte Dr. Fall. »Er wollte damit doch nur den Verdacht auf uns lenken, das ist ganz klar.«

Wieder summte es leise, und wieder führte Dr. Fall mit gedämpfter Stimme ein Gespräch mit dem Wachtposten auf dem Turm.

»Poltavo befindet sich auf dem Hügelgelände südlich der Stadt«, wandte er sich dann an Farrington. »Er ist offenbar dorthin gekommen, um jemanden zu treffen. Der Posten sagt, daß er ihn vom Turm aus mit seinem Fernglas sehen kann. Er beobachtet auch einen Mann, der auf ihn zukommt.«

»Wir wollen selbst nach oben gehen«, erwiderte Farrington.

Sie verließen das Zimmer, traten in einen anderen Raum und öffneten dort die Tür eines scheinbaren Schrankes, die aber in Wirklichkeit zu einem der unzähligen Fahrstühle führte, mit denen das Haus versehen und zu deren Inbetriebsetzung das große Kraftwerk notwendig war.

Sie gingen in die Kabine und erreichten ein paar Sekunden später das Innere des Turmes, von dessen oberstem Gemach aus man durch zahlreiche Fenster und Teleskope einen vollkommenen Rundblick über die Umgebung des »geheimnisvollen Hauses« hatte. Einer der ausländischen Arbeiter, die Farrington angestellt hatte, beobachtete das entfernt liegende Hügelgelände durch ein großes Fernglas, das auf einem Dreifuß montiert war.

»Sehen Sie, dort ist er«, sagte der Mann.

Farrington schaute selbst durch das Glas. Es war zweifellos Poltavo. Aber wer mochte der alte Mann sein, der gebückt daherkam und dessen weißer, langer Bart vom Winde zerzaust wurde?

Dr. Fall suchte die Gegend mit einem anderen großen Fernglas ab.

»Es wird der Vermittler sein«, meinte Farrington schließlich.

Sie beobachteten die Begegnung und den Austausch der Briefe. Farrington stieß einen Fluch aus. Aber plötzlich sah er, daß der Fremde auf Poltavo zusprang und daß die beiden auf dem Boden miteinander rangen. Als die Handschellen aufblitzten, wandte er sein bleiches Gesicht Dr. Fall zu.

»Mein Gott«, sagte er leise, »er ist in eine Falle gegangen!«

Sie sahen sich ein paar Augenblicke schweigend an.

»Wird er uns verraten?« Farrington sprach den Gedanken des anderen aus.

»Er wird soviel wie möglich verraten. Wir müssen sehen, was sich weiter ereignet. Wenn sie ihn in die Stadt mitnehmen, sind wir verloren.«

»Ist irgend etwas von der Polizei zu sehen?« fragte Farrington.

Sie suchten den Horizont ab, konnten aber nichts entdecken. Sie beobachteten Mr. Smith, der mit seinem Gefangenen langsam über das Hügelgelände kam.

»Sie gehen zu dem kleinen Sommerhaus«, rief Dr. Fall plötzlich.

»Unmöglich!« erwiderte Farrington, aber in seinen Augen blitzte Hoffnung auf.

»Sie gehen tatsächlich nach Moor Cottage«, sagte Dr. Fall. »Wir müssen schnell handeln!«

Im nächsten Augenblick waren die beiden wieder in dem Fahrstuhl und hielten erst an, als sie ganz unten angekommen waren.

»Haben Sie eine Pistole bei sich?« fragte Farrington.

Fall nickte.

Sie verließen die Fahrstuhlkabine und eilten einen gewölbten Gang entlang. In gewissen Abständen brannten Lampen in Nischen. Sie kamen an einer Tür vorbei, die an der linken Seite in die starke Mauer eingelassen war.

»Wir müssen sie hier herausbringen, wenn es notwendig ist«, sagte Farrington leise. »Sie macht uns doch keine Schwierigkeiten?«

»Sie ist eine sehr ruhige Gefangene.«

Am Ende des langen Ganges befand sich eine schwere eiserne Tür. Fall schloß sie auf, und sie traten in einen dunklen Raum. Dr. Fall drehte den Lichtschalter an. Es war ein kleines Zimmer ohne Fenster, das indirekt beleuchtet wurde. In einer Ecke war eine graugestrichene, eiserne Schiebetür zu sehen. Dr. Fall schob sie geräuschlos beiseite, und ein anderer Fahrstuhl wurde sichtbar. Die beiden gingen hinein, und der Fahrstuhl sank und sank, als ob er niemals auf Grund kommen würde. Aber schließlich hielt er doch an, und die Männer traten in einen aus dem Felsen gehauenen Gang.

Es war leicht zu erkennen, daß es einer der alten Stollen des Bergwerks war, das nicht mehr benutzt wurde und über dem das Haus errichtet war. Fall tastete nach dem Schalter, und gleich darauf strahlte helles Licht auf.

Auf den Schienen, die den Gang entlangliefen bis zu einer Stelle, die sie von ihrem Standpunkt aus nicht sehen konnten, stand ein kleiner Wagen, der durch elektrischen Antrieb bewegt werden konnte. Eine dritte Schiene führte den Strom zu.

Farrington stieg ein, und Dr. Fall folgte ihm. Bläuliche Funken knisterten auf der mittleren Schiene, als der kleine Wagen in Bewegung gesetzt wurde. Bald war er in voller Fahrt.

In den Kurven verlangsamten sie die Geschwindigkeit – wenn sie lange Strecken vor sich hatten, fuhren sie schneller. Nach fünf Minuten stellte Farrington den Strom ab und zog die Bremsen an. Sie stiegen in einem großen Raume aus, der ähnlich dem war, von dem sie abgefahren waren. Auch hier war wieder ein Fahrstuhl eingebaut, der sie in die Höhe brachte.

»Wir wollen langsam fahren«, flüsterte Dr. Fall Farrington ins Ohr. »Es hat keinen Zweck, Geräusche zu verursachen und Verdacht zu erregen. Wir dürfen nicht vergessen, daß wir es jetzt mit Mr. Smith zu tun haben.«

Farrington nickte, und plötzlich stand der Fahrstuhl von selbst still. Sie machten keinen Versuch, die Tür zu öffnen. Sie konnten Stimmen hören: Mr. Smith und Poltavo unterhielten sich miteinander. In diesem Augenblick sprach der Pole.

Er erbot sich, alles zu verraten. Die beiden waren im Dunkeln Zeugen seiner Hinterlist. Sie hörten auch, daß das Auto ankam und daß sich der Detektiv entfernte. Eine Tür schlug zu, und ein Schlüssel drehte sich im Schloß. Dr. Fall trat einen Schritt vorwärts, drückte eine Feder in dem Holzwerk, vor dem er stand, und eins der Paneele glitt lautlos zur Seite.

Poltavo sah die beiden nicht, bis sie vor ihm standen. Als er dann in ihre haßerfüllten Gesichter blickte, wußte er, welches Schicksal ihn erwartete.

»Was wollen Sie?« flüsterte er kaum vernehmlich.

»Seien Sie ruhig«, sagte Farrington leise, »oder Sie sind ein toter Mann.« Er hielt ihm die Spitze eines Messers an die Kehle.

»Wohin bringen Sie mich?« fragte Poltavo, der totenbleich geworden war und von Kopf bis Fuß zitterte.

»Dahin, wo Sie möglichst wenig Gelegenheit haben, uns zu verraten«, erwiderte Dr. Fall.

Ein höhnisches Lächeln zeigte sich auf seinen Zügen. Poltavo, der ahnte, was ihm jenseits des Tunnels bevorstand, vergaß das Messer an seiner Kehle und schrie.

Starke Hände packten ihn und unterdrückten den Schrei. Poltavo fühlte einen Schlag hinter dem Ohr und verlor das Bewußtsein. Als er wieder zu sich kam, befand er sich auf dem kleinen elektrischen Wagen, der den alten Bergwerksstollen entlangfuhr. Er lag halb auf dem Boden, halb stützte er sich gegen Dr. Falls Knie. Er machte keinen Versuch, sich zu bewegen. Es wurde kein Wort gesprochen, als sie ihn aus dem Wagen zerrten, in einen anderen Fahrstuhl brachten und nach oben fuhren. Schließlich standen sie wieder in dem kleinen Zimmer am Ende des Ganges, der unter dem »geheimnisvollen Haus« entlanglief.

Eine Tür wurde geöffnet, und Poltavo wurde hineingestoßen. Er hörte, daß sich die Stahltür hinter ihm schloß. Als der Raum erhellt worden war, erkannte er, daß er sich in seinem früheren Gefängnis befand.

Dort standen der Tisch und der schwere Stuhl, in der Ecke war der verschlossene Eingang zu dem anderen Fahrstuhl. Immerhin war er jetzt nicht mehr in den Händen der Polizei, das war sein erster Gedanke, der ihn in gewisser Weise beruhigte. Er war hier allerdings auch nur so lange sicher, als es Farrington und seinem Freund gut dünkte. Was würden sie mit ihm beginnen? Wie konnte er sich entschuldigen? Sie hatten seine Unterhaltung mit dem Detektiv angehört, dessen war er sicher. Er ärgerte sich über seine Torheit. Er hätte nicht nach Moor Cottage gehen sollen. Es lag etwas Unheimliches über diesem Platz. Aber Mr. Smith hätte das doch besser wissen sollen als er. Warum hatte er ihn allein gelassen?

Diese und tausend andere Fragen schossen ihm durch den

Kopf, als er unruhig in dem gewölbten Raum auf und ab ging. Diesmal hatten sie keine Eile, ihn mit Nahrung zu versorgen. Er hatte fast vergessen, welche Zeit es war. In diesem unterirdischen Gewölbe, in das kein Sonnenstrahl drang, war es ja auch gleich, ob es Tag oder Nacht war. Sie hatten ihm nicht einmal die Handschellen abgenommen. Würden sie nun kommen und ihn davon befreien? Was hatten sie mit ihm vor? Er fühlte sorgfältig an seinen Taschen entlang. Mr. Smith hatte ihm die einzige Waffe genommen, die er mit sich führte. Zum erstenmal seit vielen Jahren war Poltavo unbewaffnet.

Sein Herz schlug zum Zerspringen, und er atmete schwer. Eine entsetzliche Angst packte ihn. Er wandte sich nach der Wand und wollte die Tür suchen, durch die er hereingekommen war, aber zu seinem größten Erstaunen war sie nicht zu finden. So weit er sehen konnte, lief die Steinwand ohne Unterbrechung von einem Ende des Raumes zum anderen. Entfliehen konnte er nicht, er mußte geduldig warten, bis er ihre Pläne entdeckte. Er zweifelte nicht daran, daß es ihm schlechtgehen würde, denn er hatte jedes Recht auf ihr Vertrauen verwirkt. Aber wenn das die einzige Folge seines Verhaltens gewesen wäre, hätte ihn das wenig gekümmert. Er hatte sich Dr. Fall gegenüber gerühmt, daß er schon in sehr schwierigen Lagen gewesen war und dem Tod in manchen merkwürdigen und schrecklichen Situationen ins Auge gesehen hatte, aber die Überzeugung, daß er einem unvermeidlichen Schicksal nicht entgehen konnte, war noch nie so stark in ihm aufgetaucht wie diesmal. Denn er lag im Keller des »geheimnisvollen Hauses«, von hundert geheimen Kräften bewacht.

Es blieb ihm nur die schwache Hoffnung, daß Mr. Smith entdecken würde, auf welche Weise er aus dem Raum in Moor Cottage entführt worden war, und ihm bis hierher folgen würde.

Offenbar befürchteten die Bewohner des »geheimnisvollen Hauses« dasselbe, denn selbst hier in der Stille des unterirdischen Gefängnisses konnte Poltavo sonderbare Geräusche hören. Es polterte und knirschte, als ob die Konstruktion des ganzen Hauses von Grund auf geändert würde.

Er brauchte nicht lange zu warten. Der Fahrstuhl in der Ecke des Raumes kam schnell herunter, und Dr. Fall trat ein.

»Mr. Smith ist im Haus«, sagte er. »Er nimmt eine Durchsuchung vor. In einigen Augenblicken wird er hier unten sein. Unter diesen Umständen muß ich Ihnen allerdings eins der Geheimnisse dieses Hauses verraten.« Er packte ihn heftig am Arm und führte ihn halb, halb zerrte er ihn in eine Ecke des Zimmers. Da Poltavo gefesselt war, konnte er keinen Widerstand leisten. Scheinbar berührte Dr. Fall nur einen Teil der Wand, aber er mußte entweder mit der Hand oder mit dem Fuß auf eine starke Feder gedrückt haben, denn ein Teil der Steinwand schwang nach rückwärts und enthüllte eine dunkle Öffnung.

»Gehen Sie hier hinein«, sagte Dr. Fall und stieß ihn ins Dunkle.

Wenige Augenblicke später betrat Mr. Smith in Begleitung dreier Detektive den Raum, den Poltavo eben verlassen hatte, aber er konnte keine Spur von dem Gefangenen finden, der hier geweilt hatte.

Poltavo mußte im Dunkeln warten. Er befand sich in einem kleinen, zellenartigen Raum, der offenbar nur den einen Eingang hatte, durch den er gekommen war.

Er konnte allerdings unbehindert atmen, denn das Entlüftungssystem in den Kellerräumen war großartig und genial angelegt.

Die zwanzig Minuten, die er allein blieb, erschienen ihm wie Stunden. Endlich öffnete sich die Tür wieder, und er wurde herausgerufen.

Farrington war jetzt in dem Raum. Er war von Dr. Fall, seinem treuen Assistenten, und dem einäugigen Italiener begleitet. Poltavo erinnerte sich, daß er diesen Mann im Kraftwerk gesehen hatte, als man ihm eines Tages erlaubte, die Anlage zu besichtigen.

Der Raum sah etwas verändert aus. Poltavo war so nervös, daß er das sofort wahrnahm. Der Tisch war zurückgezogen, so daß der auf dem Boden befestigte Stuhl frei stand.

Er hatte sich schon das erstemal über die schweren Schrauben gewundert, die ihn festhielten. Dr. Fall und der Italiener packten ihn derb, führten ihn quer durch den Raum und stießen ihn auf den Stuhl.

»Was haben Sie vor?« fragte Poltavo totenbleich.

»Das werden Sie gleich sehen.«

Sie nahmen ihm die Handfesseln ab und schnallten ihn geschickt an den Stuhl. Seine Handgelenke und Ellenbogen wurden an den Armlehnen, seine Schenkel an den Beinen des massiven Möbels befestigt.

Poltavo sah Farrington vor sich stehen. Das Gesicht des großen Mannes war erstarrt wie eine Maske. Kein Muskel bewegte sich darin, die Augen waren fest auf den Verräter gerichtet. Dr. Fall kniete nieder, und Poltavo hörte, wie Tuch zerrissen wurde.

Er hatte jedes seiner beiden Hosenbeine aufgerissen.

»Soll das Ganze ein Scherz sein?« fragte Poltavo mit einer verzweifelten Anstrengung, seine Furcht zu überwinden.

Aber er erhielt keine Antwort.

Er beobachtete seine Kerkermeister mit wachsendem Entsetzen. Was war der Sinn all dieser Vorbereitungen? Die beiden Männer, die sich an dem Stuhl zu schaffen machten, hoben merkwürdig aussehende Gegenstände vom Boden auf und befestigten sie an jedem seiner Handgelenke. Er fühlte die kalte Oberfläche einer Metallplatte, die sich gegen seine Haut drückte. Noch war er sich nicht über die Gefahr klar, in der er schwebte, noch ahnte er nichts von dem grausamen Entschluß der beiden Männer, deren Geheimnis er hatte verraten wollen.

»Mr. Farrington«, wandte er sich bittend an den großen Mann, »wir wollen uns doch verständigen. Ich habe verloren.«

»Das stimmt«, erwiderte Farrington. Es waren seine ersten Worte.

»Geben Sie mir genug Geld, daß ich das Land verlassen kann, nur das Geld, das ich in der Tasche habe, und ich verspreche Ihnen, daß ich Ihnen nie wieder Schwierigkeiten bereiten werde.«

»Mein Freund, ich habe Ihnen nur zu lange getraut. Sie haben sich mir aufgedrängt, als ich Sie nicht wünschte, Sie haben meine Pläne bei allen möglichen Gelegenheiten durchkreuzt, Sie haben mich betrogen, wann es Ihnen nur möglich war oder wann sich Ihnen ein Vorteil dadurch bot. Ich bin fest entschlossen, Ihnen jede Möglichkeit zu nehmen, mir noch einmal zu schaden.«

»Was soll denn dieses Theater bedeuten?« fragte Poltavo. Blinde Furcht und Wut kämpften in ihm.

Jetzt erst entdeckte er, daß die sonderbaren Klammern an seinen Handgelenken durch dicke, grüne Schnüre mit einem Kontakt in der Wand verbunden waren. Er stieß einen entsetzten Schrei aus, als er das sah, und nun wurde ihm der schreckliche Ernst seiner Lage plötzlich klar.

»Mein Gott!« schrie er. »Sie wollen mich doch nicht umbringen?!«

Farrington nickte langsam.

»Ja, wir werden Sie schmerzlos töten, Poltavo. Wenn wir weiterleben wollen, müssen Sie sterben. Wir werden Ihnen keine unnötigen Qualen bereiten, aber das Abenteuer Ihres Lebens ist nun zu Ende, mein Freund.«

»Sie werden mich doch nicht durch elektrischen Strom töten?« stöhnte der Mann in dem Stuhl. Seine Stimme war heiser und krächzend geworden. »Sagen Sie doch, daß es nicht wahr ist — sagen Sie, daß Sie mich nicht hinrichten wollen, Farrington! Geben Sie mir doch die Möglichkeit, zu leben — machen Sie mit mir, was Sie wollen, übergeben Sie mich der Polizei! Alles andere, nur das nicht, Farrington, nur das nicht!«

Farrington gab einen kleinen Wink, Dr. Fall ging zur Wand und legte seine Hand auf einen großen, schwarzen Schalter.

»Ich verrate Sie nicht ...« Poltavos Stimme klang hohl. »Geben Sie mir doch die Möglichkeit ... Ich werde ihnen nicht sagen — daß Sie —«

Dann verstummte er plötzlich, denn der schwarze Schalter hatte sich umgedreht, und der Tod kam mit blitzartiger Schnelligkeit über Poltavo.

Die drei Männer beobachteten die Gestalt. Man sah noch ein leises Zittern in den Händen, dann nickte Farrington, und der Arzt drehte den Schalter wieder ab.

Schnell lösten sie alle Fesseln, und der bewegungslose Körper glitt von dem Stuhl herunter.

So starb Ernesto Poltavo, ein Abenteurer und ein Schurke, in der Blüte seines Lebens.

Farrington schaute mit düsteren Blicken auf die Leiche. Er

wollte eben etwas sagen, als plötzlich eine scharfe Stimme hinter ihm erklang.

»Hände hoch!«

Die steinerne Tür, durch die Poltavo vom Korridor zu seiner Richtstätte gebracht worden war, stand weit offen, und im Eingang stand Mr. Smith, dicht hinter ihm tauchte Ela auf. Eine Pistole blitzte in der Hand des Detektivs auf.

20

Die Durchsuchung des »geheimnisvollen Hauses« hatte Mr. Smith nicht zufriedengestellt. Er hatte allerdings auch nicht erwartet, brauchbare Anhaltspunkte zu finden. Er war sich völlig darüber klar, daß diese kühnen Männer alle Spuren ihrer Verbrechen verwischt hatten.

»Was wollen wir nun machen?« fragte Ela, als sie das Haus wieder verließen.

»Sofort zurück nach Moor Cottage«, entgegnete Mr. Smith, als er in das Auto stieg. »Ich bin sicher, daß wir eine große Entdeckung machen werden. Sicher führt von dort irgendein unterirdischer Gang hierher. Auf diesem Weg sind Lady Constance und Poltavo fortgebracht worden. Wenn es notwendig ist, werde ich alle Holztäfelungen in den beiden Zimmern des Erdgeschosses zertrümmern! Ich muß den geheimen Gang zu Mr. Farringtons Haus finden.«

Eine halbe Stunde lang durchforschten sie den Raum, aus dem Poltavo verschwunden war. Sie bohrten die hölzernen Täfelungen an und untersuchten jedes einzelne Paneel.

Dabei machten sie die Entdeckung, daß die eichenen Paneele mit Stahlplatten festgeschraubt waren.

»Es ist ein hoffnungsloses Unternehmen. Wir müssen Handwerker haben, die die Platten entfernen können«, sagte Mr. Smith.

In Gedanken hatte er das kleine Medaillon wieder aus der Tasche genommen und geöffnet.

»Es ist doch zu absurd.« Er lachte hilflos. »In diesen einfachen

Worten liegt nun die Lösung, und doch können wir klugen Leute von Scotland Yard sie nicht finden . . .«

»Gott schütz dem Kenig!« sagte Ela traurig. »Ich möchte nur wissen, wie uns das helfen sollte.«

Plötzlich zeigte Mr. Smith auf das Klavier. Er eilte zu dem Instrument, hob den Deckel auf und schlug einen Akkord an. Der Ton klang etwas dürftig, das Klavier schien seit langer Zeit nicht mehr gestimmt worden zu sein.

»Ich werde einmal ›Gott schütze den König‹ spielen!« rief Mr. Smith mit glänzenden Augen. »Ich glaube, dann wird sich etwas ereignen.«

Langsam spielte er die bekannte Weise von Anfang bis zu Ende und schaute dann auf.

»Versuchen Sie es noch einmal in einer anderen Tonart«, riet Ela. Wieder spielte Mr. Smith die Nationalhymne. Als er fast zu Ende war, knackte plötzlich die Wand. Er sprang auf. Eins der langen Paneele hatte sich geöffnet. Einen Augenblick sahen sich die beiden Männer an. Sie waren allein in dem Haus, obwohl eine Polizeiwache in Rufweite stand. Die anderen Polizeitruppen waren in der Nähe des »geheimnisvollen Hauses« zusammengezogen.

Mr. Smith drehte seine unentbehrliche Taschenlampe an und drang in die dunkle Öffnung vor.

»Ich werde einmal allein hineingehen und sehen, was geschieht.«

»Ich glaube, es ist besser, wir gehen zusammen«, erwiderte Ela grimmig.

»Hier ist ein elektrischer Schalter.«

Mr. Smith drehte daran, und eine elektrische Lampe leuchtete im Innern einer kleinen Liftkabine auf.

»Hier befinden sich wahrscheinlich die notwendigen Knöpfe – wir wollen einmal diesen versuchen.«

Er drückte auf einen Knopf, und der Fahrstuhl begann sich zu senken. Nach einer Weile hielt er an, und die beiden traten hinaus.

»Dies ist ein Teil des alten Bergwerks«, erklärte Smith. »Wirklich eine geniale Idee.«

Er leuchtete mit seiner Lampe die Wände des Stollens ab, um die elektrischen Schalter zu finden. Er fand sie auch, und im nächsten Augenblick war der Stollen hell erleuchtet.

»Teufel noch einmal! Sogar eine unterirdische Trambahn haben sie sich eingerichtet! Sehen Sie doch einmal her!« rief er mit Bewunderung.

Auf der kleinen Endstation befanden sich zwei Geleise mit einer Weiche, und ein Wagen schien auf sie zu warten. Ein paar Minuten später hatten Mr. Smith und sein Assistent das andere Ende des unterirdischen Ganges erreicht. Sie fanden auch den zweiten Fahrstuhl.

»Das hätten wir geschafft. Sie haben alles elektrisch eingerichtet. Ich dachte mir schon, daß das große Kraftwerk Farringtons einem ganz besonderen Zweck dienen müsse. Nun sehe ich, wieviel Strom sie brauchen. Treten Sie vorsichtig in den Fahrstuhl, und merken Sie sich genau, welchen Weg wir machen. Ich nehme an, daß wir uns jetzt etwas mehr als dreißig Meter unter der Erdoberfläche befinden. Schätzen Sie es einmal oberflächlich, wenn wir nach oben fahren.«

Er drückte auf einen Knopf, und der Fahrstuhl glitt aufwärts. Oben traten sie in dem kleinen Zimmer hinaus und fanden die Tür zu dem langen Gang.

»Das sieht so aus, als ob hier ein Zimmer oder ein größerer Raum dahinter läge«, meinte Mr. Smith, als er vor einer mit roter Farbe gestrichenen Tür stand, die in eine der dicken Wände eingelassen war. Er lehnte sich dagegen, aber sie bewegte sich nicht. Sie untersuchten die ganze Umgebung, konnten aber kein Schlüsselloch finden.

»Die Tür scheint durch irgendeine geheimnisvolle Feder oder einen Schalter in Bewegung gesetzt zu werden, oder sie bewegt sich überhaupt nicht«, flüsterte er Ela zu.

»Wenn sie durch eine Feder bewegt wird, werde ich sie schon herausfinden.« Elas Hand tastete über die Oberfläche der Tür, und plötzlich hielt er an.

»Hier ist eine Öffnung, die etwas größer ist als ein Nadelöhr.« Er nahm ein Universalmesser mit vielen Klingen aus der Tasche und bog eine Stahlnadel heraus. »Pfeifenreiniger sind manchmal auch zu anderen Dingen nütze«, sagte er und drückte den langen, dünnen Stab in die Öffnung. Plötzlich öffnete sich die Tür geräuschlos.

Mr. Smith war der erste, der mit dem Revolver in der Hand in den Raum trat. Er befand sich in einem Zimmer, das keineswegs das Aussehen eines Gefängnisses hatte, selbst wenn es diesem Zweck dienen sollte. Die Wände waren mit kostbaren Brokatstoffen bespannt, der Teppich war dick und weich, und die Möbel zeugten von künstlerischem Geschmack.

»Lady Constance«, rief Mr. Smith überrascht.

Eine Frau, die neben einer Leselampe saß, erhob sich schnell und sah den Detektiv verwirrt an.

»Mr. Smith!« Sie eilte auf ihn zu. »Gott sein Dank, daß Sie gekommen sind!«

Sie ergriff seine beiden Hände und weinte fast vor Freude. Sie sprach unzusammenhängende Worte, erzählte von ihrer Gefangennahme, ihrer Furcht, ihrer Dankbarkeit für ihre Rettung.

»Setzen Sie sich, Lady Constance«, sagte Mr. Smith freundlich. »Versuchen Sie Ihre Gedanken zu ordnen – haben Sie Poltavo gesehen?«

»Poltavo?« fragte sie verwundert. »Nein, ist er denn hier?«

»Er muß sich irgendwo hier aufhalten. Ich bin gerade auf der Suche nach ihm. Wollen Sie hierbleiben oder wollen Sie mit uns kommen?«

»Ich möchte Sie begleiten«, sagte sie schaudernd.

Sie gingen zusammen hinaus.

»Führen alle diese Türen hier zu Räumen, die ähnlich sind wie dieser?« fragte der Detektiv.

»Ich glaube, daß eine Anzahl von unterirdischen Zellen hier liegt«, antwortete sie flüsternd. »Aber die größte von ihnen ist ganz in der Nähe.«

Sie zeigte auf eine rot angestrichene Tür, die etwa zwanzig Schritt entfernt lag. Ela untersuchte sie genau.

Offenbar öffneten sie sich alle nach demselben Stecksystem, das im Mittelalter sehr beliebt war. Die Italiener hatten dieses Geheimnis wahrscheinlich aus ihrem Vaterland mitgebracht, in dem einst die Borgias, die Medicis und die Viscontis lebten.

»Bleiben Sie hier stehen«, sagte Mr. Smith leise, und Lady Constance lehnte sich an die Wand.

Ela preßte seinen Pfeifenreiniger wieder in die Öffnung, die Tür tat sich langsam auf, und Mr. Smith trat hinein.

Einen Augenblick stand er still und versuchte die Bedeutung dieses schrecklichen Anblicks zu verstehen: Ein toter Körper lag auf dem Boden, zwei erbarmungslose Männer mit harten Gesichtern standen daneben, Farrington hatte die Arme verschränkt und schaute düster auf den Toten nieder, Dr. Fall war noch an dem Schaltbrett beschäftigt.

Mr. Smith hob langsam seinen Revolver.

»Hände hoch!« rief er.

Kaum hatte er diese Worte ausgestoßen, als der Raum schon vollständig verdunkelt war. Sein Begleiter wurde heftig zurückgeschleudert, denn die elektrische Schließvorrichtung war eingeschaltet worden und die Tür schlug Ela ins Gesicht. Er wollte sich dagegenstemmen, um sie offenzuhalten, aber alle seine Bemühungen waren umsonst. Auch mit dem Pfeifenreiniger hatte er keinen Erfolg.

Er wurde bleich. »Mein Gott! Sie haben Smith gefangen!«

Einen Augenblick stand er unentschieden da. Er hatte eben die Szene in dem Zimmer gesehen und wußte, welches Schicksal seinem Vorgesetzten drohte.

»Schnell zurück in den Gang!« rief er und führte Lady Constance Dex mit sich. Er fand ohne Schwierigkeit den Weg zum Fahrstuhl, er drückte den Knopf ... Jetzt fuhren sie mit größter Schnelligkeit auf dem elektrischen Wagen die Schienen entlang ... Jetzt trug sie der andere Fahrstuhl in die Höhe, und sie traten in das Zimmer in Moor Cottage ein. Das Auto von Mr. Smith wartete noch vor dem Haus.

»Sie kommen am besten mit mir«, sagte Ela schnell, und Lady Constance sprang nach ihm in den Wagen.

»Zu dem ›geheimnisvollen Haus‹ – schnell!« schrie Ela dem Chauffeur zu.

»Später bringe ich Sie zu Ihren Freunden – ich darf es jetzt nicht wagen, auch nur eine Sekunde zu verlieren ...«

»Was werden sie tun?«

»Ich weiß, was sie vorhaben«, erwiderte er grimmig. »Farrington spielt seinen letzten Trumpf aus, und Mr. Smith soll sein Opfer sein!«

In der Dunkelheit des unterirdischen Raumes stand Smith seinen Feinden gegenüber. Er hatte den Finger am Abzug seiner Pistole, und seine Augen versuchten, die Finsternis zu durchdringen.

»Rühren Sie sich nicht!« sagte er ruhig. »Ich schieße sofort!«

»Es ist gar nicht nötig, daß Sie schießen«, erwiderte Dr. Fall höflich. »Das Licht ging zufällig aus. Ich versichere Ihnen, daß Sie und Ihre Freunde nichts zu fürchten haben!«

Mr. Smith tastete sich mit vorgestrecktem Revolver an der Wand entlang. In der Dunkelheit fühlte er die große Gestalt des Arztes mehr, als er sie sah, und er streckte vorsichtig die Hand aus.

Plötzlich berührte etwas seine Handfläche, das sich unter gewöhnlichen Umständen wie die Spitzen eines Bastbesens angefühlt haben würde. Mr. Smith wurde heftig rückwärts gestoßen.

»Schnell in den Stuhl mit ihm«, rief Farrington. »Das war eine gute Idee von Ihnen, Doktor.«

»Es war der Sprühapparat«, sagte Dr. Fall zufrieden. »Davon bekommt man einen kräftigen elektrischen Schlag. Sie haben sich wirklich einen mächtigen Bundesgenossen erwählt, als Sie die elektrische Kraft zu Hilfe nahmen, Farrington.«

Nun brannten die Lichter wieder, und Smith wurde an den Stuhl geschnallt. Er hatte sich von dem Schlag erholt, aber es war zu spät. Während er bewußtlos gewesen war, hatte man Poltavos Leiche entfernt. Sie behandelten den Detektiv jetzt genauso wie vorher den Polen; er fühlte die elektrischen Kontakte auf der bloßen Haut seiner Handgelenke und biß die Zähne zusammen.

»Mr. Smith«, begann Farrington höflich, »ich fürchte, Sie haben sich selbst in eine böse Situation gebracht – wo ist der andere Mann?« fragte er schnell und sah Dr. Fall an.

»Ich habe ihn vergessen«, erwiderte der langsam. »Er muß draußen im Gang sein.«

Er ging zu der unsichtbaren Tür im Hintergrund und öffnete sie durch eine Berührung. Ein paar Minuten später kam er zurück, sein Gesicht sah plötzlich alt und eingefallen aus.

»Er ist fort – auch die Frau ist verschwunden.«

Farrington nickte.

»Kommt es noch darauf an?« fragte er rauh. »Die beiden können nicht viel wissen! Stellen Sie die elektrische Sicherung für die Tür ein.«

Fall drehte an einem Schalter, dann wandte sich Farrington erneut Smith zu.

»Sie wissen, in welcher Lage Sie sich befinden – ich werde Ihnen jetzt mitteilen, wie Sie sich daraus befreien können.«

»Ich bin begierig, das zu erfahren«, entgegnete der Detektiv kühl. »Aber ich warne Sie davor, mir zu sagen, meine Rettung hänge davon ab, daß ich Sie entfliehen lasse. Ich fürchte, daß ich in diesem Fall zum Tode verurteilt bin.«

»Sie haben richtig vermutet. Ich stelle die Bedingung, mich und meine Freunde frei und unversehrt aus England zu bringen. Ich weiß, daß Sie mir erwidern wollen, Sie hätten nicht die Macht dazu, aber ich kenne die außerordentlichen Vorrechte Ihrer Abteilung in Scotland Yard genau. Ich weiß, daß ich mit Ihrer Hilfe das ›geheimnisvolle Haus‹ verlassen und morgen früh in Calais landen kann . . . Niemand in ganz England könnte Sie daran hindern, mir zu helfen. Ich biete Ihnen Ihr Leben an, wenn Sie meine Bedingungen annehmen. Sonst –«

»Sonst?«

»Werde ich Sie töten«, antwortete Farrington kurz, »wie ich auch Poltavo getötet habe. Sie sind mein schlimmster Feind, mein gefährlichster Gegner. Sie waren für mich schon immer ein Mensch, dem man möglichst aus dem Wege gehen mußte. Und ich werde Sie mit weniger Gewissensbissen töten, weil nur Sie daran schuld sind, daß ich in den letzten Monaten dieses Hundeleben führen mußte. Es wird Sie interessieren, Mr. Smith, daß Sie mich einmal beinahe gefangen hätten. Der ganze Flügel des Hauses, in dem Mr. Moole liegt, ist verschiebbar und beweglich nach dem Prinzip eines riesigen Aufzugs. Das Geheimnis des ›geheimnisvollen Hauses‹ liegt in Wirklichkeit in systematisch und vorzüglich angeordneten Aufzügen und Fahrstühlen. Das heißt praktisch, daß ich mein Arbeitszimmer in den ersten Stock placieren, es aber auch zum vierten Stock hinaufheben kann. Und das kostet mich nicht einmal so viel Mühe, als nötig ist, um einen Stuhl von einem Zimmer in ein anderes zu tragen.«

»Das habe ich schon vermutet. Sie hätten als Elektroingenieur ein Vermögen verdienen können.«

»Das bezweifle ich stark«, erwiderte Farrington kühl. »Aber die Vergangenheit und verpaßte Gelegenheiten interessieren mich jetzt weniger als meine und Ihre Zukunft. Wozu haben Sie sich entschlossen?«

Smith lächelte.

»Ich werde Ihre Bedingung nicht annehmen«, sagte er liebenswürdig. »Ich bin auf meinen Tod vollständig vorbereitet. Nichts in der Welt, keine Drohung gegen mich oder meine nächsten Angehörigen oder Freunde könnte mich dazu bewegen, so gefährliche Verbrecher wie Sie und Ihre Komplicen entkommen zu lassen. Ihre Zeit ist um, Farrington. Ob ich ein wenig früher oder später sterben muß, ändert nichts daran, daß Sie in einem Monat selbst tot sind, ob Sie mich nun umbringen oder laufen lassen.«

»Sie sind sehr kühn, mir das ins Gesicht zu sagen«, zischte Farrington ihn an.

Smith sah an den wütenden Blicken und den verbissenen Gesichtern, daß seine Worte getroffen hatten.

»Wenn Sie sich einbilden, noch entkommen zu können«, fuhr er unbekümmert fort, »dann verschwenden Sie nur Zeit, die Sie besser anwenden könnten, denn jeder Augenblick Verzögerung bringt Sie beide dem Galgen näher.«

»Mein Freund, Sie beschleunigen nur Ihren eigenen Tod«, sagte Dr. Fall.

»Was das anbetrifft«, entgegnete Smith achselzuckend, »habe ich nicht die Absicht, Ihnen etwas zu prophezeien, denn ich kann ebensowenig in die Zukunft sehen wie Sie. Und wenn es der Wille der Vorsehung ist, daß ich in Ausübung meiner Pflicht sterben soll, so bin ich mit meinem Los zufrieden wie jeder Soldat, der auf dem Feld der Ehre stirbt. Denn es scheint mir«, sagte er halb zu sich selbst, »daß die geschworenen Feinde der Gesellschaft schrecklicher, entsetzlicher und gefährlicher sind als die anstürmenden Feinde, denen ein Soldat gegenübertreten muß. Sie sind nur Feinde, solange der Wahnsinn des Krieges dauert, aber Sie sind Ihr ganzes Leben lang Feinde der Gesellschaft.«

Dr. Fall wechselte einen Blick mit seinem Vorgesetzten. Farrington nickte.

Der Doktor beugte sich nieder, nahm den Lederhelm auf und setzte ihn mit derselben Behutsamkeit auf den Kopf des Detektivs, die er das erste Mal angewandt hatte.

»Ich gebe Ihnen noch drei Minuten Bedenkzeit.«

»Sie verschwenden drei Minuten!« Die Stimme des Mannes in dem Stuhl wurde durch den Lederhelm gedämpft.

Trotzdem zog Farrington seine Uhr aus der Tasche und hielt sie in der Hand. Kein Muskel in seinem Gesicht bewegte sich. Stark, groß und entschlossen stand er vor seinem Opfer. Während der hundertachtzig Sekunden herrschte lautlose Stille in dem Raum, so daß man das Ticken der Uhr hören konnte.

Als die Zeit um war, ließ er sie wieder in seine Tasche gleiten.

»Wollen Sie tun, was ich von Ihnen verlangt habe?«

»Nein«, war die entschiedene Antwort.

»Schalten Sie ein!« rief Farrington wild.

Dr. Fall legte seine Hand auf den elektrischen Schalter. In diesem Augenblick flackerten die Lichter, und ihre Leuchtkraft verminderte sich langsam.

»Schnell!« rief Farrington.

Gerade als das Licht ausging, drehte der Doktor den Schalter an. Smith fühlte ein scharfes, brennendes Zucken, das seinen ganzen Körper blitzartig durchdrang, und verlor dann das Bewußtsein.

21

Eine Gruppe von Polizisten und Detektiven stand vor dem Tor des »geheimnisvollen Hauses«, als das Auto, in dem Ela und Lady Dex saßen, in schärfstem Tempo heranfuhr.

Ela sprang aus dem Wagen, als er noch nicht zum Stillstand gekommen war.

»Sie haben Smith gefangen!« rief er dem Inspektor zu, der den Befehl über die anwesende Truppe hatte. »Schließen Sie die Kette um das Haus! Alle bewaffneten Beamten folgen mir!«

Er eilte den Gartenpfad entlang, aber er wandte sich nicht nach dem Haus, sondern bog zum Kraftwerk ab.

Ein Mann mit grimmigem Gesicht stand im Eingang und maß die Beamten mit bösen Blicken.

Er versuchte, die Schiebetür zu schließen, aber Ela packte ihn am Kragen und schleuderte ihn nach innen.

Im nächsten Augenblick stand er in der Station und war von wütenden Arbeitern umringt. Ein großer, gutaussehender Mann mittleren Alters, der die Oberaufsicht hatte, kam auf Ela zu. Er trug einen großen Schraubenschlüssel in der Hand, um die Eindringlinge abzuwehren.

Aber Elas Pistole sprach von seinen Absichten.

»Treten Sie sofort zurück!« rief er. »Führen Sie hier die Aufsicht?«

Er sprach fließend italienisch.

»Was soll das alles bedeuten, mein Herr?« fragte der Mann.

»Ich gebe Ihnen eine Minute Zeit, die große Dynamomaschine zum Stehen zu bringen.«

»Aber das ist unmöglich! Das darf ich nicht tun – das ist gegen jegliche Vorschrift und Ordnung.«

»Wollen Sie meinem Befehl nachkommen?« stieß Ela zwischen den Zähnen hervor. »Wenn Sie mir nicht gehorchen, sind Sie ein toter Mann.«

Der Italiener zögerte und ging dann zu dem großen Schaltbrett, auf dem eine ganze Reihe von Lampen brannte.

»Ich will es nicht tun«, sagte er düster. »Dort ist der Hebel – legen Sie ihn selbst um.«

Plötzlich leuchtete eine rote Lampe auf dem Schaltbrett auf.

»Was ist das?« fragte Ela.

»Das Signal kommt aus den Kellerräumen«, erwiderte der Italiener. »Sie wollen mehr Strom haben.«

Ela wandte sich wütend zu dem Mann um und hob seine Pistole. Eine wilde Entschlossenheit lag in seinen Augen.

»Gnade!« brüllte der Mann, streckte die Hand aus, ergriff den großen Hebel, über dem »Gefahr« stand, und legte ihn um.

Plötzlich wurden alle Lichter in dem Raum düster, die großen Schwungräder verlangsamten ihren Lauf und kamen zum Stillstand. Nur das Tageslicht erleuchtete die Kraftstation jetzt. Ela stand auf der erhöhten Plattform vor der großen Schalttafel und wischte sich den Schweiß vom Gesicht. Er zitterte am ganzen Körper, als ob er vom Fieber geschüttelt würde.

»Hoffentlich bin ich noch rechtzeitig gekommen!« sagte er leise zu sich selbst.

Die große Maschinenhalle war von vielen Polizisten gefüllt.

»Nehmen Sie diese Leute gefangen«, befahl Ela. »Sehen Sie vor allen Dingen zu, daß niemand einen Schalter berührt. Verhaften Sie die Heizer, und trennen Sie sie von den anderen. Nun zu Ihnen«, wandte er sich wieder in Italienisch an den Aufseher. »Ich gebe Ihnen jetzt eine Chance. Sie gehen nicht nur frei aus, sondern ich verspreche Ihnen auch eine große Belohnung, wenn Sie mir gehorchen. Ich bin Polizeibeamter und bin hierhergekommen, um dieses Haus zu durchsuchen. Sie sprachen eben von den Kellerräumen – wissen Sie den Weg dorthin?«

Der Mann zögerte.

»Der Fahrstuhl geht nicht mehr, mein Herr«, erwiderte er.

»Gibt es keinen anderen Weg?«

Wieder zauderte der Aufseher.

»Es ist auch eine Treppe da«, stammelte er nach einer Weile und fuhr dann schnell fort: »Wenn hier ein Verbrechen vorliegt und Signor Moole Anarchist ist, so weiß ich nichts davon, das schwöre ich Ihnen. Ich bin ein ehrlicher Mann aus Padua.«

»Ich will Ihnen das glauben«, sagte Ela ruhiger. »Sie machen ein großes Unrecht wieder gut, wenn Sie mir den Weg zu den unterirdischen Räumen zeigen.«

»Ich werde Ihnen gehorchen und alles tun, was Sie wünschen«, erwiderte der Mann hilflos. »Ich rufe hier alle zu Zeugen an, daß ich mein Bestes getan habe, um die Befehle meines Herrn auszuführen.« Er ging mit Ela durch den Privatgarten hinter dem Haupthaus und führte ihn zu einem offenen Gang, der am Kellergeschoß entlanglief.

An dessen äußerstem Ende befand sich eine Tür. Der Mann öffnete sie mit einem Schlüssel, den er von einem Bund aus seiner Tasche nahm. Sie mußten noch zwei weitere Türen passieren, bevor sie zu der Wendeltreppe kamen, die in die Tiefe des »geheimnisvollen Hauses« führte. Zu Elas Erstaunen waren die Gänge beleuchtet, und er fürchtete schon, daß gegen seinen Befehl die Lichtmaschine wieder in Gang gebracht worden war. Aber der Italiener beruhigte ihn.

»Die Lampen werden von Reservebatterien gespeist«, erklärte er. »Von dort kann man genügend Strom entnehmen, um das ganze Haus zu beleuchten. Aber sie genügen nicht, um Kraftstrom zu liefern.«

Sie stiegen hinunter. Die Stufen schienen kein Ende zu nehmen. Ela zählte siebenundachtzig, als sie schließlich zu einem Treppenabsatz kamen, von dem aus sich eine Tür öffnete. Der Detektiv beobachtete, daß der Italiener sich auf dieselbe Methode Eingang verschaffte, die er selbst vorher angewandt hatte. Der Mann steckte einen eisernen Dorn in ein kaum sichtbares Loch, und die Tür tat sich auf.

Ela eilte mit den anderen Beamten den Gang entlang, bis sie zu der roten Tür kamen, die sich ebenfalls wieder öffnen ließ.

Zwei Lichter brannten düster in dem Raum. Ela sah die Gestalt in dem Stuhl, und sein Mut sank. Er stürzte vorwärts – Farrington hörte ihn zuerst.

Der große Mann wandte sich um. Drei Schüsse fielen kurz nacheinander. Ela stand aufrecht und unverletzt, aber Farrington schwankte und fiel zu Tode getroffen nieder.

»Verhaften Sie diesen Mann!« rief Ela. Im nächsten Augenblick war Dr. Fall gefesselt.

*

In seinem Büro in Scotland Yard lehnte sich T. B. Smith in seinem Stuhl zurück und beendete schmunzelnd den Bericht, den er Frank Doughton und dessen Gattin, die ihm gegenübersaßen, gegeben hatte:

»Mein Freund Ela hatte gerade in dem Moment den Strom abschalten lassen, in dem Dr. Fall auf Farringtons Zuruf hin den Schalter drehte. Mich erreichte nur noch ein schwacher Stromstoß, der mich zwar kurze Zeit ohnmächtig werden ließ, von dem ich mich aber, wie Sie ja sehen, wieder glänzend erholt habe.« Mr. Smith lächelte dem jungen Paar, das eben von seiner unter so unglücklichen Umständen begonnenen Hochzeitsreise zurückgekehrt war, zu und erkundigte sich nach dem Befinden von Mrs. Doris. Aber ein Blick in ihr Gesicht, das strahlend ihrem Mann zugekehrt war, belehrte ihn, daß diese Frage ganz unnötig war.

In einem wenigstens hatte Farrington recht behalten: Frank und Doris waren doch noch ein glückliches Paar geworden.

KRIMI

OUT: wilde Knallerei, blutige Gemetzel, simple Stories.
IN: raffinierte Komplotte, eigenwillige Typen, explosive Dynamik - Krimis vom Feinsten. Beste Garantie dafür: klassische Topautoren und ungewöhnliche New-comer aus Deutschland und der englisch-amerikanischen Szene bei Goldmann.

ADAMS, HAROLD

Die vierte Witwe
5086 DM 9.80
Einfach Mord. 5055 DM 8,80
Lügen haben schöne Beine.
5070 DM 7,80
Malt die Stadt rot. 5061 DM 7,80
Killer im Haus. 5065 DM 8,80

ALLINGHAM, MARGERY

Das Haus am Golfplatz.
3001 DM 7,80
Mode und Morde. 3243 DM 7,80

ASIMOV, ISAAC

Die 'Schwarzen Witwer' bitten zu Tisch. 4922 DM 7,80

BAUMRUCKER, GERHARD

Schwabinger Nächte. 2003 DM 7,80

BIEBRICHER, ROLF

Ein Schloß in Graubünden.
5063 DM 7,80

BLAKE, NICHOLAS

Das Biest
4889 DM 8.80
Der Morgen nach dem Tod.
3276 DM 7,80

BLOBEL, BRIGITTE

Tödliche Schlingen.
5014 DM 8,80

BROMUND, DIETER

Mord ist nichts für feine Nasen.
5044 DM 7,80

CAIN, JAMES M.

Die Frau des Magiers
5092 DM 8.80
Doppelte Abfindung .
5084 DM 8.80

CHRISTIE, AGATHA

Alibi. 12 DM 6,80
Das Geheimnis von Sittaford.
73 DM 6,80

Das Haus an der Düne. 98 DM 6,80
Der rote Kimono. 62 DM 6,80
Dreizehn bei Tisch. 66 DM 6,80
Ein Schritt ins Leere. 70 DM 6,80
Mord auf dem Golfplatz. 9 DM 6,80
Nikotin. 64 DM 6,80
Tod in den Wolken. 4 DM 6,80

CHASTAIN, THOMAS

Der große Blackout
5433 DM 9.80

CRUMLEY, JAMES

Der tanzende Bär
(Kerle, Kanonen und Kokain)
4965 DM 8.80

DOODY, MARGARET

Sherlock Aristoteles. 5215 DM 8,80

DOWNING, WARWICK

Ruhe sanft im Wasserbett.
4592 DM 7,80

DURBRIDGE, FRANCIS

Der Andere. 3142 DM 5,80
Die Kette. 4788 DM 5,80
Die Puppe. 4940 DM 5,80
Das Halstuch. 3175 DM 5,80
Ein Mann namens Harry Brent.
4035 DM 5,80
Es ist soweit. 3206 DM 5,80
Melissa. 3073 DM 5,80
Im Schatten von Soho.
3218 DM 5,80
Paul Temple jagt Rex.
3198 DM 5,80
Paul Temple – Der Fall Kelby.
4039 DM 5,80
Tim Frazer. 3064 DM 5,80
Tim Frazer weiß Bescheid.
4871 DM 5,80
Paul Temple – Banküberfall in Harkdale. 4052 DM 5,80
Wer ist Mr. Hogarth?
4938 DM 5,80

ELLIN, STANLEY

Jack the Ripper und van Gogh
4984 DM 8.80

FLEMING, JOAN

Erst die Pflicht, dann das Vergnügen. 4231 DM 7,80

FREELING, NICOLAS

Keine Schuld an ihrem Tod.
5257 DM 7,80
Van der Valk und der Schmuggler
5090 DM 8.80
Van der Valk und die Katzen.
5076 DM 7,80

GARDNER, ERLE STANLEY

Der dunkle Punkt. 3039 DM 5,80
Der schweigende Mund
2259 DM 9.80
Der zweite Buddha. 3083 DM 5,80
Lockvögel. 3114 DM 5,80

Per Saldo Mord. 3121 DM 5,80
Ein schwarzer Vogel.
2267 DM 8,80

GOLDMANNS MORDSSACHEN

Der Gorilla und andere kriminelle Geschichten
9220 DM 8,80
Der kleine Schrecken und andere kriminelle Geschichten.
9256 DM 9,80
Er ruhe in Frieden und andere Geschichten aus dem Giftschrank
Hale. 9384 DM 9.80
Wer tötet schon eine Katze? und andere Geschichten
9360 DM 9.80

GOLDSBOROUGH, ROBERT

Per Annonce: Mord. 5062 DM 8,80
Mord in e-moll. 5034 DM 8,80

GOUGH, LAURENCE

Bewegliche Ziele
5081 DM 8.80
Die Tote am Haken
5080 DM 8.80

GUNN, VICTOR

Das Wirtshaus von Dartmoor/Die Treppe zum Nichts/Gute Erholung Inspektor Cromwell
Drei Fälle für »Ironsides« in einem Band. 5097 DM 10.-
Im Nebel verschwunden/Tod im Moor/Der Tod hat eine Chance
Drei Fälle für »Ironsides« in einem Band. 5098 DM 10,-
Roter Fingerhut.
267 DM 7,80
Die Lady mit der Peitsche.
261 DM 6,80
Der Mann im Regenmantel.
2093 DM 8,80

HAEFS, GISBERT

Das Triumvirat. Und andere kriminelle Geschichten. 5035 DM 7,80
Die Schattenschneise
5046 DM 8.80
Mord am Millionenhügel.
5613 DM 8,80

HALL, PARNELL

Der Mann, der nein sagen konnte
5085 DM 9.80

HANSEN, JOSEPH

Frühe Gräber.
5073 DM 8,80
Keine Prämie für Mord.
5454 DM 7,80
Mondschein-Trucker. 5020 DM 7,80
Tote Hunde bellen nicht.
5059 DM 7,80
Verbrannte Finger. 5451 DM 7,80

HEALEY, BEN

Falsche Kunst und echte Bomben.
4377 DM 7,80

HIGGINS, GEORGE V.
Der Anwalt 5087 DM 9.80
Die Freunde von Eddie Coyle
5083 DM 9.80

HILL, REGINALD
Der Calliope-Club. 4991 DM 8,80
Noch ein Tod in Venedig
5219 DM 8.80
Kein Kinderspiel. 5054 DM 9,80

KAMINSKY, STUART
Nacht auf dem Roten Platz.
5067 DM 8,80
Roter Regen
5089 DM 9.80
Rotes Chamäleon.
5072 DM 8,80

KNOX, BILL
Die Tote vom Loch Lomond
5025 DM 8,80
Mit falschen Etiketten.
4966 DM 8,80
Seefahrt bringt Tod. 5015 DM 8,80
Zwischenfall auf Island.
4899 DM 7,80
Tödliche Fracht. 4906 DM 8,80
Frachtbetrug. 4909 DM 8,80

KRISTAN, GEORG R.
Das Jagdhaus in der Eifel.
5650 DM 7,80
Ein Staatsgeheimnis am Rhein.
5019 DM 8,80
Fehltritt im Siebengebirge.
5003 DM 8,80
Schnee im Regierungsviertel.
5068 DM 7.80
Spekulation in Bonn.
5050 DM 7,80

MARSH, NGAIO
Bei Gefahr Rot. 4968 DM 8,80
Das Schloß des Mr. Oberon.
4954 DM 9,80
Das Todesspiel. 4990 DM 7,80
Der Champagner-Mord.
4917 DM 8,80
Der Handschuh. 4934 DM 7,80
Der Tod auf dem Fluß.
4997 DM 8,80
Der Hyazinthen-Mörder.
5036 DM 8,80
Mord in der Klinik. 5040 DM 8,80
Der Tod des Narren. 4946 DM 8,80
Der Tod im Frack. 4908 DM 8,80
Der Tod und der tanzende Diener.
4974 DM 9,80
Ein Schuß im Theater.
4046 DM 7,80
**Fällt er in den Graben, fällt er in
den Sumpf** 4912 DM 8,80
Hinter den toten Wassern.
5033 DM 7,80
Letzter Applaus. 5008 DM 9,80
Mord im Atelier. 5000 DM 8,80
Mord vor vollem Haus.
4994 DM 8,80

Mylord mordet nicht.
4910 DM 8,80
Ouvertüre zum Tod. 4902 DM 8,80
Stumme Zeugen. 5028 DM 7,80
Tod im Lift. 4980 DM 8,80
Tod im Pub. 4986 DM 8,80
Tod in der Ekstase. 5016 DM 7,80

MOLSNER, MICHAEL
Der ermordete Engel.
Die Euro-Ermittler. 5002 DM 7,80

MÜLLER, MARCIA
Das Geheimnis des toten Fischers.
4988 DM 7,80
Nette Nachbarn. 5029 DM 8,80

NEELY, RICHARD
Die Nacht der schwarzen Träume.
4778 DM 8,80
Du bist Mariott. 4790 DM 7,80

PETER, ELLIS
Mord zur Gitarre. 3219 DM 8,80

PLÖTZE, HASSO
Heimtückisch. 5024 DM 7,80

RITCHIE, SIMON
Toronto, tödlich. 5056 DM 8,80

ROSS, JONATHAN
Begraben wird später.
5075 DM 8,80

SADLER, MARK
Der Tod der Schwalbe.
5047 DM 7,80

SAYERS, DOROTHY
Es geschah im Bellona-Klub.
3067 DM 6,80
Geheimnisvolles Gift.
3068 DM 7,80
Mord braucht Reklame.
3066 DM 6,80

SCHRENK, PETER
Ein fremder Tod. 5053 DM 8,80
Ohne Obligo. 5071 DM 9,80

STOUT, REX
Zu viele Köche. 2262 DM 7,80
Der rote Bulle. 2269 DM 7,80
Orchideen für sechzehn Mädchen.
3002 DM 7,80
P.H. antwortet nicht.
3024 DM 7,80
Goldene Spinnen. 3031 DM 7,80
Das Geheimnis der Bergkatze.
3052 DM 7,80
Das Plagiat. 3108 DM 7,80
Morde jetzt – zahle später.
3124 DM 7,80
Zu viele Klienten. 3290 DM 7,80
Der Schein trügt. 3300 DM 7,80
Gambit. 4038 DM 7,80
Vor Mitternacht. 4048 DM 7,80
Die Champagnerparty.
4062 DM 7,80
Gift la Carte. 4349 DM 7,80

Wenn Licht ins Dunkle fällt.
4358 DM 7,80
Per Adresse Mörder X.
4389 DM 7,80

SYMONS, JULIAN
Damals tödlich.
4855 DM 8,80
Mit Namen Annabel Lee.
5247 DM 8,80
Der Kreis wird enger.
4104 DM 7,80
Die Spieler und der Tod.
4469 DM 7,80
Roulett der Träume
4792 DM 9.80
**Wer stirbt schon gerne in
Venedig.** 5013 DM 8,80

TAIBO II, PACO IGNACIO
Das nimmt kein gutes Ende
5252 DM 7.80

THOMPSON, JIM
Liebe ist kein Alibi. 5045 DM 7,80

TRUMAN, MARGARET
Mord an höchster Stelle.
4943 DM 8,80
Mord im CIA.
5069 DM 9,80
Mord im Diplomatenviertel.
5005 DM 9,80
Mord im Weißen Haus.
4907 DM 8,80
Mord in Georgetown.
5041 DM 9,80

UPFIELD, ARTHUR W.
Bony stellt eine Falle.
1168 DM 6,80
Der Kopf im Netz. 167 DM 6,80
Die Giftvilla. 180 DM 6,80
Die Leute von nebenan.
198 DM 6,80
Der sterbende See. 214 DM 6,80
Der neue Schuh. 219 DM 6,80
Der Schwarze Brunnen. 224 DM
6,80
Der streitbare Prophet.
232 DM 6,80
**Bony und die schwarze Jung-
frau.** 1074 DM 5,80
Bony wird verhaftet.
1281 DM 6,80
Bony und der Bumerang.
2215 DM 6,80
Freunde sind unerwünscht.
1230 DM 6,80

WAINWRIGHT, JOHN
In einer einzigen Nacht.
5066 DM 6,80

WALLACE, EDGAR
A.S. der Unsichtbare. 126 DM 5,80
Bei den drei Eichen. 100 DM 5,80
Das Gasthaus an der Themse.
88 DM 6,80

Das Geheimnis der Stecknadel.
173 DM 6,80
Das Geheimnis der gelben
Narzissen. 37 DM 6,80
Das Gesetz der Vier. 230 DM 6,80
Das Gesicht im Dunkel.
139 DM 5,80
Das Steckenpferd des alten
Derrick. 97 DM 6,80
Das Verrätertor. 45 DM 6,80
Das geheimnisvolle Haus.
113 DM 6,80
Das indische Tuch. 189 DM 6,80
Das silberne Dreieck. 154 DM 5,80
Der Banknotenfälscher. 67 DM 6,80
Der Brigant. 111 DM 6,80
Der Derbysieger. 242 DM 5,80
Der Diamantenfluß. 16 DM 6,80
Der Dieb in der Nacht.
1060 DM 6,80
Der Doppelgänger. 95 DM 5,80
Der Engel des Schreckens.
136 DM 5,80
Der Frosch mit der Maske.
1 DM 6,80
Der Hexer. 30 DM 6,80
Der Joker. 159 DM 5,80
Der Juwel aus Paris.
2128 DM 5,80
Der Mann aus Marokko.
124 DM 6,80
Der Mann im Hintergrund.
1155 DM 6,80
Der Mann, der alles wußte.
86 DM 6,80
Der Mann, der seinen Namen
änderte. 1194 DM 5,80
Der Preller. 116 DM 5,80
Der Redner. 183 DM 6,80
Der Rächer. 60 DM 6,80
Der Safe mit dem Rätselschloß.
47 DM 6,80
Der Teufel von Tidal Basin.
80 DM 6,80
Der Unheimliche. 55 DM 6,80
Der Zinker. 200 DM 5,80
Der goldene Hades. 226 DM 5,80
Der grüne Bogenschütze.
150 DM 6,80
Der grüne Brand. 1020 DM 6,80
Der leuchtende Schlüssel.
91 DM 6,80
Der rote Kreis. 35 DM 6,80
Der schwarze Abt. 69 DM 5,80
Der sechste Sinn des Mr. Reeder.
77 DM 6,80
Der sentimentale Mr. Simpson.
1214 DM 6,80
Der unheimliche Mönch.
203 DM 5,80
Der viereckige Smaragd.
195 DM 6,80
Die Abenteurin.164 DM 6,80
Die Bande des Schreckens.
11 DM 6,80
Die Gräfin von Ascot.
1071 DM 6,80

Die Melodie des Todes.
207 DM 6,80
Die Millionengeschichte.
194 DM 5,80
Die Schuld des anderen.
1055 DM 6,80
Die Tür mit den 7 Schlössern.
21 DM 6,80
Die blaue Hand. 6 DM 6,80
Die drei Gerechten. 1170 DM 6,80
Die drei von Cordova. 160 DM 5,80
Die gebogene Kerze. 169 DM 5,80
Die gelbe Schlange. 33 DM 6,80
Die seltsame Gräfin. 49 DM 6,80
Die toten Augen von London.
181 DM 6,80
Die unheimlichen Briefe.
1139 DM 5,80
Die vier Gerechten. 39 DM 6,80
Ein gerissener Kerl. 28 DM 6,80
Feuer im Schloß. 1063 DM 6,80
Gangster in London. 178 DM 6,80
Geheimagent Nr. sechs.
236 DM 6,80
Großfuß. 65 DM 6,80
Gucumatz. 248 DM 6,80
Hands up! 13 DM 6,80
Im Banne des Unheimlichen.
117 DM 6,80
In den Tod geschickt. 252 DM 6,80
John Flack. 51 DM 6,80
Kerry kauft London. 215 DM 6,80
Lotterie des Todes. 1098 DM 5,80
Louba, der Spieler. 163 DM 6,80
Mr. Reeder weiß Bescheid.
1114 DM 5,80
Nach Norden, Strolch! 221 DM 6,80
Neues vom Hexer. 103 DM 6,80
Penelope von der Polyantha.
211 DM 6,80
Richter Maxells Verbrechen.
41 DM 6,80
Turfschwindel.155 DM 6,80
Töchter der Nacht.1106 DM 6,80
Zimmer 13.44 DM 6,80
Überfallkommando.75 DM 6,80

WALLACE, PENELOPE

Eine feine Adresse. 5017 DM 7,80

WEINERT-WILTON, LOUIS

Die chinesische Nelke. 53 DM 6,80

WERY, ERNESTINE

Nachtkerze. 5623 DM 8,80

WOODS, SARA

Das Haus vom sanften Mord.
4915 DM 7,80
Ein kleines, kleines Grab.
5051 DM 7,80
Ihre Tränen waren Tod.
4921 DM 8,80
Wer zuletzt schießt...
5023 DM 8,80
Die Wahrheit und nichts als die
Wahrheit. 5037 DM 8,80

Weine nicht, kleine Jennifer.
5058 DM 8,80
Wer Antony eine Grube gräbt.
5064 DM 8,80

MEISTERWERKE DER KRIMINALLITERATU

ARNAUD, GEORGES

Lohn der Angst. 6233 DM 8,80

CAIN, JAMES M.

Zarte Hände hat der Tod.
6243 DM 9,80

CHRISTIE, AGATHA

Alibi. 6202 DM 7,80
Das Haus an der Düne.
6220 DM 7,80
Der rote Kimono.(Mord im
Orient-Expreß).6227 DM 8,80
Dreizehn bei Tisch. 6234 DM 8,80

DURBRIDGE, FRANCIS

Das Halstuch. 6216 DM 7,80

FRANCIS, DICK

Grand-Prix für Mord.
6247 DM 9,80

FREELING, NICOLAS

Bluthund. 6236 DM 8,80
Die Formel. 6221 DM 9,80
Wie ein Diamant auf Wunden.
6238 DM 8,80
Valparaiso. 6245 DM 8,80

GUNN, VICTOR

Schritte des Todes. 6246 DM 8,80

MARSH, NGAIO

Ouvertüre zum Tod. 6205 DM 8,80

PETERS, ELLIS

Der Tod und die lachende Jung-
frau. 6237 DM 8,80

POSTGATE, RAYMOND

Das Urteil der Zwölf. 6249 DM
8,80

STOUT, REX

Der rote Bulle. 6226 DM 8,80

SYMONS, JULIAN

Am Ende war alles umsonst.
6235 DM 8,80
Wenn ich einmal tot bin.
6248 DM 8,80

TAIBO II, PACO IGNACIO

Eine leichte Sache. 6240 DM 9,80

UPFIELD, ARTHUR W.

Der sterbende See. 6209 DM 7,80
Todeszauber. 6244 DM 8,80

WALLACE, EDGAR

Die vier Gerechten. 6230 DM 8,80

WEINERT-WILTON, LOUIS

Die weiße Spinne. 6250 DM 8,80

JUBELBÄNDE ZUM VORZUGSPREIS

BAGLEY, DESMOND

Erdrutsch/Sog des Grauens
Zwei mitreißende Thriller in einem
Band. 11942 DM 10.–

BERGIUS, C. C.

Schakale Gottes – Der Fälscher.
Zwei packende Romane in einem
Band. 10146 DM 10,–

BLOCH, ARTHUR

Gesammelte Gründe.
Murphy's Gesetze in einem Band.
10046 DM 10,–

BREDOW, ILSE GRÄFIN VON

**Kartoffeln mit Stippe/Deine Keile
kriegste doch.**
Die großen Romanerfolge in einem
Band. 8982 DM 14,80

BROOKS, TERRY

**Die Elfensteine von Shannara.
Elfensteine/Druide/Dämonen.**
Drei Romane. 23902 DM 12,–

DAS BUCH DER MEDITATION

Herausgegeben von Hans Christian
Meiser – Ausgewählte Gedanken für
jeden Tag 10164 DM 8,–

CARTLAND, BARBARA

**Der griechische Prinz/Fessel der
Liebe/Spiel der Herzen**
Drei Romane in einem Band
11959 DM 10.–

DALEY, BRIAN

Han Solos Abenteuer.
Drei Romane in einem Band zum
Superspreis! 10147 DM 10,–

DAS SUPER-BLUFF-BUCH

Drei Bände in einem
zum Jubelpreis. 10152 DM 10,–

DAILEY, JANET

Nachtglut/Unbezähmbar
Zwei Romane in einem Band.
11944 DM 10.–

EYSENCK, HANS J.

**Das große Hans J. Eysenck Test-
buch.** Ihre Intelligenz auf dem
Prüfstand. 10058 DM 10,–

FERIENBIBLIOTHEK

Erotische Ferien. Das Lächeln der
Aphrodite. 10148 DM 10,–
Heitere Ferien.
Lise Gast/Gilbreth/Jo Hanns Rösler
10157 DM 10,–
Mörderische Ferien.
E. Stanley Garolner/Bill
Knox/Arthur W. Upfield
10155 DM 10,–

Romantische Ferien. Alexandra
Cordes/Marie Louise Fischer/
Danielle Steel 10153 DM 10,–
Schwarze Ferien.
GänsehautGeschichten/Frankenstein
10154 DM 10,–
Spannende Ferien.
Sidney Sheldon/Jack
Higgins/Alfred Coppel 10156 DM
10,–

GAST, LISE

**Randi. Junge Mutter Randi/Randi
und das halbe Dutzend/In Liebe
Deine Randi.**
Drei Romane. 10142 DM 10,–

**HAMMERSCHMID-GOLLWITZER,
JOSEF**

**Wörterbuch der medizinischen
Fachausdrücke.**
Mit 300 informativen Zeichnungen
und Fotos. 10057 DM 12,–

HEINRICH, WILLI

**Maiglöckchen oder ähnlich/
Schmetterlinge weinen nicht.**
Zwei Romane 10166 DM15.–

KAYE, M.M.

**Es geschah auf Zypern/
Tod in Kenia**
Zwei Romane in einem Band
11941 DM 10.–

KISHON, EPHRAIM

Das Kamel im Nadelöhr.
Neue Satiren.
Sammelband mit Illustrationen von
Rudi Angerer. 10062 DM 10,–

KONSALIK, HEINZ G.

**Auch das Paradies wirft seine
Schatten. Masken der Liebe.
Verliebte Abenteuer.** Drei Romane
in einem Band. 10175 DM 10,–

QUINNELL, A.J.

**Der falsche Mahdi/Operation
Cobra**
Zwei Romane in einem Band
11962 DM 10.–

SCOTT MARY

Liebling/Paradies/Tee.
Drei Romane. 10132 DM 10,–
Gäste/Tierarzt/Verwandtschaft.
Drei Romane. 10133 DM 10,–
Darling/Wildnis/Onkel.
Drei Romane.10134 DM 10,–
Frühstück/Mittagessen/Abends.
Drei Romane. 10135 DM 10,–
**Mangrovenbucht/Tote/
Hibiskusbrosche.**
Drei Romane. 10136 DM 10,–
Menschen/Koppel/Freddy.
Drei Romane. 10137 DM 10,–
Landleben/Ferien/Truthahn.
Drei Romane. 10138 DM 10,–

**Übernachtung/
Kopf hoch/Weißen Elefanten.**
Drei Romane.
10139 DM 10,–
Teehaus/So einfach/Liebling.
Drei Romane.
10140 DM 10,–
Hilfe/Flitterwochen/Lande.
Drei Romane.
10141 DM 10,–

SHEA, ROBERT

Zeit der Drachen/Der letzte Zinja.
Zwei Romane in einem Band.
8981 DM 17,80

SHELDON, SIDNEY

**Zorn der Engel/Diamanten-Dyna-
stie**
Zwei Bestseller in einem Band
11946 DM 10,–

STALLMANN, ROBERT

**Werwelt. Der Findling/
Der Gefangene/Der Nachkomme.**
Drei Romane. 23900 DM 12,–

STEEL, DANIELLE

**Das Haus von San Grego-
rio/Unter dem Regenbogen**
Zwei Romane in einem Band
11961 DM 10,–

TOWNSEND, SUE

**Das Intimleben des Adrian Mole,
13 3/4 Jahre.**
Die geheimen Tagebücher erstmals
komplett und unzensiert vollständig in einem Band. Das Buch zur
TV-Serie. 10163 DM 10,–

WATTS, ALAN

**Meditation/Natur des
Menschen/Philosophische Fantasi-
en.**
10082 DM 10,–

WILKES, MALTE M.

Die Kunst, kreativ zu denken.
10150 DM 10,–

GOLDMANN